귀환한 플레이어
만 년 만에

나비계곡 퓨전 판타지 장편소설

WISHBOOKS FUSION FANTASY STORY

만 년 만에 귀환한 플레이어 15

나비계곡 퓨전 판타지 장편소설

초판 1쇄 찍은 날 | 2020년 10월 15일
초판 1쇄 펴낸 날 | 2020년 10월 22일

지은이 | 나비계곡
펴낸이 | 권태완 우천제

기획 | 위시북스
편집책임 | 한준만
편집 | 위시북스

펴낸곳 | (주)케이더블유북스
등록번호 | 제25100-2015-43호
등록일자 | 2015. 5. 4
KFN | 제2-56호

주소 | 서울시 구로구 디지털로31길 38-9, 401호
전화 | 070-8892-7937 팩스 | 02-866-4627
E-mail | fantasy@kwbooks.co.kr

ISBN 979-11-293-6496-8 04810
979-11-293-3914-0 (set)

※ 이 도서의 국립중앙도서관 출판시도서목록(CIP)은 서지정보유통지원시스템 홈페이지(http://seoji.go.kr)와 국가자료공동목록시스템(http://www.nl.go.kr/kolisnet)에서 이용하실 수 있습니다.

만년 만에
귀환한 플레이어
나비계곡 퓨전 판타지 장편소설
WISHBOOKS FUSION FANTASY STORY
15
Wish Books

만년 만에 귀환한 플레이어

CONTENTS

• 1장 •

마해(魔海)의 괴물(2)

침묵이 내려앉았다.

태무극은 이해할 수 없는 눈빛으로 루시퍼를 바라보았다.

'차라리 가이아, 세라핌과 싸우라고?'

가이아는 지금 큰 상처를 입었고, 세라핌은 성좌를 봉인한 대가로 소멸했다. 루시퍼가 그런 상태의 둘을 가리켜 말하지는 않았을 것이다. 전성기의 가이아, 세라핌과 싸우는 것이 낫다고 말한 것이리라.

"그게……."

무슨 말도 안 되는 소리란 말인가. 같은 삼원(三元)의 신이기에 누구보다 잘 알고 있었다. 최고(最高)위 격 신이 얼마나 아득한 힘을 가지고 있는지. 사실상 신들의 창조주, 티탄이 오지 않으면 그들을 막을 수 있는 존재는 없다. 그런데.

'도망치라고?'

신격조차 없는 인간을 상대로?

[제길! 뭘 하고 있는 거냐! 지금 빨리 오강우를 죽이러 간 놈에게 도망치라…… 아니, 이미 놈은 늦었겠군. 너희라도 빨리 도망쳐라. 놈에게 잡아먹혀서는 안 된다!]

다급한 루시퍼의 목소리. 자신들의 목숨을 걱정한다기보다, 그 오강우라는 인간에게 '먹히는' 것을 걱정하고 있는 것 같았다.

태무극은 눈살을 찌푸렸다.

'거짓을 말하는 건 아닌 것 같은데 말이야.'

이해할 수 없었다. 대체 왜 저렇게 격렬하게 반응한단 말인가?

'오강우.'

그자가 누군지, 자신이 직접 확인해야 했다.

"좋은 조언 고맙군."

몸을 일으켰다.

[자, 잠깐! 기다려라, 천룡!]

루시퍼의 다급한 목소리가 들려왔다.

태무극의 눈썹이 아주 살짝 찌푸려졌다.

그는 검은 수정 구슬 위에 손을 올리며 나지막이 말했다.

"그 이름으로 날 부르지 마라."

파각.

검은 수정 구슬에 금이 가며 산산이 박살 났다.

-……네놈, 인간이 아니었군.

공포의 성좌는 낯을 움켜쥐며 보랏빛으로 타오르는 눈을 빛냈다.

마치 몸이 액체로 이루어져 있는 것처럼, 꾸물거리며 재생하고 있는 모습. 어딜 어떻게 본다고 해도 인간이라고 부를 수 없는 괴물의 모습이었다.

'대체 저런 괴물이 어떻게.'

가이아의 권속이 되었단 말인가.

공포의 성좌는 혼란스럽다는 듯 떨리는 눈빛으로 강우를 바라보았다.

'어쨌든.'

공포의 성좌는 깊게 숨을 들이쉬며 신성을 전신에 퍼뜨렸다.

몸을 재생한다고 해서, 눈앞의 존재가 인간이 아니라고 해서 두려워할 것은 없다.

거대한 입에 뜯겨 나간 자신의 왼팔을 내려다보았다. 보랏빛으로 일렁이는 원혼들이 잘려 나간 왼팔에 모여 팔을 만들었다. 괴물에게 먹힌 육체가 빠른 속도로 복구됐다.

-후우.

인간이 아닌 것은 자신도 마찬가지요, 경이로운 재생력을 가진 것 또한 같았다. 그렇다면.

'저 입만 조심한다면.'

신성을 지닌 그가 훨씬 더 유리하다.

"그래, 그렇게 나와야지."

강우는 즐겁다는 듯 낄낄 웃었다.

실로 오랜만에 맛보는 즐거움이었다. 거짓으로 자신을 가리지 않고. 계략으로 적을 속이지 않고. 순수하게 욕망에 따라 날뛸 수 있는 순간.

강우는 천천히 고개를 들었다.

깊게 숨을 들이쉬었다.

눈을 감는다. 심장을 중심으로, 거대한 마기의 격류가 전신에 휘몰아치는 것이 느껴졌다.

'개문.'

마해(魔海)를 가두고 있는 세 개의 문. 만마전. 그중 하나를 열었다.

하지만 예전 백강현을 상대했을 때와는 달리 이성이 날아가지도, 전신이 슬라임과 같은 검은 액체로 변하지도 않았다.

'그때랑은 다르지.'

가이아 시스템에 힘이 봉인된 그때와, 과거의 힘을 되찾은 것을 넘어 아득히 강해진 지금. 차이가 있을 수밖에 없었다.

강우는 문을 넘어 범람하기 시작한 마해(魔海)의 기운을 제어했다. 끔찍할 정도로 난폭한 마기의 격류가 그의 의지에 따라 움직였다.

'2문을 여는 건 아직 무리인가.'

열 수는 있다. 다만, 지금처럼 정신을 유지한 채, 마해의 격류에 휩싸이지 않을 자신이 없었다.

아쉬웠지만 크게 신경 쓰지 않기로 했다. 고작 문 하나를 연 것에 불과하지만, 개문(開門)을 제어할 수 있게 된 것부터가 경이로운 발전이었다.

'후유증은 똑같겠지만.'

상관없다. 신(神)을 잡아먹기 위해 그 정도 리스크는 감수할 수 있다.

"흐아."

숨을 토해냈다.

감았던 눈을 천천히 떴다.

'인페르노.'

손을 뻗었다. 샛노란 화염으로 타오르는 검이 만들어졌다.

거칠게 발을 박차고 날아올랐다.

-춤추거라, 노래하거라.

공포의 성좌가 음산한 목소리로 주문을 외웠다.

거대한 낫을 들어 넓게 휘둘렀다.

흐오오오오!

그의 육체를 이루고 있는 수천, 수만의 원혼 중 일부가 빠져나와 보랏빛 구체로 뭉쳤다.

수십, 수백 개에 달하는 구체가 강우를 노리고 쏘아졌다.

공중에서 발을 박차 공격을 피한다. 김시훈에게 배운 보법이 큰 도움이 됐다.

허공을 짓밟으며, 용이 춤을 추듯 몸을 비틀었다. 도끼를 내리찍듯, 양손으로 인페르노를 잡아 휘둘렀다.

공포의 성좌는 원혼의 낫을 들어 공격을 막았다.

까아아아앙!

날카로운 쇳소리와 함께 인페르노가 튕겨 나갔다.

-소용없다고 말했다!

공포의 성좌는 신성을 폭발시키며 외쳤다.

강우의 입가가 올라갔다.

튕겨 나간 인페르노를 들어, '자신의 팔'을 향해 휘둘렀다.

-뭣?

공포의 성좌의 눈이 당혹감에 물드는 것과 동시에.

촤아악!

샛노란 칼날에 팔이 잘려 나갔다. 검은 피가 분수처럼 쏟아져 공포의 성좌에 몸에 달라붙었다. 그리고.

우드드득!

-크아아악!

피에서 나타난 무수한 '입'들이 공포의 성좌의 몸을 씹어 삼켰다.

그가 자부하고 있던 신성의 벽도, 수만에 달하는 원혼의 보호막도 의미 없었다. 마치 피라냐 떼가 먹잇감을 잡아먹듯, 강우의 핏방울에서 나타난 수십, 수백 개의 입이 빠른 속도로 몸을 갉아 먹었다.

-크윽!

공포의 성좌는 창백하게 질린 표정으로 몸을 내려다보았다. 뭔가 이상함을 느끼고 반사적으로 몸을 피한 탓에 전신에 피가 묻지는 않았다.

낫을 들어 피가 묻은 육체를 베어냈다.

-허억, 허억!

거친 숨이 흘러나왔다. 아까 전에도 그랬지만, 비정상적일 정도로 강렬한 고통이었다. 망설임 없이 육체를 베어낸 데서 고통보다는 시원함이 느껴졌을 정도로.

'저, 저놈의 피에 닿으면 안 돼.'

공포의 성좌는 창백한 표정으로 뒤로 물렀다.

예전 고통의 성좌와 겨뤄본 일이 있었다. 그때 느꼈던 고통이 장난스러울 정도로, 저 '입'에 씹어 먹혔을 때의 고통은 끔찍했다.

'거리를 벌리고, 원거리에서 공격한다.'

저 피에 닿는 순간 끝이었다.

-장송곡을 울려라!

흐오오오오오!

강우에게서 거리를 벌린 공포의 성좌가 낫을 높게 들어 올렸다.

원혼으로 이루어진 보랏빛 구체가 비처럼 쏟아졌다.

피할 공간은 존재하지 않았다.

쿠구구구궁!!

땅에 닿은 원혼이 몸 안에 있는 사기를 폭발시켰다.

거대한 보랏빛 폭풍이 대지를 뒤흔들었다. 수백 미터 길이의 크레이터가 생기며 대지가 찢겨 나갔다.

-……해치웠나?

공포의 성좌가 황폐해진 대지를 내려다보며 중얼거렸다.

그의 공격을 피하지 못한 듯, 온몸이 박살 나 조각조각 찢긴 괴물의 모습이 보였다.

"부활 주문 감사요."

그때, 낄낄거리는 웃음소리가 귓가에 들렸다.

공포의 성좌는 딱딱하게 굳은 얼굴로 소리가 들리는 방향으로 고개를 돌렸다.

찔꺽. 찔꺽.

바닥에 흩뿌려진 검은 피가 모여들고 있었다. 찢겨 나간 팔과 다리가, 내장들이 꿈틀거리며 재생하고 있었다.

-이런 미, 친.

원혼으로 이루어진 육체에 소름이 돋았다.

아무리 그라고 해도 저렇게 전신이 갈기갈기 찢겨 나간 상태에서는 재생할 수 없었다.

-대체 어떻게…….

저 괴물을 죽일 수 있단 말인가. 아니, 과연 죽기나 하는 걸까.

불가해(不可解)하기 짝이 없는 괴물의 모습에 몸이 떨렸다.

'제길.'

공포의 성좌는 초조한 표정으로 낫을 움켜쥐었다.

방금 전 공격은 그의 전력을 쏟아부었던 공격. 그것으로도 죽일 수 없다면, 더 이상 다른 방법이 없었다.

'마신님의 신격을.'

해방한다.

-후우우우.

보랏빛 안광이 빛났다.

낫을 든 채로 정신을 집중했다. 마신의 신격을 해방하기 위해서는, 아니, 정확하게는 마신의 신격을 해방하고도 무사하기 위해서는 고도로 집중해서 신격을 해방해야 했다.

흐오오오오오!!

공포의 성좌의 몸에서 갑작스럽게 거대한 기운이 흘러나왔다.

몸을 이루고 있는 원혼들이 보랏빛으로 빛나며 소용돌이처럼 주변을 맴돌기 시작했다.

"미안한데."

강우는 망설임 없이 말을 박찼다.

점멸의 권능을 사용해 거대한 기운을 일으키고 있는 공포의 성좌의 앞으로 도약했다.

"내가 변신 장면 기다려 줄 성격이 아니라서 말이야."

짙은 미소를 지으며 오른팔을 앞으로 뻗었다.

사실 공포의 성좌가 숨겨둔 한 수를 준비할 때까지 느긋하게 기다릴까도 고민했지만, 공포의 성좌에게서 흘러나오는 거대한 기운은 개문을 사용한 강우로서도 '위험'하게 느껴졌다.

촤악!

강우의 오른팔이 갈라지며 검은 피가 쏟아졌다.

-크읏!

공포의 성좌는 마신의 신격을 해방하려는 것을 멈추고 다급히 뒤로 몸을 뺐다. 어깨 쪽에 검은 피 몇 방울이 튀었다.

으드드득!

-크아아아아아!!

어깨 쪽에 튄 피에서 다시금 수십 개의 입이 나타났다.

공포의 성좌는 끔찍한 고통에 비명을 토하며 낫을 휘둘러 자신의 팔을 잘랐다.

-허억, 허억.

거친 숨이 흘러나왔다.

공포의 성좌는 창백하게 질린 표정으로 강우를 바라보았다.

-어, 어째서.

그도 아무 생각도 없이 마신의 신격을 해방하려고 했던 것이 아니다.

신격을 해방하는 도중, 그의 주변에는 마신의 힘으로 만들어진 강력한 보호막이 펼쳐진다. 그가 정신을 집중해 신격을 해방할 수 있을 정도의 시간은 충분히 벌어다 줄 강력한 보호막이.

'그런데 왜.'

이해할 수 없다는 눈빛으로 눈앞의 괴물을 바라보았다.

저 괴물은 마신의 보호막을 아무렇지도 않게 무시하고 자신에게 접근했다.

보호막을 부쉈거나, 찢은 것이 아니다. 그냥 처음부터 '없었던' 것처럼 마신의 힘을 뚫고 들어왔다.

"응? 뭐가?"

반응을 보아하니 애초에 보호막의 존재조차 알지 못했던 것 같다.

공포의 성좌는 이해할 수 없는 상황에 표정을 일그러뜨렸다.

이렇게 된 이상.

'소멸을 각오하고…… 바로 신격을 해방하는 수밖에는…….'

최악의 상황이다.

공포의 성좌는 낯을 움켜쥔 채 고민에 잠겼다.

"왜 그래. 아직 안 끝났잖아."

강우는 짙게 웃으며 말을 이었다.

"나랑 더 놀아야지."

아직 부족했다. 숨겨둔 수를 사용하는 것은 방해받았지만, 아직 공포의 성좌에게 싸울 여력은 아직 충분히 남아 있었다. 이 즐거운 전투를 조금 더 이어갈 수 있나.

강우는 활짝 웃으며 공포의 성좌가 있는 곳으로 발을 박찼다.

그때였다.

촤악!

주변을 둘러싸고 있던 결계가 찢겨졌다.

찢겨진 틈으로 얼굴에 긴 검상이 나 있는 중년 사내가 내려왔다. 중년 사내는 한쪽 팔이 잘린 공포의 성좌의 앞을 가로막으며 푸른빛으로 빛나는 검 한 자루를 손에 쥐었다.

아무런 감정이 느껴지지 않는 고요한 눈빛으로 공포의 성좌를 향해 달려드는 강우를 응시했다.

-저, 절망의 성좌시여.

공포의 성좌의 두 눈이 커졌다. 마치 위기에 빠진 히로인을 구하기 위해 달려온 주인공과 같은 구도.

푸른빛으로 빛나는 검을 들어 올려 달려드는 강우를 향해 휘둘렀다. 딱히 공격의 의지가 느껴지지 않는, 뒤로 물러나라는 의미의 검격. 강우의 입가가 찢어질 듯 올라갔다.

공포의 성좌는 다급히 손을 뻗었다. 불길한 예감이, 머릿속을 스쳤다.

-잠……!

그의 말이 이어지기 전에.

강우는 휘둘러지는 검을 향해 몸을 던졌다

"뭣?"

설마 검을 향해 아무 망설임 없이 몸을 던지리라고는 예상하지 못했던 태무극의 입에서 당황스러운 목소리가 흘러나왔다.

푸른빛으로 빛나는 천룡(天龍)의 검이 강우의 목을 갈랐다.

그리고.

촤아아악!

강우의 목이 떨어져 나가며 잘린 단면을 통해 검은 피가 분수처럼 쏟아졌다. 태무극의 뒤에 서 있던 공포의 성좌를 향해.

"……이게 무슨."

태무극은 루시퍼가 경고했던 '괴물'이라는 놈이 그냥 견제 삼아 가볍게 휘두른 검격 한 번에 죽어버리자 허무하다는 듯 중얼거렸다.

고개를 돌려 공포의 성좌를 돌아보았다.

검은 피에 머리부터 발끝까지 젖은 공포의 성좌는.

-아, 안 돼.

더 없을 정도로 공포에 질린 채, 절규했다.

-안 돼에에에에에에!!!

공포에 질린 절규가 울려 퍼졌다.

공포의 성좌는 한쪽만 남은 팔로 몸을 더듬으며, 미친 듯이 검은 피를 털어냈다.

하지만.

-아, 안 돼.

전신에 쏟아지다시피 한 검은 피가 털어내질 리가 없다.

공포의 성좌는 보랏빛 안광을 빛내며, 태무극을 향해 손을 뻗었다.

"왜 그렇게 호들갑이냐."

태무극은 지금 상황이 이해되지 않는 듯 눈살을 찌푸렸다.

고작해야 피가 튀었을 뿐이다. 신이라는 작자가 뭐 그리 호들갑을 떤단 말인가.

머릿속에 떠오른 의문이 해결되기까지는 많은 시간이 필요하지 않았다.

우득, 우드득!

공포의 성좌의 몸에 쏟아진 검은 피가 출렁였다.

살아 있는 생명처럼, 꿈틀거리며 맥동했다. 그리고.

입이.

감히 세는 것이 무의미할 정도로 무수한 입이 나타났다.

"……무슨."

생긴 것은 상어의 아가리와 비슷했다.

입술은 없었고, 넓게 벌어진 입안에는 송곳처럼 날카로운 이빨들이 촘촘하게 돋아 있었다. 입이라기보다 지퍼를 연 가방 안에 무수한 이빨이 돋아 있는 것처럼도 보였다.

혓바닥도, 그 너머의 목젖도 보이지 않았다. 오로지 먹이를 삼키기 위해 벌어진 입과 물어뜯어 찢기 위한 이빨만 있을 뿐.

맥동하듯 꿈틀거리는 검은 피에서 나타난 무수한 입이 공포의 성좌의 몸을 씹어 삼키기 시작했다.

-끼에에에엑!! 키헥! 히에엑!

신이 내지르는 비명이라기에 너무도 꼴사나운 비명이었다.

공포의 성좌는 바닥에 쓰러져 몸부림치며, 울부짖으며, 절규하며 손을 뻗었다.

제발 자신을 살려달라는 듯, 이 괴물의 아가리 안에서 꺼내달라는 듯. 애처롭게 손끝이 떨리고 있었다.

와자작!

그리고, 애처롭게 떨고 있는 손끝조차 개미 떼처럼 달려든 괴물의 아가리에 씹어 삼켜지고 말았다.

"꺄아악! 뭐, 뭐야 이건?"

여인의 새된 비명이 겹쳐 들렸다.

태무극의 뒤를 따라온 프로세르핀이 공포의 성좌의 울부짖음을 듣고는 경악한 표정으로 입을 벌렸다.

"저, 저게 루시퍼가 말한 괴물이야?"

프로세르핀이 떨리는 목소리로 물었다.

태무극은 굳게 입을 다문 채 대답하지 않았다.

가늘게 떨리는 눈으로 공포의 성좌를 뜯어 먹고 있는 괴물을 응시했다. 감정이라는 것이 거의 남아 있지 않은 그조차, 지금 이 광경에는 전율할 수밖에 없었다.

신을 먹는 괴물이라니. 세상에 이런 존재가 있으리라 상상이라도 했던가.

"후우."

깊게 숨을 들이쉬었다.

가늘게 눈을 뜨고, 정신을 집중했다. 저 괴물의 정체가 무엇인지는 알 수 없었지만, 해야 할 일은 하나였다.

'더 이상 별이 떨어지게 둘 수는 없지.'

고통의 성좌야 워낙 무능했으니 상관없다 하더라도 공포의 성좌는 얘기가 달랐다. 이번에 그가 짠 계획은 처참히 실패했으나, 기본적으로 그는 유능했다.

우우웅.

단전에서 내공을 일으켰다.

단전이라고 해도 일반적인 무인이 지닌 단전과는 개념이 달랐다. 현경을 넘어 초월경에 도달한 그에게는 전신에 흐르는 세맥 하나하나가 모두 단전이나 다름 바 없었다.

검에 담긴 푸른빛이 짙게 타올랐다. 푸른빛에 검은색이 섞이더니, 검푸른 불꽃이 되어 검신 전체를 덮었다.

"섬(閃)."

짧게 읊조리며 검을 휘둘렀다. 공포의 성좌의 몸을 뜯어 먹던 괴물의 입들이 검푸른 불꽃에 휩쓸렸다.

화르르륵!

검은 점액질이 불에 타올랐다. 수천, 수만 개가 넘는 무수한 입들이 검푸른 불꽃에 닿자 몸을 비틀며 공포의 성좌의 몸에서 떨어졌다.

-히에, 에엑.

오래 쓰다 버린 걸레처럼, 전신이 너덜너덜해진 공포의 성좌가 몸을 비틀거렸다. 안 그래도 반투명했던 육체가 한층 더 옅어져 있었고 유일하게 선명하게 빛나던 보랏빛 안광이 불안정하게 떨렸다.

-아으, 아.

털썩.

공포의 성좌는 제대로 말조차 내뱉지 못한 채, 바닥에 쓰러졌다.

그 모습을 바라보고 있던 프로세르핀의 표정이 일그러졌다.

"이거 살아 있는 거 맞아?"

무수한 원혼(冤魂)의 군집으로 이루어진 신에게 살아 있다고 말하는 것이 꽤나 어색했으나, 태무극은 천천히 고개를 끄덕였다. 신격이 온전히 남아 있냐 아니냐를 따지면 아직 살아 있는 게 맞다.

"대체 뭐야 저건?"

프로세르핀이 '두' 눈을 찡그리며 물었다.

본래라면 8개의 눈을 지녀야 했을 그녀는 모종의 일 때문에 지금은 엘프의 모습으로 변해 있는 상태였다.

몽환적인 남보랏빛 머리칼을 길게 땋아 내린 그녀의 모습은 요정이라는 표현이 부족할 정도로 아름다웠다.

"……모른다."

태무극은 고개를 저었다.

신을 말 그대로 '잡아먹는' 괴물이라니. 신화 시절에도 저런 존재가 있다고는 들어본 적이 없다.

당연했다. 힘은 고유의 성질과 특성을 갖는다. 신격이라면 말할 것도 없다.

그런 고유의 힘을 먹어치워 한 몸에 섞어두는 것은 인간을 기준으로 비유하자면 혈액형이 다른 피를 수혈받는 것이나 다름없는 짓이다.

아니, 혈액형이 다르다는 표현 정도로는 부족했다. 몸 안에 기름을 수혈받는 것이나 마찬가지인 미친 짓이다.

'살아남을 리가 없을 텐데.'

태무극은 복잡한 표정으로 검푸른 불꽃에 타버린 괴물의 모습을 내려다보았다. 검은 점액질로 이루어진 괴물은 움찔움찔 몸을 떨다가 녹아내리듯 땅에 스며들었다.

"……죽은 거야?"

프로세르핀이 가늘게 눈을 뜨며 물었다. 태무극의 검격에 당한 검은 점액질의 괴물은 더 이상 보이지 않았다.

태무극은 굳게 입을 다문 채 검 자루를 쥐었다. 그리고 나지막이 답했다.

"아니. 아직 죽지 않았다."

찔걱.

그의 대답에 호응하듯 질척한 물소리가 들렸다.

소리가 들리는 곳으로 고개를 돌렸다.

"이야."

그곳에는 태무극의 검에 목이 잘려 나갔던 강우가 활짝 미소를 지은 채 그를 올려다보고 있었다. 잘려진 목의 단면에서 흘러나온 검은 피가 쓰러진 몸과 이어진다.

목이 잘린 몸이 천천히 일어서 느긋한 발걸음으로 목이 있는 곳으로 걸어갔다.

바닥에 떨어진 머리를 잡아 들어 목에 붙였다. 갈라졌던 수면이 하나로 뭉치듯, 목을 가로지르는 검상이 사라졌다.

"둘이나 더 왔네?"

참을 수 없이 즐겁다는 듯, 입이 길게 찢겨 올라간 강우가 낄낄 웃음을 터뜨렸다.

"……언, 데드?"

프로세르핀이 아연한 표정으로 강우를 바라봤다. 목이 잘리고도 멀쩡할 수 있는 존재는 당장 언데드 외에는 떠오르는 게 없었다.

"아니, 그건 아닌데."

그녀는 혼란스러운 듯 고개를 저었다.

언데드라고 하기에는 단 한 줌의 사기(死氣)조차 느껴지지 않았다. 사기는커녕, 오히려 보는 것만으로 불에 타버릴 것 같은 뜨거운 열망만이 느껴졌다.

"놈의 정체에 대해 신경 쓸 때는 아닌 것 같군."

태무극은 담담히 말하며 몸을 살짝 낮춰 자세를 잡았다. 그의 눈에는 처음 강우를 보았을 때의 동요는 더 이상 남아 있지 않았다.

강우는 고개를 끄덕이며 답했다.

"그래. 솔직히 이제 너, 너는 누구냐? 뭐 이 지랄하면서 분량 때우는 것도 많이 했잖아?"

그 장면만 모아도 10편은 나올 거다.

"그냥 지금 이 순간을 즐기자고 우리."

강우는 열띤 숨을 토하며 태무극을 응시했다.

태무극을 본 순간 깨달았다

'이놈이다.'

산탄젤로의 지하. 아득할 정도의 성력으로 보호되고 있는 공간을 파괴하고 마신의 유산을 탈취한 범인. 아직은 증거가 완벽하진 않지만, 확신할 수 있었다. 왜냐하면.

'모르겠어.'

눈앞의 사내는, 개문을 사용한 강우조차 가늠할 수 없을 정도의 강자였으니까.

"그래, 이 정도는 돼야지."

심장이 터질 듯이 두근거린다.

방금 전 성좌 하나를 너덜너덜해질 때까지 씹어 삼켰지만 아직 허기는 채워지지 않았다. 조금 더 강한, 조금 더 먹음직스러운 먹잇감을 원한다. 타오르는 욕망에 이성이 집어삼켜진다.

신경 쓰지 않았다. 지금 이 순간만큼은, 욕망을 거스르지 않았다.

콰아앙!

거칠게 발을 구르며 달려들었다.

마해의 열쇠를 검의 형태로 만들었다.

따로 권능은 담지 않았다. 어차피 어떤 권능도, 눈앞의 신에게 흠집조차 내지 못한다는 것을 잘 알고 있다.

까앙! 깡! 캉!

태무극은 침착하게 검을 움직여 강우의 공격을 튕겨냈다.

"……음."

몇 번 검을 교환하던 태무극의 눈썹이 휘었다.

무언가 이해할 수 없다는 듯, 고개를 갸웃거렸다.

하지만 그것도 잠시. 태무극은 다시 평소의 무감정한 상태로 되돌아와 검을 휘둘렀다.

"하찮군."

덤덤한 목소리로 말했다.

무공이라는 분야에서 신의 경지에 오른 그의 입장에서 강우의 검술은 어설프다 못해 하찮을 정도였다.

횡으로 휘둘러지는 검을 금나수의 수법을 통해 튕겨냈다.

강우의 손에서 마해의 열쇠가 떨어졌다.

태무극은 강우를 향해 검을 겨눴다.

"알고 있어."

강우는 낄낄 웃으며 자신을 겨눈 검을 향해 몸을 던졌다.

어차피 검술로 이길 생각은 없었다.

자신을 향해 겨눠진 검을 손에 쥐며, 미끄러지듯 손을 쓸었다. 손바닥이 반으로 갈라지며 검은 피가 쏘아졌다.

"크."

태무극은 다급히 몸을 뒤로 빼냈다.

저 피에 닿는 순간 무슨 일이 일어나는지는, 익히 알고 있는 바였다.

"훙, 저 피 뿜는 것만 조심하면 된단 말이지?"

프로세르핀이 가세했다. 그녀는 원거리에서 마법을 사용해 강우를 요격했다.

검은 마기로 이루어진 수천 발의 화살이 강우를 노렸다. 강우의 전신에 고슴도치처럼 빼곡히 화살이 박혔다.

"그래, 그것만 조심하면 돼. 쉽지?"

온몸이 화살에 꿰뚫린 강우의 몸이 검은 점액질로 바뀌었다가 다시 뭉쳤다. 그러자 빼곡하게 박힌 화살들이 바닥에 우르르 떨어졌다.

"……이런 미친."

프로세르핀은 어처구니없다는 듯 강우를 노려보았다.

불사(不死)의 괴물이라니.

"그렇군."

태무극이 알았다는 듯 고개를 끄덕였다. 루시퍼가 경고한 '괴물'을 상대하는 법이 그의 머릿속을 스쳤다.

"프로세르핀, 시간을 벌어라."

"……알았어."

평소라면 명령하지 말라고 앙칼지게 쏘아붙일 그녀였지만, 지금은 그럴 상황이 아니라는 것 정도는 잘 알고 있었다.

프로세르핀은 있는 대로 마법을 쏟아부어 강우의 움직임을 막았다.

"불사의 괴물이라면."

태무극은 양손으로 검 자루를 쥐었다.

무기질적인 목소리로 선언했다.

"흔적조차 남기지 않고 소멸시키면 될 뿐."

화르르륵!!!

끔찍한 열기를 머금은 검푸른 불꽃이 검을 타고 타올랐다.

"천룡."

양팔을 머리 높이 들었다. 검에서 뿜어져 나온 검푸른 불꽃이 엄청난 속도로 몸집을 키웠다. 수십 미터, 수백 미터를 넘어 몇 킬로에 달하는 검강이 만들어졌다.

"일섬."

순간적으로 수 킬로에 달하는 검강이 한 점에 압축됐다.

태무극은 머리 높이 들어 올린 검을 내리그었다.

————————!

소리조차 없다. 끔찍할 정도의 파괴가 꼬리에 꼬리를 물고 이어졌다. 만약 주변을 둘러싼 검은 결계가 아니었다면 아르난 제국의 영토 전체가 날아가 버렸을, 아니, 어쩌면 에르노어 대륙 전체가 반으로 갈라져 버렸을 아득한 위력의 파괴.

검푸른 화염은 세상 모든 것을 집어삼킬 듯 격렬하게 몸을 비틀었다.

"이 미친놈! 나까지 죽일 생각이야?"

프로세르핀이 사납게 쏘아붙였다.

검푸른 불꽃의 폭풍에 그녀까지 휘말린 듯, 예쁘게 땋아 내린 머리칼이 난장판이 되어 있었다.

"조절한 거다."

태무극은 덤덤히 답하며 고개를 돌렸다.

모든 것이 소멸한 자리. 그곳에는 루시퍼가 말한 괴물의 흔적조차 남아 있지 않았다.

"이젠 죽었겠지?"

프로세르핀이 고개를 두리번거리며 물었다.

태무극은 고개를 끄덕였다.

핏방울 하나 남기지 않고 소멸시켰다. 아무리 상대가 불사의 괴물이라고 하지만, 이 폭발 속에서 살아남는 것은 불가능했다.

"돌아간다."

태무극은 몸을 돌렸다.

너덜너덜해진 공포의 성좌를 잡아들었다. 계획을 망친 주범인 김시훈이 아직 살아 있었지만, 오늘은 일단 물러나야 할 때임을 직감했다.

"하아. 머리가 엉망이 됐잖아."

프로세르핀은 불에 그슬려 헝클어진 머리칼을 정돈하며 신경질적으로 말했다.

태무극은 허공에 검을 휘둘렀다.

쩌적.

공간이 갈라지며 검은 균열이 나타났다.

천천히 발걸음을 옮겨 안으로 들어갔다. 엘리베이터의 문이 닫히듯, 허공에 만들어진 검은 균열이 서서히 닫혔다.

그리고.

콰드드득!!

허공에서 만들어진 두 팔이 닫히고 있는 균열을 억지로 붙들었다.

"……뭐, 라고?"

"뭐, 뭐야 이건 또?"

태무극의 두 눈이 부릅떠졌다.

프로세르핀의 경악에 찬 비명이 터져 나왔다.

"어딜, 가."

더듬거리는 목소리.

허공에 만들어진 두 팔을 기점으로, 공중에 흩어져 있던 검은 연기들이 뭉치기 시작했다.

검은 연기가 모여 작은 핏방울이 되고, 핏방울이 모여 검은 점액질로 변했다. 어린아이가 점토로 장난을 친 것처럼 머리와 다리, 가슴과 배의 위치가 뒤죽박죽인 형태의 무언가가 만들어졌다.

찔꺽, 찔꺽. 질척이는 물소리와 함께 뒤죽박죽이었던 형태의 무언가가 원래의 모습을 찾아갔다.

허벅지에 붙어 있던 머리가 천천히 위로 올라왔다. 아직 완전히 돌아온 것은 아닌지 눈과 코, 입의 위치가 뒤죽박죽이었다.

"이런, 미친……."

태무극은 자기도 모르게 뒷걸음질 쳤다.

균열의 앞. 닫히려는 균열을 억지로 붙잡고 있는 것은, 분명 자신이 방금 소멸시킨 괴물이었다.

'저 괴물에게 그딴 건 아무 의미가 없다!! 입 닥치고 도망쳐라! 저 괴물이 너희를 집어삼켜서 더 커지기 전에, 빨리 도망치란 말이다!!!'

루시퍼의 절규가 불현듯 머릿속에 떠올랐다.

"아직, 안, 끝났, 잖, 아."

괴물이. 마해(魔海)에서 태어난 것과도 같은 끔찍한 괴물이.

"우리, 조금 더, 같이, 놀, 아야, 지."

자신을 바라보며 환하게 웃고 있다.

의식이 흐릿하다. 불에 타들어 가듯, 이성이 점멸하고 있다.

'아직.'

끝나지 않았다. 끝낼 수 없다.

손에 힘을 더했다. 갈라진 공간을 억지로 잡아 벌렸다.

"이런, 미, 친."

경악에 찬 눈빛이 보였다.

저놈이 누구였더라? 다시금 의식이 점멸한다.

"아, 으."

고개를 숙였다.

흐릿해지는 이성을 붙잡았다. 활짝 열려 있는 하나의 문을 통해, 검은 바다가 범람하는 것을 느낀다.

'조금, 위험한가.'

간신히 의식의 끈을 붙잡았다.

왜 이렇게 됐는지를 생각했다.

길게 생각할 것도 없다. '개문'을 사용했을 때부터, 이렇게 되리란 걸 예상하고 있었으니까.

개문을 사용하고 있을 때 그는 '죽지 않는'다. 목이 잘려도, 심장이 터져도, 사타구니부터 반으로 몸이 갈라져도. 심지어 핏방울 하나까지 모조리 증발시켜도. 죽지 않는다. 범람한 마해(魔海)의 힘이 육체를 재구성하기에, 마해 전체를 소멸시킬 수 있는 힘이 아니라면 무슨 짓을 해도 다시 부활한다.

'하지만.'

다시 한번, 이성이 점멸했다. 이곳이 어디인지, 자신이 누구였는지 잘 기억나지 않았다. 마해가 육체를 재구성할 때마다 점점 더 의식이 흐릿해졌다. 이성이 사라지며 지성이 증발한다.

오롯이 남은 것은, 끝없는 허기뿐.

'더.'

더, 더, 더, 더.

먹고 싶어, 먹고 싶어.

배고파, 배고파, 배고파.

아직 아까 전에 먹었던 영체도 다 못 먹었는데. 저 검푸른 검을 든 놈도 맛있어 보이는데. 아, 옆에 엘프도 괜찮을 것 같다.

"흐아, 아."

찔꺽.

수면에 파동이 일 듯, 육체가 일그러졌다. 팔과 다리가, 머리와 가슴의 형체가 무너져 검은 점액질이 되었다.

맥동하는 검은 점액질에서 무수한 입이 나타났다.

"뭐, 야 이거……"

아냐, 아냐. 저 셋으로도 부족해. 턱없이 부족해.

오랫동안 참아 왔잖아? 지옥에서 나온 다음, 한 번도 만족할 만큼 먹어본 적 없잖아? 조금만 더 먹자. 배고프지 않아?

목소리가 들린다. 달콤하고, 사랑스러운 목소리였다.

자, 자.

먹자, 먹자, 먹자.

셋 가지고는 안 돼. 더 먹어버리자. 세계를 집어삼키자.

어차피 다른 세계잖아? 이 세계가 멸망한다고 해도 아무 상관 없잖아?

그러면 모두 먹어버리자. 인간도, 천사도, 악마도, 괴물도, 요정도, 용도. 그리고 신도. 다 먹어치워 버리자.

꾸르륵.

끔찍한 허기가 몸을 잠식했다.

시야가 일그러진다. 다시 한번 목소리가 들린다.

어때? 문을. 하나만. 더. 여는 건?

"조……."

활처럼 몸을 구부렸다.

검은 점액질로 변해가는 육체를 억지로 붙들었다.

머릿속에 들리는 달콤한 목소리를 향해.

답한다.

"좆 까는 소리하네."

범람하는 검은 바다에서 몸을 일으켰다. 엉망으로 뒤섞였던 육체가 다시 원래의 모습으로 되돌아왔다.

누구의 목소리였을까. 마신의 것은 아니었다.

마신이 아니라면 답은 하나였다.

'욕망이겠지.'

악마로서의 본질. 오강우라는 존재의 근간을 이루는 욕망. 마음껏 날뛰도록 내버려 둔 욕망이 울부짖는 목소리일 것이다.

'네가…… 네가 예언의 악마였구나.'

불현듯, 고통의 성좌가 내뱉었던 말이 떠올랐다.

세계의 종말을 가져올 존재. 마해에 집어삼켜지게 된다면, 자신은 그 예언대로 세계를 멸망시키게 되는 걸까.

'뭐.'

그럴 일은 없겠지만.

강우는 피식 웃었다.

만약 그랬다면, 세상은 한참 전에 멸망했을 것이다.

"……너는, 뭐냐."

목소리가 들리는 곳으로 고개를 돌렸다. 반쯤 죽어 있는 공포의 성좌와 그를 들고 있는 중년 사내의 모습이 보였다.

강우는 중년 사내를 바라보며 쯧쯧 혀를 찼다.

"새끼, 아까 전에 그런 거 물어보지 않겠다고 했으면서 결국 또 그러네."

뭔 만나는 새끼들마다 대사 레퍼토리가 똑같아.

이러니까 스토리 반복된다고 욕 처먹지.

"그게 뭐가 중요해 인마."

강우는 오른팔을 들어 올렸다. 태무극의 공격에 튕겨 나갔던 마해의 열쇠가 날아와 검붉은 창의 형태로 변했다.

"자, 그런 재미 대가리도 없는 거 신경 쓰지 말고."

마저 놀자고.

태무극의 표정이 딱딱하게 굳었다.

검 자루를 만지며 잠시 고민을 이어가던 그는 공포의 성좌를 잡아 들었다.

그러고는, 던졌다. 맹수에게 먹이를 던져 시선을 돌리듯.

"하."

강우는 헛웃음을 터뜨리며 배를 잡았다.

"먹고 떨어져라, 뭐 그런 거야?"

낄낄 웃으며 물었다.

태무극은 답하지 않았다.

"뭐, 좋아."

강우는 느긋이 걸어가 너덜너덜해진 공포의 성좌의 육체를 잡았다. 어차피 더 이상 싸움을 이어갔다가는 정말로 이성의 끈을 놓아버릴 위험이 컸다.

그는 통제할 수 없는 것을 싫어했다. 아직 제대로 알지 못하는 심연의 마기와 불안정한 혼돈의 힘을 자주 사용하지 않는 것도 완벽히 통제할 수 있다는 확신이 없기 때문이었다.

필요한 상황이라면 도박을 하는 것을 주저하지 않지만 도박을 할 이유가 없는 상황에 목숨을 걸 필요는 없다.

"다음 만남을 기약하자고."

무수한 입에 뜯겨 너덜너덜해진 공포의 성좌를 들어 올렸다.

쩌억.

뱀이 아가리를 벌리듯, 기형적으로 벌어진 강우의 입이 공포의 성좌를 씹어 삼켰다.

"……너를 기억하지."

태무극이 낮은 목소리로 말했다.

강우는 공포의 성좌를 집어삼킨 배를 툭툭 두드리며 웃었다.

"잊으려고 해도 잊지 못할 거야."

내가 널 다시 찾아갈 테니까.

태무극은 몸을 돌려 검은 균열 안으로 걸어 들어갔다.

프로세르핀은 멍한 표정으로 강우를 바라보고 있었다. 신화의 시절을 겪으면서도, 단 한 번도 보지 못했던 '괴물'을 눈에 담았다.

"아……."

프로세르핀의 몸이 가늘게 떨렸다.

선명한 공포의 감정과 욕망이 뒤섞였다.

"프로세르핀."

"아, 응."

그녀는 태무극이 부르기 전까지 뚫어져라 강우를 바라보다가, 이내 몸을 돌려 균열 안으로 걸어 들어갔다.

검은 결계로 둘러싸인 공간에는 강우만이 남게 됐다.

"흐아."

강우는 공포의 성좌를 먹어치워 빵빵해진 배를 두드렸다.

소화는 나중에 할 일이다. 우선은.

"사라져라."

언령을 사용해 만들었던 마해의 결계를 거둬들였다.

황실 정원을 바가지처럼 덮고 있던 검은 결계가 흐물흐물 녹아 강우의 몸 안으로 흘러들어 왔다.

신과의 전투가 벌어졌던 황실 정원은 처음과 같이 꽃이 만개해 있었다. 모든 충격과 파괴를 마해가 흡수했기 때문에 가능한 일이었다.

'결계가 없었다면.'

황실 정원은커녕, 아르난 제국 전체가 날아가도 이상하지 않을 정도의 전투였다.

"흐흐흐."

강우의 입에서 실없는 웃음소리가 흘러나왔다.

개인적으로는 아주 만족스러운 전투였다. 고통의 성좌 때 느꼈던 실망감이 해소될 정도로.

"하아."

숨을 내쉬었다.

천천히 발걸음을 옮겼다.

전투는 성공적으로 끝났다. 이제는 그 '대가'를 지불할 때였다.

"끝나셨습니까."

굵은 목소리가 들렸다.

고개를 돌리자 발록이 걸어오고 있었다. 인간의 모습이 아닌, 악마의 모습으로.

"응, 끝났어."

"만족하셨습니까?"

강우는 피식 웃었다.

"어느 정도는."

발록이 다가와 가만히 서 있는 강우의 몸을 조심스럽게 만졌다.

"다행입니다."

다행이라는 것 치고는, 그의 얼굴에는 어떠한 웃음기도 없었다.

"다른 애들한테는 들켰어?"

"당연히 들켰습니다."

하긴. 결계로 보호했다고는 하나 황성 정원에 수만에 달하는 망령들이 나타났다. 김시훈을 비롯한 다른 동료들에게 홀로 성좌와 싸운 것이 들키지 않을 리가 없다.

"어떻디?"

"아시지 않습니까?"

발록의 되물음에 쓴웃음을 지었다. 아마 발록이 나서서 말려주지 않았다면 중간에 무슨 수를 써서라도 전투에 끼어들었겠지.

"……고맙다."

강우는 나지막이 말했다.

발록은 강우를 가만히 내려다보며, 그의 몸을 조심스럽게 들어 올렸다. 강우의 몸은 시체처럼 힘없이 축 늘어졌다.

"……얼마나, 심하실 것 같습니까."

"후유증? 글쎄…… 탈태할 때보다는 심하지 않을까?"

태연히 답했다.

하지만 발록은 알고 있었다. 지금 이 말을, '태연하게' 말하기 위해 얼마나 강우가 노력했을지를.

우득.

발록은 거칠게 입술을 씹었다. 검은 핏물이 턱을 타고 흘러내렸다. 굳게 쥔 주먹이 가늘게 떨렸다.

"어째서…… 왜, 홀로 싸우신 겁니까."

답을 알고 있으면서도, 물었다.

"말했잖아. 욕망을 참기 힘들……."

"개, 소리 하지 마십시오!!"

참았던 것을 폭발시키듯, 발록이 외쳤다.

장막 같은 침묵이 내려앉았다.

"마왕님이 오랫동안 욕망을 참아온 걸 알고 있습니다. 참기 힘드신 것도, 저번 일로 더 심해진 것도 알고 있습니다."

하지만. 그렇다고 해도.

"마왕님이라면……."

발록의 목소리가 떨렸다.

"참을 수, 있지 않습니까."

강우는 답하지 않았다.

"참지 못하신 게 아니라…… 참지 않으신 거 아닙니까."

발록은 고개를 떨궜다.

알고 있다. 왜 그가 '참지 않았'는지 알고 있다. 그는 언제나, 그래왔으니까.

혼자서 모든 것을 짊어지고. 어깨를 부수는 무게에 짓눌리면서도. 앞으로, 앞으로. 걸어가기만 했으니까.

"발록."

"알고 있습니다. 예, 아주 잘 알고 있습니다."

그저 투정을 부리는 것에 불과하다. 아빠가 일 때문에 너무 늦게 돌아온다며 따지는 아이와 다를 바가 없다.

발록 자신도 알고 있다. 알면서도, 말할 수밖에 없었다.

"우리엘 때문이지 않습니까."

"……."

"그 천사처럼, 신의 힘 앞에 짓이겨질까 봐 그러신 것 아닙니까."

고통의 성좌와 마주했던 천사. 언제 죽어도 이상하지 않은, 아니, 오히려 죽지 않았던 것이 신기했던 천사. 그를 보며 왕은 무슨 생각을 했을까.

"그래서…… 홀로 싸울 명분을 만드신 것 아닙니까."

자기 자신까지 속여가며. 욕망을 참을 수 없으니 어쩔 수 없다는 편리하기 짝이 없는 변명을 만들어서까지.

"마왕, 님."

발록은 들어 올린 강우의 몸을 조심스럽게 끌어안았다.

개문(開門)이 얼마나 위험한 수단인지 잘 알고 있다. 그 누구보다 오래 그의 옆에서 함께해 온 그였기에, 다른 누구보다도 더 잘 알고 있었다. 개문을 사용한 이후 얼마나 끔찍한 고통 속에서 몸부림치게 되는지.

그나마 '다룰 수 있기' 때문에 고통에 몸부림치는 것으로 끝나는 것이다. 다룰 수 없는 수준의 문을 열면, 마해에 잡아먹혀 다시는 빠져나오지 못한다.

"발록."

강우는 거의 움직이지 않는 손을 억지로 들어, 발록의 머리 위에 올렸다.

언제부터 알았던 걸까. 어쩌면 처음부터 알고 있었을지도 모른다.

알면서 장단을 맞추고 있던 건가.

'새끼.'

뇌까지 근육으로 차 있을 것처럼 생겼으면서 왜 이렇게 쓸데없이 섬세한 거야.

발록의 뒤통수를 가볍게 쳤다.

"많은 것을 잃어왔잖아."

희미한 미소를 입가에 지으며 말을 이었다.

"나는 더 이상 잃고 싶지 않다."

그 말을 끝으로.

강우는 조용히 눈을 감았다.

발록의 몸이 떨렸다.

품에 안은 강우를 내려다보며, 그는 아드득 이를 물었다.

타오르듯 치밀어 오르는 무력감이 그를 짓눌렀다.

그의 짐이 되고 싶지 않았다. 그의 어깨를 짓누르고 싶지 않았다. 하지만.

"흐, 흐으으."

짓씹은 입술 사이로 흐느낌이 새어 나왔다.

어깨가 가늘게 떨렸다.

닿을 수 없다. 아무리 발버둥 쳐도, 어느새 왕은 아득히 앞을 걸어가고 있다.

"흐으으으으."

발록은 숨죽인 울음을 흘리며 왕의 몸을 끌어안았다.

언제까지고. 언제까지고.

• 2장 •

아무것도 아니다

쿵! 쿠웅!

둔탁한 소리가 흘러나왔다. 굳게 닫힌 문에 몸이 부딪히는 소리.

"흐아, 아아."

억눌린 비명이 문 사이로 흘러나왔다. 그리고 이내.

"아아아아아악!!"

끔찍한 절규가 울려 퍼졌다.

찰칵. 찰칵. 찰칵.

문고리가 시끄럽게 흔들렸다.

발록은 그 앞에 서서, 흔들리는 문고리를 굳게 잡았다. 안에 있는 것이 밖으로 나오지 못하게 막는 것처럼 등을 댄 채 문 앞에 주저앉았다.

문 사이로 흘러나오는 끔찍한 절규를 들으며 발록은 터질 듯 주먹을 쥐었다. 입술을 짓씹으며, 고개를 떨궜다.

방 안에서 비명 소리가 들릴 때마다 심장을 칼로 헤집듯 아프다.

"강우 씨!!"

그때, 복도를 달려오는 여인이 보였다.

발록은 고개를 들었다.

한설아. 왕의 여인이자 천신의 영혼이 깃든 인간. 그녀는 문 너머에서 흘러나오는 비명 소리를 들으며 절박한 표정으로 문을 열려고 했다.

"안 된다."

발록은 손을 뻗어 문을 열려는 그녀를 말렸다.

한설아가 날카로운 눈으로 발록을 올려다보았다.

"비켜요."

발록은 단호히 고개를 저었다.

쿠구구궁.

한설아의 몸에서 숨 막히는 기운이 흘러나왔다. 아득한, 감히 가늠할 수 없는 성력이 발록을 짓눌렀다.

"크윽, 카학!"

발록의 표정이 일그러졌다.

근육이 터질 듯이 부풀어 올랐다. 거대한 압력에 숨이 제대로 쉬어지지 않았다.

그럼에도, 비키지 않았다.

"비켜, 요."

한설아의 등에서 열두 장의 날개가 뻗어 나왔다.

발록은 그런 그녀의 모습을 바라보며 입술을 짓씹었다.

무서울 정도로 강력한 힘이다.

'저런 힘이라면.'

왕에게 도움이 될 수도 있겠지.

그 사실이 어처구니없게 느껴졌다. 황당하고, 억울하게 느껴졌다. 분노까지 치밀어 올랐다.

자신은 왕과 같이 걷기 위해서 지난 천 년의 시간을 발버둥 쳤다. 하지만 고작 30년도 채 살지 않은 인간이, 고작 천신의 영혼이 깃들었다는 이유로 그를 아득히 뛰어넘나니. 불합리하다는 생각이 머릿속을 채웠다.

발록은 이를 드러내며 말했다.

"여긴, 못 지나간다."

거대한 힘에 짓눌리면서도, 꿋꿋이 고개를 들어 말했다.

지나가게 둘 수 없다. 이 안에는. 왕이 있으니까.

한설아의 동공에 빛이 사라졌다.

감정이 없는, 섬뜩한 표정으로 그녀는 천천히 손을 뻗었다. 문고리를 잡아 열려고 했다.

"안, 된다고, 말했, 다."

그런 그녀의 손을 발록이 붙잡았다.

거대한 기운 속에서 움직이기 위해 어찌나 힘을 줬는지, 발록의 전신에 거미줄처럼 굵은 힘줄이 돋아 있었다.

한설아는 차가운 시선으로 발록을 내려다보았다.

"왜죠? 강우 씨가 저렇게 고통스러워하고 계시잖아요. 그런데 왜 제가 들어가면 안 된다는 거죠?"

"네가, 할 수 있는 건, 없으니까."

"회복 마법은 자신 있어요. 적어도, 고통을 덜어드리는 것 정도는 할 수 있을 거예요."

한설아는 열두 장의 날개를 펄럭여 거대한 성력을 내뿜으며 말했다.

발록은 깊게 가라앉은 눈빛으로 고개를 저었다.

"아니, 아무것도 할 수 없다."

"……아직 해보지 않았잖아요!"

"해봤다. 모든 수단을 사용해서, 몇 번이나 시도했다."

개문을 사용한 이후, 고통에 미쳐 날뛰는 왕의 고통을 덜어주기 위해 셀 수 없는 시도를 했다.

하지만 아무 소용없었다. 오히려 왕의 상태를 더 위독하게 만들 뿐이었다.

"……가만히, 있어라."

제발.

"가만히…… 있어다오."

발록은 절박한 목소리로 말했다.

한설아는 입술을 잘근잘근 깨물며 고개를 푹 숙였다.

"왜, 왜 강우 씨 혼자서 싸우신 거예요?"

떨리는 목소리로 물었다. 등 뒤에 돋아났던 열두 장의 날개가 흐릿하게 변하며 발록을 짓누르던 압박이 사라졌다.

"후아."

발록은 크게 숨을 토해냈다.

잠시 그녀를 바라보다가 나지막이 입을 열었다.

"천사들에게 집착이 있듯, 악마에게는 욕망이 있다. 너도 세라핌의 힘을 받아들였으니 잘 알고 있지 않은가."

"……강우 씨의 욕망이요?"

"그래."

발록은 고개를 돌려 주변을 살폈다.

왕이 아직 '악마'의 육체를 가지고 있다는 것은 철저하게 숨겨야 할 사실이었다. 특히 김시훈과 가이아의 화신에게는 더더욱.

다행히 김시훈과 가이아의 화신은 결계에서 풀려난 수만의 망령들을 처리하느라 자리를 비우고 있었다.

"마왕님의 욕망은 강자와 싸워 그 육신을 취하는 것이다."

"육신을, 취한다고요?"

흠칫.

한설아의 표정이 굳었다.

발록은 고개를 끄덕였다.

"탐한다고도 볼 수 있지."

한설아의 눈빛이 한층 어둡게 가라앉았다.

"……그래서, 강우 씨가 싸운 성좌는 누구였는데요?"

"모른다."

발록은 고개를 저었다.

"흐응."

한설아는 가늘게 뜬 눈으로 방문을 지그시 바라보았다.

그때였다.

"바, 발록!"

다급한 목소리와 함께 리리스가 달려오는 것이 보였다.

그녀는 다짜고짜 발록의 멱살을 틀어쥐더니 날카로운 목소리로 소리쳤다.

"마왕님이 혼자서 성좌들과 싸우셨다니, 대체 어떻게 된 일이야?"

멀리서 소식을 듣고 바로 달려온 듯, 그녀의 숨은 거칠었다.

발록은 굳게 입을 다물었다.

리리스는 사납게 일그러진 표정으로 발록의 멱살을 틀어쥔 손에 힘을 더했다.

"발록. 넌 뭘 하고 있었던 거야 대체?"

짙은 분노가 서린 목소리로 리리스가 쏘아붙였다.

발록은 고개를 돌리며 리리스의 시선을 피했다. 그런 그의 모습에 발끈한 리리스가 손을 들어 올렸다.

한설아가 리리스를 말렸다.

"지, 진정하세요, 리리스 씨. 강우 씨의 욕망 때문에 어쩔 수 없었대요."

"……욕망?"

리리스의 눈살이 찌푸려졌다.

강우의 욕망이 무엇인지 모르기 때문이 아니었다.

"……그게 무슨 소리야."

발록을 흘겨보았다.

강우가 욕망을 참지 못했기 때문에 홀로 싸웠다니.

있을 수 없는 일이다. 만약 강우가 자신의 욕망을 제어하지도 못했다면 애초에 이 세계가 멀쩡히 남아 있을 리가 없다. 리리스가 아는 한에서, 강우 이상으로 철저하고 완벽하게 욕망을 제어할 수 있는 악마는 없다.

그런데 욕망을 참지 못해서 홀로 싸웠다고?

발록은 아무 대답을 하지 않은 채 고개를 숙였다. 분하다는 듯 짓씹은 입술이 떨리고 있었다.

그런 발록의 모습에서, 리리스는 대강의 상황을 파악했다.

"하."

그녀는 헛웃음을 흘렸다.

경멸 어린 시선으로 발록을 쏘아보았다.

"패왕갑이니 뭐니 새로 힘을 얻었다고 하더니, 결국 예전이랑 달라진 게 하나도 없네."

억눌린 분노가 담긴 목소리로 말했다.

발록은 고개를 떨군 채 들지 않았다.

"그게 무슨 소리예요?"

한설아만이 상황을 이해할 수 없다는 듯 고개를 두리번거렸다.

흥, 리리스는 가볍게 코웃음을 쳤다.

"설아 씨는 신경 쓸 필요 없어요. 이건 저희 문제니까요."

리리스는 검은 머리칼을 쓸어넘기며 말했다.

힘없이 팔을 늘어뜨렸다가, 발록을 향해 조심스럽게 물었다.

"……개문을 사용하신 거지?"

"그렇다."

발록은 고개를 끄덕였다.

리리스는 한숨을 내쉬었다.

지구에서 강우가 개문을 사용한 것을 본 것은 이번이 두 번째. 한 번은 마몬을 상대할 때요, 다른 한 번은 지금이다.

'내가 오시기 전에 한 번 더 사용하셨다고 하지만.'

어쨌든 그녀가 직접 본 것은 이번이 두 번째다.

마몬 때도 그렇지만, 목숨을 무슨 게임 코인처럼 아무렇지도 않게 베팅하는 강우의 모습에 울화가 치밀어 올랐다. 속이 타들어 가고, 눈물이 맺혔다.

리리스는 입술을 잘근잘근 씹었다.

'좀 더 빨리 눈치채야 했어.'

어떻게든 강우의 독단적인 행동을 막아야 했다. 누군가가 나서서 중재해 주지 않는 한, 강우는 계속해서 홀로 짐을 짊어지려고만 할 테니까.

"이익!"

쾅.

리리스는 짜증 난다는 듯 발을 굴렀다. 옆에 서 있던 한설아가 왠지 모르게 그녀와 동화되어 길길이 성을 냈다.

발록은 그런 두 사람의 모습을 바라보며 쓴웃음을 지었다.

"부탁할 게 있다."

"……뭔데요?"

한설아는 다소 날카로운 목소리로 답했다.

"왕이 깨어나더라도, 이번 일에 대해서는 최대한 함구해 줬으면 한다."

무거운 침묵이 내려앉았다.

리리스가 가늘게 눈을 뜨며 입을 열었다.

"그건 힘들 것 같은데? 마왕님의 마음은 잘 알지만, 다시는 이러지 않으시도록 확실히 못을 박아둬야지."

강우가 왜 홀로 성좌와 싸운다는 무모한 선택을 했는지는 잘 알고 있었다.

하지만 그렇다고 해서 앞으로도 강우 혼자서 성좌와 싸우도록 놔둘 수는 없었다. 그래서는 그를 섬기는 이유가, 함께하고 있는 이유가 없다. 성좌의 공격 한 번에 목숨을 잃는다고 해도, 그 한 번의 공격을 받아줄 방패막이라도 되어야 했다. 언제까지고 보호받아야 하는 짐덩이로 남을 수는 없었다.

"……부탁한다."

발록이 나지막이 고개를 숙였다. 고개를 숙인 그의 모습에서는 비장한 기운까지 느껴졌다.

리리스는 그를 지그시 바라보더니 이내 흥, 코웃음을 치며 몸을 돌렸다.

"일단 난 우리 꼬맹이들한테 갈 테니까 알아서 하고 있어."

할키온과 에키드나를 가리키는 말.

발록은 멀어지는 리리스의 뒷모습을 바라보며 희미하게 미소를 지었다.

한설아는 방 안에서 흘러나오는 강우의 비명 때문에 초조한 표정으로 발을 동동 굴렀지만, 이내 리리스가 다가와 그녀를 데리고 갔다.

조용해진 복도에는 발록과 덜컹거리는 문만이 남았다.

"……하아."

발록은 깊은 한숨을 내쉬었다.

등을 기대고 있는 문이 덜컹거리는 것이 느껴졌다.

왕의 비명 소리가 이어졌다.

발록은 질끈 눈을 감았다. 귀를 닫고 고개를 숙였다.

어서 이 시간이 끝나기를 간절히 기도하며.

"정말 괜찮으신 겁니까."

"괜찮다니까."

강우는 침대에 누워 건성으로 답했다. 아직은 후유증 때문에 움직일 수 없지만, 고통 자체는 많이 줄어든 것이 사실이었다.

"하아. 그럼 푹 쉬고 계십쇼."

발록은 침대에 누워 꼼짝 못 하고 있는 강우를 내려다보며 깊은 한숨을 내쉬었다.

강우는 쓴웃음을 지으며 고개를 끄덕였다.

'다음에 또 혼자 싸우면 한 대 칠 기세네.'

잔소리를 듣지 않기 위해서라도 다음에는 데리고 가야겠다는 생각이 들었다.

달칵.

발록이 문을 열고 나갔다.

강우는 후련한 표정으로 침대에 누웠다.

"뭐, 그래도."

끝내주게 재밌었지.

성좌들과의 전투를 떠올리며 입가를 올렸다.

발록은 자신을 무슨 희생정신으로 머리가 가득 찬 성자처럼 묘사했지만, 실상은 그의 개인적인 욕심 또한 섞여 있었다.

강한 먹잇감들을 사냥해 뜯어 먹고 싶다는 욕망이. 한동안 풀리지 않은 채 억눌러 왔던 욕망이 다소 사그라든 감각에 한결 마음이 가벼웠다.

'아니, 그게 아닌가.'

강우는 고개를 저었다.

입가를 올렸다. 지금은 몸을 웅크리고 있지만, 어쩌면 욕망에 제대로 불이 지펴진 걸지도 모른다는 생각이 들었다.

'그 자식.'

얼굴을 가로지르는 검상이 인상적이었던 중년 사내. 그에 대해 떠올리자 가슴이 두근거렸다. 피가 끓어오르며 당장에라도 뛰쳐나가고 싶은 충동이 전신을 지배했다.

"흐흐흐."

강우는 실없이 웃었다.

아주 다행스럽게도 그와의 싸움은 필연에 가까울 정도로 이뤄질 것이다. 그가 움직이지 않는다고 해도. 자신이 먼저 움직일 테니까.

'얼마나 맛있을까.'

벌써부터 군침이 도는 감각.

강우는 머지 않은 시기에 그와 다시 조우할 날을 기대하며 몸을 침대에 뉘었다.

달칵.

"저…… 강우 씨."

"아, 임자?"

방문을 열고 들어온 것은 한설아였다.

강우는 밝은 표정으로 그녀를 반겼다. 하지만 한설아의 표정은 결코 좋지 않았다.

"몸은 좀 어떠세요?"

"뭐…… 거의 움직이지는 못하는데, 통증은 이제 없어. 이대로 며칠 쉬면 다시 쌩쌩해질 거야."

개문의 어처구니없는 힘을 생각하면, 이 정도 후유증쯤은 아무것도 아니다.

강우의 대답에 한설아는 안도의 숨을 내쉬었다.

"과일을 좀 가져왔어요."

한설아는 쟁반을 들어 올리며 말했다. 쟁반 위에는 한입 크기로 예쁘게 잘린 과일들이 가득했다.

그중에는 에르노어 대륙에서만 볼 수 있는 독특한 형태의 과일도 있었다.

"고마워."

강우는 눈을 빛내며 웃었다.

안 그래도 뭔가 달달한 것이 먹고 싶었던 참이었다.

"자, 아~ 하세요."

한설아가 손으로 과일을 집어 내밀었다.

개문의 후유증으로 몸을 움직일 수 없었기에 강우는 아기 새가 먹이를 받아먹듯 침대에 누워 넙죽넙죽 음식을 받아먹었다.

"그러고 보니 강우 씨, 발록 씨에게 강우 씨의 욕망에 대해 들었어요."

"엉? 내 욕망?"

"예. 육신을 탐하고…… 취하고 싶은 욕망에 시달린다고 하셨어요."

"아니, 그게 맞긴 한데."

왜 이렇게 이상하게 들리는 거지?

한설아가 손을 뻗었다. 그녀는 쟁반을 테이블 위에 올려둔 후, 누워 있는 몸을 손으로 쓰다듬었다.

"강우 씨의 욕망이라면, 제 집착처럼 해소해 주지 않으면 위험한 거겠죠?"

"그렇긴 한데. 이번에 어느 정도 해소됐어."

다른 성좌는 먹지 못했지만, 공포의 성좌를 통째로 씹어 삼켰다. 전투 자체도 꽤나 만족스러웠다.

"……해소됐다고요?"

한설아의 눈이 커졌다.

그녀는 떨리는 눈빛으로 강우를 바라보다가, 조심스럽게 물었다.

"혹시 성좌 중에…… 여자가 있었나요?"

"아, 한 명 있었지."

강우는 고개를 끄덕였다.

프로세르핀이라는 이름을 가진 아름다운 엘프였다.

한설아의 눈빛이 검게 점멸했다.

그녀는 고개를 숙인 채 무언가 중얼거리더니, 천천히 몸을 일으켜 침대 위로 올라섰다.

"저기요……?"

설아 씨?

강우는 당황한 눈으로 그녀를 올려다보았다.

한설아는 입가를 떨며 그를 내려다보았다.

"후, 후훗. 그래요. 제가 강우 씨의 욕망을 잘 해소해 주지 못한 탓이겠죠? 이해할 수 있어요."

"아뇨."

이해 못 하신 것 같은데요.

"그러고 보니 지금 몸을 움직일 수 없다고 하셨죠?"

한설아는 입술을 핥았다.

"아니, 저기……."

뭔가 오해가, 라고 말을 이으려던 찰나.

찰칵.

방문이 잠기는 소리가 들렸다.

"어?"

뭐지?

"오강우 이 자식 어딨어?"

"아, 연주야."

"방 안에 강우 놈 있어?"

"응, 지금 주무시고 있어."

"흥. 비켜봐 이 자식이 전에 혼자서 튀어간 것도 모자라서 이번에도……."

"아, 괜찮아. 앞으로는 그런 일 없을 거야."

"응? 뭐가?"

"후훗."

한설아는 입가를 가린 채 고요히 웃었다.

"마른 걸레도 쥐어짜니 계속 물이 나오더라고."

"……?"

"강우, 배 안 고파?"

침대 옆에 앉아 지그시 강우를 내려다보고 있던 에키드나가 물었다.

강우는 고개를 저었다.

"아니, 지금은 별로. 아까 전에 설아가 배 터지도록 먹여줘서 별로 생각 없어."

침대에 누운 채 답했다.

에키드나는 강우의 대답이 마음에 들지 않는다는 듯 뺨을 부풀렸다.

"아니야. 강우는 더 먹을 수 있어."

"뭔 소리야, 그건."

뭔데 그걸 네가 정하는 거야.

"흐응! 황실 주방에서 잔뜩 가져왔다고."

에키드나가 발 옆에 내려놓은 과일 더미를 꺼냈다. 보는 것만으로 배가 아려올 정도로 무지막지한 양이었다.

"아니, 배부르다니까."

"하지만 지금이 아니면 강우에게 직접 먹여줄 기회가 없는걸."

강우는 '개문'의 후유증으로 인해 옴짝달싹 못 한 채 며칠째 침대에 누워 있었다. 팔다리조차 마음껏 움직일 수 없는 강우를 파티원들이 각자 시간을 정해 돌아가며 간호를 하고 있는 중이었다.

에키드나는 이번 기회를 놓치면 강우에게 직접 음식을 먹여준다는 진귀한 경험을 못 할 거라는 생각에 거친 콧바람을 내뿜으며 준비해 온 과일을 작은 과도로 깎기 시작했다.

손바닥만 한 과일의 껍질을 거침없이 도륙 냈다. 마치 과일의 핵을 추출하듯, 손바닥만 했던 과일이 새끼손가락만 하게 줄어들었다.

"아니, 무슨 과일을 그딴 식으로……."

"다 깎았어!"

"진짜 다 깎긴 했지."

남은 게 없어서 그렇지.

에키드나가 눈을 반짝이며 강우의 입가에 과일을 들이밀었다. 팔다리가 움직이지 않으니 입을 굳게 다문 채 고개를 이리저리 피했지만, 결국 끈질기게 강우의 입안에 과일을 밀어 넣었다.

"우어어억."

"헤헤헤."

에키드나는 세상 행복하다는 듯 웃음을 흘렸다.

그녀의 미소가 뭔가 섬뜩하게 느껴졌다.

결국 강우는 에키드나가 가져온 산더미만 한 과일을 모두 먹고 나서야 그녀에게서 해방될 수 있었다.

달칵.

"꼬맹이, 교대 시간이야."

시간이 됐는지 방문이 열리며 차연주가 들어왔다.

에키드나는 아쉽다는 듯 강우를 바라보다가 차연주를 향해 기묘한 자세를 취했다.

"안녕하살법!"

"……뭐?"

차연주는 떨떠름한 표정으로 에키드나를 바라보았다.

에키드나는 입술을 삐쭉 내밀며 고개를 홱 돌렸다.

"연주 재미없어."

"아니, 뭔데 그게."

차연주가 억울하다는 듯 강우를 향해 시선을 돌렸다.

강우 또한 알 수 없다는 표정으로 어색한 미소를 지었다.

"그럼 강우, 나중에 또 올게."

에키드나는 멍하니 있는 두 사람을 지나쳐 쪼르르 밖으로 나갔다.

한껏 분위기가 내려간 어색한 공기가 방 안에 맴돌았다.

"……왜 저러는 거야 쟤?"

"몰라."

사춘긴가 보지.

"그나저나, 아주 꼴이 말이 아니시네요. 오강우 씨."

차연주는 침대에 누워 있는 강우의 몸을 쿡쿡 찔렀다.

"좀 무리하긴 했지."

"좀? 그게 좀이야?"

차연주가 도끼눈을 뜨며 그를 노려봤다.

"아주 혼자 잘나셨어요. 응? 우리는 무슨 병풍이야?"

강우는 어색한 미소를 지었다. 적이 대놓고 쳐들어오는 중에 홀로 상대했으니, 이런 소리를 듣는 것도 당연하리라.

"하아."

차연주는 깊은 한숨을 내쉬었다.

그녀는 고개를 푹 숙이더니 이내 낮은 목소리로 입을 열었다.

"……미안."

주먹을 쥔 그녀의 손이 떨리고 있었다.

말은 이렇게 하지만 그녀 또한 모르지 않으리라. 신격을 지닌 신과의 싸움에서 그녀가 도움이 될 수 없다는 것 정도는.

"신경 쓸 거 없어. 당연한 거니까."

덤덤히 답했다. 자신과 다른 동료들 사이의 차이는 극명했다. 특히 그의 파티원 중 가장 낮은 힘을 가지고 있다고 해도 과언이 아닌 차연주의 입장에서는 더더욱.

단적으로 말해, 그녀는 도움을 줄 수 없다. 방해만 되지 않아도 다행일 것이다.

그 사실을 잘 알고 있는지 차연주는 우울한 표정으로 고개를 숙였다.

"처음 만났을 때는 이러지 않았는데."

차연주는 우울한 표정으로 말했다.

처음 그를 만났을 때는, 그와 함께 싸울 수 있었다. 나란히 설 수 있었다.

하지만 이제 강우는 감히 닿을 수 없을 정도로 아득한 경지에 도달해 버렸다. 나란히 서 있기는커녕, 어깨에 눌러앉은 짐덩이가 됐을 뿐이다.

"나…… 그냥 돌아갈까?"

차연주는 손목에 찬 팔찌를 만지며 물었다. 차연주라고는 생각할 수 없는 자신감 없는 목소리였다.

강우는 피식 웃었다.

"꼴에 분위기 잡기는."

"뭐?"

"하긴, 브론즈가 다 그렇지 뭐."

"이 개새끼가!"

차연주가 발끈한 표정으로 누워 있는 그를 습격했다.

강우의 양 뺨을 손으로 잡아 늘어뜨리며 앞뒤로 흔들었다.

"으어어어어."

짧은 소란이 일었지만 이내 두 사람은 낄낄 웃으며 떨어졌다.

"그나저나 설아랑은 뭔 일 있던 거야?"

흠칫.

강우의 몸이 떨렸다.

식은땀이 흘러내리며 덜덜덜 몸이 떨렸다.

"뭐야, 뭔 일인데?"

"자, 잘못했어요. 잘못했어요."

강우는 몸을 웅크린 채 공포에 질렸다.

차연주는 입을 쩍 벌린 채 몸을 떨고 있는 강우를 바라보았다.

'뭐야 대체.'

뭔 짓을 한 거야.

저런 강우의 모습을 보는 것은 처음이었다.

"아…… 뭐. 어쨌든 좀 쉬고 있어 봐."

차연주는 떨떠름한 표정으로 침대 옆 의자에 앉았다.

누워 있는 강우의 이마에 손을 올렸다.

천천히 쓰다듬었다.

"……뭡니까, 갑자기."

"시끄러워."

차연주는 날카롭게 눈을 뜨며 말했다.

강우는 피식 웃으며 머리를 쓰다듬는 그녀의 손길을 느꼈다.

'나쁘지 않네.'

항상 으르렁거리기만 하는 암사자가 온순하게 나오자 색다른 느낌이었다.

조용히 눈을 감은 채 머리를 쓰다듬는 손길을 즐겼다.

스르륵 눈이 감겼다.

"……음?"

천천히 눈을 떴다.

방 안에 어둠이 내려앉아 있었다.

조심스럽게 몸을 움직였다. 감각이 없던 팔다리가 조금씩 움직였다.

'슬슬 회복되고 있는 건가.'

좋은 징조였다. 해야 할 일이 아직 산더미처럼 남아 있었으니까.

강우는 아직은 어색하게 움직이는 팔다리를 움직여 몸을 일으켰다.

"조금 더 누워 있으세요, 형님."

옆에서 목소리가 들렸다. 고개를 돌리니 어둠 속에서도 환하게 빛나는 외모를 지닌 청년의 모습이 보였다.

강우는 피식 웃었다.

"네 차례야?"

"예. 방금 전에 교대했습니다."

김시훈은 희미한 미소를 지으며 고개를 끄덕였다.

"거 이렇게까지 할 필요 없대도."

"안 됩니다. 적어도 형님의 몸이 괜찮아지기 전까지는 곁에 있어 드려야죠."

단호한 목소리로 말했다.

강우는 끄응 침음을 삼키며 고개를 돌렸다.

누군가에게 보살핌을 받다니. 뭔가 복잡미묘한 기분이다.

김시훈은 가만히 앉아 침대에 누워 있는 강우를 지그시 내려다보았다.

'뚫리겠다, 인마.'

사람 부담스럽게 뭘 그렇게 뚫어져라 보는 거야.

강우는 깊게 가라앉은 눈빛으로 자신을 바라보는 김시훈에게서 고개를 돌렸다.

김시훈은 가만히 그를 내려다보다가, 이내 나지막이 입을 열었다.

"그러고 보니 형님이랑 이렇게 둘이서 있는 건 오랜만이네요."
"그런가?"
"예. 오랜만입니다."
김시훈은 피식 웃으며 고개를 끄덕였다.
그러더니 고개를 들어 천장을 잠시 응시했다.
"……오기 전에, 발록을 만났습니다."
굳게 주먹을 쥔 손이 가늘게 떨렸다.
"많이 화나 있더군요. 자기 자신에게."
"……."
"형님."
김시훈은 입술을 지그시 깨물며 물었다.
"가끔 그런 생각을 합니다."
"무슨 생각."
"제가 형님을 만나지 않았다면…… 어떻게 됐을지를요."
어딘가 아련하게 느껴지는 목소리였다.
강우는 담담하게 답했다.
"별로 차이 없었을 거야."
솔직한 심정이었다. 김시훈의 재능은 이미 검증되었다. 그는 자신이 없었다고 하더라도, 홀로 일어서 그를 억압하고 있던 끔찍한 환경을 박살 냈을 거다.
'오히려.'
내가 있었기 때문에. 내가 그를 강제로 사역마로 만들었기 때문에. 김시훈은 마땅히 얻어야 할 것을 얻지 못했을 수도 있었다.

"……글쎄요."

김시훈은 천천히 고개를 저었다.

"저는 이제 형님이 없는 삶을 상상하기 힘드네요."

뭐라는 거야 이놈이.

"형님."

김시훈이 천천히 손을 뻗었다.

강우의 손을 잡았다.

"감사합니다."

그리고.

"……죄송, 합니다."

김시훈이 고개를 숙였다. 고개를 숙인 그의 어깨가 가늘게 떨리고 있었다.

강우는 굳게 입을 다물었다.

흐느끼는 김시훈에게서 발록의 모습이 겹쳐 보였다. 어깨를 짓누르는 무력감에 떨고 있는 모습.

다 들킨 건가. 자신이 홀로 성좌를 상대한 이유. 욕망이라는 편리한 변명으로 자신을 속이며, 성좌와 마주한 이유.

'지랄.'

웃기지도 않는다.

김시훈과 처음 만난 날을 떠올렸다. 경이로운 재능을 가진 그를, 억지로 사역마로 만들어 버린 것을.

김시훈은 아직도 그 사실을 알지 못한다. 둘의 관계의 시작이 어땠는지 알지 못한다.

그런데 이렇게 자신을 위해 아무것도 하지 못했다는 사실에 흐느끼는 모습을 보면, 욕지기가 치밀어 올랐다. 납치한 인질이 범인을 향해 고맙다고 말하는 것을 보는 기분이랄까.

불쾌하고, 어지럽다. 속이 메스꺼웠다.

'이럴 줄 알았다면.'

이렇게까지 김시훈과 가까워질 것을 알았다면.

강우는 지그시 두 눈을 감았다.

후회하기엔 이미 아득히 늦었다. 시작부터 잘못 끼운 단추를, 이제 와서 고칠 방법은 없다.

흐느끼는 김시훈을 바라보며 강우는 거칠게 표정을 일그러뜨렸다.

'뭐지 씨발.'

왜 이러는 거야.

머릿속이 복잡했다. 지옥이었다면, 고작 이런 일로 머릿속이 복잡해지지는 않았을 것이다. 오히려 김시훈이 아무것도 모른 채 자신을 무한히 신뢰하고 있다는 사실에 기뻐했겠지.

'그런데.'

그래야 하는데. 이제까지 그래왔는데. 왜 이렇게 기분이 불쾌하단 말인가.

강우는 굳게 입을 다문 채 멍하니 천장을 올려다보았다.

자기도 모르게, 입이 열렸다.

"시훈아."

"……예, 형님."

"나랑 처음 만났을 때 기억나냐?"

"물론입니다."

김시훈은 동그랗게 눈을 뜨며 고개를 끄덕였다.

그때의 기억이 떠올랐는지, 희미하게 웃었다.

"그때만 해도 형님이랑 이렇게 가까워지리라고는 생각도 못했는데 말이죠."

하하하. 사람 좋게 웃었다.

그의 웃음이 어째서인지 굉장히 낯설게 느껴졌다. 공예품으로 만든 미소처럼, 억지스럽게 보였다.

"그때 난 너를……."

강우는 주먹을 쥐었다.

가늘게 몸이 떨렸다. 공포의 성좌와 마주했을 때조차 느끼지 못했던, 선명한 공포가 그를 잠식했다.

"예?"

김시훈은 고개를 갸웃거리며 이어지는 강우의 말을 기다렸다.

침묵이 흘렀다.

강우는 어색한 미소를 지으며 고개를 저었다.

"아니, 아무것도 아니다."

낯선 감정을 씹어 삼켰다.

입맛이 썼다.

• 3장 •

광휘(光輝)의 신

손가락 끝부터 시작해서 조금씩, 관절을 움직였다.

매끄럽게 움직이는 관절. 더 이상 몸을 짓누르는 피로감도, 무력감도 느껴지지 않았다.

"홋차."

침대에서 몸을 일으켰다. 운동하고 난 후 뜨끈한 물에 몸을 담근 것처럼 몸이 가볍다.

'마기 제어력이 또 오른 것 같은데.'

개문을 사용하면서 목숨이 경각에 달했기 때문일까. 아니면 그 뒤에 한설아가 목숨이 경각(?)에 달하도록 만들었기 때문일까. 어쨌든 이미 '경이'라는 표현을 넘어 '괴이'라는 표현이 어울릴 정도로 아득한 경지에 오른 마기 제어력이 한층 더 상승해 있었다.

'목숨값을 하긴 하네.'

하이 리스크 하이 리턴이라고 했던가. 건 것이 많을수록, 얻은 것이 많은 것은 당연했다.

그리고 그가 이 자리까지 올 수 있었던 것은 자신의 목숨을 수없이 베팅했기 때문이었다.

'지금 생각해 보면 운이 좋았던 건가.'

단순히 '운이 좋다'라는 말로 설명할 수 없는 일이기는 했지만, 그만큼 셀 수 없을 정도로 목숨을 건 것은 사실이다.

"그러고 보니 마기 제어력은 스탯으로 따지면 어느 정도 되려나."

문득, 궁금해졌다.

현재 그의 마기 스탯은 167. 마기 스탯이 마기 제어력에 어느 정도 영향을 끼치기는 하지만 정확한 수치라고 보기는 어려웠다.

마기 스탯은 제어력보다는 그가 '부담 없이' 다룰 수 있는 마기의 총량을 수치화했다고 하는 것이 적절했다.

후유증이 있다고는 하나 개문처럼 현재 다룰 수 있는 마기의 총량을 아득히 넘어선 힘도 어느 정도는 제어할 수 있으니 그의 마기 제어력은 적어도 167이라는 마기 스탯보다는 높을 것이다.

[띠링.]

"응?"

그때 익숙한 방울 소리가 들리고 눈앞에 창이 떠올랐다.

[플레이어 오강우의 마기 제어력을 스탯으로 수치화합니다.]

[오류, 오류.]

[▒▒의 수치화 작▒이 실패▒습니다.]

"뭐야 이건 또."

눈앞에 떠오른 메시지창을 바라보며 헛웃음을 흘렸다.

짓눌려 깨진 듯한 문자가 메시지창을 가리고 있었다. 상태창에 쓰여 있는 것과 같은 문자였다.

'시스템으로 표현할 수 없다는 건가?'

얼추 맞는 추측 같았다.

강우는 이걸 좋아해야 할지 말지 알 수 없었다. 뭔가 RPG로 치면 만렙을 넘어 버그 캐릭이라도 된 기분이라 좋기도 하지만. 그만큼 시스템이 주는 혜택을 받을 수 없다는 의미였으니까.

'설마 10차 각성 특성 못 받고 그러는 건 아니겠지?'

진짜 그랬다가는 시스템을 만든 놈의 얼굴을 저 찌그러진 문자처럼 만들어주리라.

달칵.

문이 열리며 리리스가 들어왔다.

그녀는 침대 밖으로 나와 서 있는 강우의 모습을 보며 흠칫 몸을 떨었다.

다급히 달려와 그의 팔을 잡았다.

"벌써 일어나시면 안 돼요. 조금 더 쉬셔야죠."

"아니, 이제는 괜찮아."

강우는 고개를 저으며 자연스럽게 몸을 움직였다.

리리스는 걱정 어린 표정으로 그를 팔을 만졌다.

"정말로 괜찮으신 거예요? 또 무리하시는 거 아니죠?"

"괜찮대도."

피식 웃으며 답했다.

리리스의 입에서 깊은 한숨이 흘러나왔다.

"정말…… 마왕님 때문에 못 살겠어요. 이제 마왕님 목숨은 마왕님만의 것이 아니라고요."

"그건 또 무슨 소리야."

"마왕님이 죽으면 저도 따라 죽을 거란 의미에요."

리리스는 담담하게 말했다.

광기 어린 말이었지만, 리리스의 목소리와 눈빛에서는 조금의 광기도 느껴지지 않았다. 마치 당연한 일을 한다는 듯 태연했다.

"그건 좀……."

"설아 씨라고 해서 안 그럴 것 같아요?"

굳게 입을 다물었다. 리리스라면 몰라도, 한설아는 자신이 죽거나 사라지면 반드시라고 해도 좋을 정도로 죽음을 택할 것이다.

"발록이나 에키드나도 마찬가지일걸요?"

"에이, 그래도 에키드나는 아니겠지."

"자신하실 수 있어요?"

자신할 수 없다.

강우는 쓴웃음을 지으며 고개를 끄덕였다.

"그래그래, 내가 미안하다."

어깨에 짊어진 것이 많다는 것은 알고 있다. 자신이 죽는다면, 그 모든 것들이 무너져 사라진다는 것도.

'하지만.'

강우는 씁쓸한 표정으로 고개를 돌렸다.

그럼에도 다시 한번 이처럼 목숨을 걸어야 할 때가 온다면. 자신은 어떤 선택을 할까.

길게 고민할 것도 없다.

'또 한 번 목숨을 걸겠지.'

언제나 그래왔던 것처럼.

리리스는 안타까운 눈빛으로 강우를 바라보았다.

깊은 한숨을 내쉬며 고개를 저었다.

"그나저나 내가 누워 있는 동안 별일은 없었어? 아이리스는?"

"아직 화신으로 각성하지 못했어요. 강우 님이 누워 있는 동안은…… 우리엘이랑 미카엘이 한 번 찾아온 것 말고는 별다른 일은 없었어요."

"그래?"

"예. 그리고 우리엘이 강우 님이 깨어나시면 꼭 연락 한번 달라고 했어요."

"알았어."

급한 일이 끝나면 한번 연락해야겠다고 생각했다.

하이엘프가 현신할 조짐이 확인되었으니 슬슬 천사들에게도 성좌들에 대한 정보를 풀어서 그놈들이 어디서 뭘 준비하고 있는지 알아봐야 하기도하고.

“성좌나 루시퍼가 움직인 흔적은?”

“없었어요.”

리리스가 고개를 저었다.

강우는 가볍게 눈살을 찌푸렸다.

‘너무 몰아붙인 건가.’

그들이 적극적으로 움직여 줘야 꼬리를 잡던가 할 텐데 아무런 움직임을 보이지 않으니 다음 계획을 짜기가 쉽지 않았다.

“아. 한 가지…… 이상한 점이 있긴 해요.”

“이상한 점?”

강우는 고개를 갸웃거렸다.

“그…… 제국 거리가 조금씩 활기를 찾고 있다고 할까요? 거리에도 사람이 많이 돌아다니고 멈춰 있던 경제도 다시 돌아가기 시작했어요.”

“음.”

강우는 눈살을 찌푸렸다.

공포로 가득 찼던 에르노어 대륙인들이 다시 활기를 되찾은 것. 딱히 ‘이상하다’고 말할 수는 없는 일이다. 공포라는 감정은 영원히 지속되는 것도 아니요, 당장 먹고 살기 바쁘다 보면 차차 잊혀지는 것이 오히려 자연스러웠으니까.

‘하지만.’

리리스가 그것을 모를 일은 없을 것이다. 그녀가 이상하다고 말했다면, 정상적이지 않은 속도로 대륙에 넓게 퍼진 공포가 사라지고 있다는 의미이리라.

“시훈이에 대한 신뢰가 그만큼 강해진 건가?”

“충분히 가능성 있는 일이긴 해요. 이번에 황실에 나타난 수만의 망령을 시훈 씨가 처리한 것도 입소문을 타고 바로 퍼졌거든요.”

강우는 턱을 쓰다듬었다.

뭔가 자신이 말하고 나서도 석연치 않다.

‘사실 이제 와서 큰 상관은 없지만.’

이미 하이엘프의 현신 조건은 맞춰졌다. 더 이상 루시퍼에 대한 공포감을 조성할 필요도, 억지로 정보를 조작해 퍼뜨릴 이유도 없었다. 마무리만 깔끔하게 끝낸다면 굳이 손을 쓸 필요는 없다.

‘그렇긴 한데.’

똥 싸고 뒤를 안 닦은 것처럼 기분이 찜찜했다.

‘뭔가 있는 것 같은데.’

리리스를 돌아보며 입을 열었다.

“이번 일도 한번 조사해 봐.”

“예.”

리리스가 깊게 허리를 숙였다.

“너무 무리하지 마시고 조금 더 쉬세요. 혹시 후유증이 남았을지 모르잖아요.”

그녀는 몸을 돌려 떠나기 전, 걱정스러운 표정으로 강우의 팔을 쓰다듬었다.

강우는 픽 웃으며 고개를 끄덕였다.

"알았어."

물론, 쉬고 있을 생각은 없다. 당장 해야 할 일이 있었으니까.

"……하아. 그럼 먼저 가볼게요, 마왕님."

리리스는 한숨을 내쉬며 몸을 돌렸다.

달칵.

문이 닫혔다. 방 안에 홀로 남은 강우는 가볍게 몸을 풀며 천천히 눈을 감았다.

'어디 보자.'

벌써부터 기대감이 끓어올랐다.

몸 안을 관조하자, 마해에 집어삼켜져 있는 공포의 성좌가 느껴졌다.

고통의 성좌 때처럼 의식은 남아 있지 않았다. 말 그대로 망령이라도 된 것처럼, 이지를 상실한 채 바다 위에 둥둥 떠 있었다.

'이번에는 10차 각성 찍을 수 있겠지.'

10차 각성에 필요한 90레벨까지는 고작 1이 남았다. 아무리 레벨이 올라가면 올라갈수록 올리기 어렵다고 해도, 신 하나를 통으로 집어삼키는데 1이 오르지 않을 리가 없었다.

'아까 깨진 문자 때문에 좀 불안하긴 하지만.'

그거야말로 강우가 어쩔 수 없는 일이었다. 애초에 신화의 시절보다 더욱 아득한 과거, 거인들의 시대에서부터 존재했다는 시스템에 간섭할 수 있는 방법은 없었으니까.

"자, 그럼."

강우는 정신을 집중했다.

마해에 붙잡힌 공포의 성좌의 신격을 천천히 녹여냈다.

"흐, 아."

짜릿한 전율이 몸을 달렸다.

막대한 힘이 검은 바다에 집어삼켜지는 것이 느껴졌다.

[공포의 성좌의 신격을 흡수했습니다!]

[흡수한 신격이 시스템의 제약을 일부 해제합니다.]

[레벨 제한이 89에서 93으로 상승했습니다.]

[10차 각성에 도달했습니다. 새로운 특성이 부여됩니다.]

'그렇지.'

강우의 입가가 올라갔다. 다행히 10차 각성 특성이 증발한다는 불상사는 생기지 않았다.

메시지가 계속해서 이어졌다.

[흡수한 사기(死氣)를 마기로 변환합니다.]

[마기 스탯이 5 상승합니다.]

[마기 스탯이 172에 도달했습니다. 심연의 마기를 조금 더 많이 사용할 수 있습니다.]

"좋구요."

공포의 성좌가 마기와는 다른 기운을 사용하기에 오르지 않을 수도 있다고 생각했던 마기 스탯도 올랐다.

강우는 만족스러운 미소를 지으며 주먹을 쥐었다 폈다를 반복했다. 경지가 경지인 탓일까. 마기가 상승했다고 해서 엄청난 차이를 보이지는 않았다.

'그래도 이게 어디야.'

부담 없이 다룰 수 있는 마기가 늘어났다는 것은, 부담을 각오했을 때 사용할 수 있는 마기의 폭이 그만큼 넓어진다는 것을 의미한다. 나쁘지 않은 일이다.

그리고 강우가 고대하던 메인 디쉬는 마기 스탯의 상승이 아니었다.

"어디 그럼 10차 각성 특성은 뭔지 확인……."

기대감에 부푼 표정으로 상태창을 열려고 했을 때였다.

눈앞에 푸른 메시지창이 다시금 떠올랐다.

[10차 각성 특성, '신격찬탈(神格簒奪)'을 획득하였습니다.]

[특성의 효과에 따라 흡수한 신격의 일부를 획득할 수 있습니다.]

['마신이 되는 길'이 완료되지 않았습니다. 흡수한 신격이 격하(格下)됩니다.]

"응?"

강우의 두 눈이 크게 뜨였다.

흡수한 신격의 일부를 획득할 수 있는 특성이라니. 마신이 되는 길을 완료하지 못했기에 신격이 격하된다고는 하나, 저 특성이 내포하고 있는 의미는 결코 가볍지 않았다.

'신격을 얻는다는 건.'

신성을 사용할 수 있다는 말과 다르지 않다.

"드디어!"

강우는 주먹을 불끈 쥐었다.

신성이 있는 자와 없는 자 사이의 전투가 얼마나 불합리하고 불공평한지는 직접 체험하지 않았는가.

물론, 강우의 경우 압도적인 양의 마기로 그 차이를 극복했다고 하지만 어쨌든 끔찍하게 비효율적인 싸움이 된 것은 사실이었다. 강우는 반짝이는 눈으로 메시지창을 바라보았다.

[특성 '신격친탈'의 효과로 인해 중하(中下)격 신격을 획득하였습니다.]

'중하, 라.'

무려 셋이나 되는 성좌를 잡아먹은 것치고는 지나치게 낮은 신격이다. '마신이 되는 길'을 완료하지 못한 페널티가 생각 이상으로 큰 모양.

'뭐, 그래도.'

이제까지 신격도 없이 신을 상대로 무식하게 싸웠던 것을 생각하면 장족의 발전이었다.

우우우웅!

신격을 획득했다는 말과 함께 이제까지 다뤄보지 않은, 이질적인 힘이 몸을 가득 채웠다. 어딘가 익숙하게 느껴지는 힘.

'이거…….'

강우는 가늘게 눈을 떴다.

처음 가이아 시스템에 만마전이 봉인당했을 때. 만마전을 봉인하고 있던 정체불명의 힘과 흡사한 힘이었다.

"섭리에 개입할 수 있는 힘이라고 했던가."

눈을 빛내며 몸 안을 떠도는 신성의 힘을 느꼈다.

그 힘을 시험해 볼 새도 없이.

쾅!

"가, 강우 씨?"

거칠게 문을 박차고 들어온 것은 레이라였다.

다른 파티원들과 같이 있었는지, 레이라의 뒤에는 한설아를 비롯한 김시훈, 차연주 등의 파티원들이 따라 들어오고 있었다.

"방금 그건……."

레이라가 믿을 수 없다는 표정으로 강우를 바라보았다. 가이아의 화신인 만큼, 신격을 획득했을 때의 기운을 느낀 모양.

강우는 레이라를 향해 몸을 돌렸다.

그때, 눈앞에 다시금 푸른 메시지창이 떠올랐다.

[신격을 획득함으로써, 플레이어 오강우에게 가장 적합한 '신명(神名)'을 부여합니다.]

'신명?'

고통의 성좌니, 타락의 성좌니 하는 건가.

강우는 흥미롭다는 눈빛으로 이어지는 메시지를 확인했다.

'뭐가 나오려나.'

마신은 아직 퀘스트 달성 못 했으니 아닐 것 같고.

포식의 신? 마해의 신?

[플레이어 오강우에게 신명 '거짓의 신'을 부여합니다.]

"뭐요 씨발?"

거짓의 신?

'뭐라는 거야 이 새끼가.'

불쾌하다는 듯 표정을 일그러뜨렸다.

거짓의 신이라니.

'거짓말을 해본 적이 없는 사람인데.'

어이가 없네, 진짜.

"강우 씨…… 혹시, 신격을 얻으신 건가요?"

레이라가 떨리는 목소리로 물었다.

강우는 그녀를 향해 고개를 돌렸다.

"예, 그렇습니다."

망설임 없이 고개를 끄덕였다.

"시스템 메시지를 보니…… 광휘(光輝)의 신, 이 되었다고 하네요."

[플레이어 오강우에게 신명 '거짓의 신'을 부여합니다.]

"하하. 광휘의 신이라니…… 당황스럽네요."

[플레이어 오강우에게 신명 '거짓의 신'을 부여합니다!]

"아무래도 가이아 님이 빛의 수호자로 절 선택해 주신 덕분에 이런 신명을 얻게 된 것 같습니다."

[플레이어 오강우에게 신명 '거짓의 신'을 부여합니다!!!]

강우의 몸에서 눈부신 황금빛이 흘러나왔다.

스스로도 믿기지 않는다는 듯, 찬란히 빛나는 황금빛 기운을 바라보았다.

"빛이라는 게…… 이토록 따듯했던 거군요."

강우는 황금으로 빛나는 몸을 가볍게 쓰다듬으며, 밝은 미소를 지었다.

"정말…… 믿을 수가 없네요."

레이라는 얼떨떨한 표정으로 강우를 바라보았다.

기본적으로 '신격'이라는 것은 타고나는 것이다. 아득한 과거 티탄이 신을 창조했을 때 만물을 보살피라 섭리를 거스를 수 있는 힘을 부여한 것. 그것이 바로 신격의 근원이었다.

물론, 마신 바울리와 같이 만물을 보살피는 것이 아닌 파멸과 종말로 이끌라며 신격을 부여한 티탄도 다수 존재했다.

하지만 결국 둘 다 티탄에게 부여받은 힘이라는 사실은 변하지 않았다.

"신격을 얻은 것이 그 정도로 놀랄 일입니까?"

강우는 고개를 갸웃거렸다.

신격이라는 것이 얼마나 얻기 어려운 것인지는 잘 알고 있다. 하지만 그런 것 치고는 주변에 신격을 지닌 적들이 상당수 있었다. 심지어 그중 루시퍼처럼 신격이 없던 존재가 신격을 획득한 경우도 있었다.

"놀라운 일이죠. 화신이 되는 것 말고 자력으로 신격을 획득하는 경우는 정말 극히 드문 일인걸요."

레이라가 무슨 소리를 하냐는 듯 답했다.

강우는 흥미롭다는 듯 눈을 빛내며 물었다.

"극히 드문 일이라면 있기는 있다는 거네요?"

"……음. 있기는 했어요."

레이라는 어색한 미소를 지으며 고개를 끄덕였다.

"신화 시절 이후 역사를 다 통틀어도 다섯 손가락 안에 들어가지만요."

레이라는 고개를 돌려 김시훈을 바라보았다.

"시훈 씨 안에 들어간 무신 천태황의 영혼도 그런 예외 중 하나였죠."

"……그랬었습니까?"

김시훈 또한 처음 듣는 말인지 놀랍다는 듯 자신을 몸을 내려다보았다.

레이라가 고개를 끄덕였다.

"다만 상황이 좀 달라요."

"상황이 다르다고요?"

"예. 무신 천태황은 천룡 태무극 님의 제자였어요. 천룡이 직접 키운 인간이었으니, 신격을 획득했다고 해도 크게 이상하지는 않았죠."

하지만.

"강우 씨는…… 달라요."

그녀가 아는 한, 강우는 그 누구에게도 길러지지 않았다. 홀로 싸웠고, 홀로 일어섰으며, 홀로 신격을 얻었다.

"이제까지 강우 씨 같은 경우는 단 한 명도 없었어요."

아무것도 없는 밑바닥에서 홀로 일어선 존재는 신화의 시절까지 거슬러 올라가도 오강우 외에는 없었다. 물론 가이아의 축복이 있기는 했지만, 신의 축복만으로 신격을 획득할 수 없다는 것을 다른 누구보다 레이라 자신이 잘 알고 있었다.

"어쨌든 신격을 얻은 존재가 있긴 했다는 거네요."

강우는 피식 웃었다.

그녀에게서 고개를 돌렸다.

'홀로 일어섰다, 라.'

레이라가 한 말을 떠올렸다.

'나는 홀로 일어선 건가?'

글쎄. 알 수 없었다. 그는 지옥에 처음 떨어졌을 때부터 포식의 권능이라는 힘을 지니고 있었으니까. 어떻게 생각해도 아무것도 없는 밑바닥에서부터 시작한 것은 아니다.

'하지만.'

그렇다고 해서 주어진 재능과 권능만으로 이 자리까지 올라선 것은 아니었다. 단언할 수 있었다. 자신을 제외한 그 누구도 자신과 같을 수는 없을 것이라고.

왜냐하면, 그가 이룩한 것은 '고작' 신격을 획득한 것이 아니기 때문이다.

'나는.'

신격보다 아득한 것. 검고 깊은, 무저갱의 바다를 속에 품었다. 제어하고, 지배했다.

그 무한한 바다 앞에서 신이란 존재는 얼마나 하찮던가. 심지어 그들을 창조했다는 거인조차 바다의 가장 깊은 곳에 갇혀 옴짝달싹하지 못하고 있다.

그가 다른 누군가의 힘으로 일어섰다고 하기엔, 이제까지 이룩한 것이 너무도 많았다.

"……형님."

김시훈이 자신을 바라보았다. 아득하고, 서글픈 눈이다.

그것도 잠시. 김시훈은 정말 축하한다고 말하며 강우를 끌어안았다.

"신격은 어떻게 얻게 되신 거예요?"

한설아가 다가오며 물었다.

"일단…… 지금은 좀 정신이 없어서 나중에 자세하게 설명해 줄게."

강우는 어느새 방에 가득 찬 파티원들을 바라보며 말했다.

광휘의 신이 된 지 10분도 채 지나지 않았다. 지금 당장은 신격이 지닌 힘이 궁금해서 다른 것을 신경 쓸 여유가 없었다.

"아……. 예. 알겠어요, 강우 씨."

한설아가 살짝 아쉽다는 듯 고개를 끄덕였다.

방 안에 있는 다른 파티원들도 뭔가 물어볼 것이 많은 듯 입을 달싹이고 있었지만, 이내 강우의 눈치를 살피며 몸을 돌렸다.

레이라가 몸을 돌리며 말했다.

"일단 가이아 님에게 이 사실을 전해둘게요."

그렇게 말하는 레이라의 표정은 몹시 밝았다. 이유야 어쨌든 강우가 광휘의 신이 된 것은 쌍수를 들고 반길 만한 일이었다. 파티의 전력에 다른 누구도 아닌 '신'이 더해진 거니까.

파리 군주 루시퍼가 재림한 이후 암운이 짙게 내려앉은 에르노어 대륙 상황에 강우의 존재는 필시 한 줄기 빛이 되어줄 것이 분명했다.

"예. 부탁드리겠습니다."

"휴우. 사실 아직도 믿기지 않네요."

"하하. 신이라고 해도 아직 가이아 님과 비교하면 하찮은 수준입니다."

어느 정도는 사실이다. 단순히 신격만 놓고 비교한다면, 가이아의 한참 아래에 있었으니까.

"그건 아니에요."

레이라가 밝게 웃으며 고개를 저었다.

"강우 씨처럼 후천적으로 신격을 획득한 경우, 시스템의 제약을 거의 받지 않는걸요. 그걸 생각하면 어쩌면 가이아 님보다 지금 강우 씨가 더 영향력이 클 수도 있어요."

처음 듣는 정보에 강우는 눈을 날카롭게 빛냈다.

'악의 성좌들이 시스템의 제약을 받지 않은 게 저런 이유에서였나?'

그것까지는 아직 알 수 없었다. 어쨌든 시스템의 제약을 받지 않는 다는 것은 강우로서는 반길 만한 소식이었다. 괜히 신격을 얻었다고 마음껏 힘을 사용하지 못했다면 오히려 더 곤란했을 테니까.

달칵.

문이 닫혔다. 강우는 콧노래를 흥얼거리며 의자에 앉았다.

'어디 그럼.'

크리스마스 선물 상자를 까보는 아이처럼, 눈을 빛내며 신성의 힘을 운용했다.

우우웅.

육안으로는 보이지 않는 무형의 기운이 전신에 넓게 퍼졌다.

신성은 강우 안에 있는 막대한 마기와 자연스럽게 섞이기 시작했다.

'오, 이건 좀 신기한데?'

마기와 마력, 성력과는 확연히 다르다.

기본적으로 마기와 마력, 성력은 서로 섞이지 않는다. 특히 마기와 성력의 경우는 더더욱.

하지만 신성은 아주 자연스럽게, 마치 처음부터 하나였던 것처럼 마기에 녹아들었다.

'애초에 신성 자체만으로는 뭘 할 수가 없어.'

다른 기운과 달리 신성에는 물리적인 힘을 만들 수 있는 능력이 없다.

마기, 마력, 성력. 이 세 가지 힘이 근본적으로 동일한 이유는 그 힘의 발현이 궁극적으로 물리력으로 이어지기 때문이다.

마기로 권능을 사용하던, 마력으로 불과 얼음을 만들던, 성력으로 빛의 창을 만들던. 궁극적인 종착지는 물리력이다.

비유하자면 화약과 같다. 화약을 이용하여 총을 만들 건, 폭탄을 만들 건, 미사일을 만들 건. 활용하는 방식은 다르지만 물리적인 힘을 지니고 있다는 것은 같다.

정신 계열 마법과 관측에 특화된 권능도 있지만 결국 그것 또한 기운이 지닌 물리력을 다른 방향성으로 사용하는 것에 불과했다.

마기나 마력, 성력이 막대한 양이 응집되어 있으면 그 자체만으로 힘이 되는 것도 같은 이유였다.

화약이 산더미처럼 쌓여 있으면 가공 따위는 필요 없이 하나의 강력한 무기가 되는 것과 마찬가지.

하지만 신성에는 그런 '물리력'이 존재하지 않았다.

'그런데 이 신성이 마기에 섞이는 순간.'

강우는 권능을 사용해 검붉은 창을 만들어냈다. 신성이 담긴 마기로 이루어진 창에는 숨 막힐 정도로 강대한 힘이 서려 있었다.

'증폭제나 보조제 역할인가.'

강우는 흥미롭다는 듯 신성이 담긴 창을 가볍게 휘둘렀다.

그때, 생각지도 않던 효과가 나타났다.

'응?'

딱히 의도하지 않아도 마기로 이루어진 창에 황금빛이 일렁이고 있었다.

아니, 단순히 황금빛만 흘러나오는 것이 아니었다.

"……뭐야."

마기가 전혀 느껴지지 않는다. 강우 자신조차 속을 정도로, 단 한 줌의 마기조차 창에서 흘러나오지 않고 있었다.

'뭔데 이거.'

놀랍다는 듯 몸을 내려다보았다.

설마, 하는 생각에 엄지를 물어뜯었다. 위색의 권능을 사용하지 않았음에도 그의 손가락에서는 선명한 '붉은' 피가 흘러나오고 있었다.

"……허."

강우는 헛웃음을 흘렸다.

'이런 기능도 있는 건가.'

이제까지 액티브 스킬로 사용해 오던 것이 패시브로 바뀐 느낌.

물론, 그가 마기를 숨기지 않겠다는 의지를 품자 곧바로 찬란한 황금빛이 사라지고 검은 어둠이 그 자리를 대신했다.

"역시."

강우는 탄성을 흘렸다.
'광휘의 신이 된 보람이 있네.'
신성이 섞인 것만으로 굳이 따로 권능을 쓸 필요도 없이 자연스럽게 황금빛이 쭉쭉 뿜어져 나가니 이보다 더 편할 수가 없었다.

[플레이어 오강우에게 신명 '거짓의 신'을 부여합니다…….]

"어디 보자. 그래도 광휘의 신이 됐으니 좀 그럴듯한 기술이라도 만들어 볼까."
턱을 만지며 고민에 잠겼다.

[시스템이 오류를 파악하고 있습니다.]
[검출된 오류가 존재하지 않습니다.]
[플레이어 오강우의 신명은 '거짓의 신'입니다!]

"아냐, 오히려 화려한 기술은 광휘의 신으로서의 격을 떨어뜨릴 수 있어."
고민에 잠겼던 강우는 마음을 정한 듯 몸을 돌렸다.

['거짓의 신'입니다!!]

"여기서는 오히려 자연스럽게, 은은한 느낌으로 힘을 흘리면서 가자."

강우는 전신에서 은은하게 피어오르는 광휘를 몸에 두르며, 발걸음을 옮겼다.

[거짓의 신이라고 이 새ㄲ…….]

휙.

자꾸 눈 옆에서 거슬리는 푸른 창을 손을 휘저어 치웠다.

어둠이 내려앉은 공간. 얼굴을 가로지르는 흉측한 검상을 지닌 사내가 가부좌를 튼 채 앉아 있었다.

그는 두 눈을 감은 채, 생각에 잠겼다.

'그 괴물.'

정체를 알 수 없는, 마해에서 태어난 것과도 같은 끔찍한 괴물. 그 괴물에 대해 떠올리는 것만으로 머릿속이 복잡해졌다.

하지만 그의 머릿속을 복잡하게 만드는 것은 그 괴물이 지닌 알 수 없는 힘만이 아니었다.

'어떻게.'

놈은 '천룡검법'을 사용했는가. 자신의 제자를 제외하고는 가르친 적 없는 검술을, 그 괴물은 사용했다.

'어설프긴 했어.'

헛웃음이 나올 정도로 한심한 완성도였다. 하지만.

'분명 놈이 사용한 건 천룡검법이다.'

그것도 누군가에게 배우지 않고서는 펼칠 수 없을 정도의 완성도는 되었다.

깊은 침묵이 내려앉았다.

고개를 돌려 멍한 눈빛의 소년에게 시선을 옮겼다.

"악몽의 성좌여."

"응."

소년이 답했다.

"놈의 주변에 천태황의 영혼을 지닌 존재가 있는지 확인해라."

자신의 손으로 기르고, 자신으로 손으로 가르치고, 자신의 손으로 죽였던, 하나뿐인 제자의 이름을 입에 담았다.

• 4장 •

미인계

메마른 대지. 생(生)의 기운이 조금도 느껴지지 않는 붉은 모래의 언덕 위에, 한 사내가 가부좌를 튼 채 앉아 있었다.

천천히 몸을 일으켜, 허리춤의 검을 빼어 든다. 검푸른 불꽃이 검신을 타고 음산하게 타올랐다.

"흐읍."

깊게 숨을 들이쉬었다.

머릿속의 적의 이미지를 떠올렸다. 아무것도 없는 모래의 언덕 위에, 검은 점액질로 이루어진 괴물의 모습이 나타났다.

찔꺽.

인간 형상의 점토를 어린아이가 짓뭉갠 것처럼, 끔찍하기 짝이 없게 일그러진 괴물의 모습.

활짝 웃고 있는 입가 사이사이로 날카로운 이빨이 보였다.

'놈은 죽지 않는다.'

검푸른 불꽃을 검신에 두른 채 생각에 잠겼다.

그때 보았던 괴물을, 어떻게 해야 죽일 수 있는지. 생각하고, 떠올리고, 탐구했다.

'피 한 방울까지 소멸시켜도 놈은 죽지 않았어.'

있을 수 없는 일이다.

아무리 신격을 지닌 신이라고 해도, 육신이라는 그릇이 사라지면 죽는다. 공포의 성좌처럼 영체로 몸이 이루어진 망령 또한 마찬가지. 신격을 담을 수 있는 그릇 자체가 소멸하고서 살아남을 수 있는 존재는 없다.

'그 말은.'

놈의 힘의 근원은 육체가 아닌, 다른 곳에 있다는 의미였다.

"……후우."

깊은 한숨이 흘러나왔다.

원인을 아무리 예측한다고 한들, 해결 방법을 떠올릴 수 없다는 아무런 의미가 없다.

'놈은 죽지 않아.'

죽지 않을뿐더러, 신성의 보호를 간단하게 찢어발길 정도로 강력한 무기를 지니고 있다.

'봉인을 한다?'

머릿속에 떠오른 생각에 고개를 저었다.

공포의 성좌를 통째로 뜯어 먹은 괴물이다. 그런 괴물을 봉인할 수 있는 힘이 있을 리가.

그나마 가능성이 있다면 세라핌이 스스로의 신격을 대가로 악의 성좌들에게 사용한 봉인 정도였지만, 성좌들 중 누구도 그 정도 봉인을 사용할 수 있는 존재는 없었다.

죽일 수도 없고, 무시할 수도 없을뿐더러, 봉인조차 불가하다. 사실상 상대할 수 있는 방법이 없다.

'아니, 잠깐만.'

태무극은 가늘게 눈을 떴다.

괴물과의 전투를 다시금 천천히 떠올렸다.

"……왜, 놈은 물러선 거지?"

당시에는 워낙 경황이 없어서 미처 생각하지 못했지만, 분명 놈은 자신과의 싸움을 '피했'다.

태무극은 눈살을 찌푸렸다.

이해 할 수 없었다. 세상 모든 것을 씹어 삼킬 정도로 끔찍한 광기를 보여줬던 괴물이 왜 갑자기 몸을 돌렸단 말인가.

'공포의 성좌를 미끼로 던져서?'

물론 그럴 수도 있다. 애초에 자신이 의도했던 그림 또한 미끼에 정신이 팔린 괴물을 피해 물러서는 것이었다. 하지만.

'너무 쉽게 물러났다.'

마치 기다리고 있었던 듯, 그의 제안을 냉큼 받아들였다.

찬찬히 되돌아보면 분명 이상한 일이다.

"……완벽한 불사가 아니라는 건가."

다시 한번 고개를 저었다.

핏방울 하나 남지 않도록 소멸시키고도 죽이지 못했는데

그것이 어떻게 완벽한 불사가 아니라고 할 수 있겠는가.

중점을 거기에 둬서는 안 된다.

'어쩌면.'

태무극은 깊게 가라앉은 눈빛으로 검 자루를 쥐었다.

'완벽하지 않은 건 놈의 정신일 수도 있다.'

처음 괴물과 만났을 때는 분명 지성이라는 것이 남아 있었다.

하지만 핏방울에서 재생한 이후, 괴물에게서 느껴졌던 것은 끔찍한 '광기'였다.

'재생을 거듭할수록 정신이 망가지는 건가.'

머릿속에 가설을 떠올렸다. 그렇다면, 그의 이해할 수 없는 행동 또한 납득할 수 있었다.

'놈은 모든 면에서 나보다 약했다.'

단언할 수 있었다. 마음만 먹는다면, 그 괴물을 몇 번이라도 죽이는 것은 어려운 일이 아니다. 그런데도 자신이 먼저 물러선 것은, 그 괴물이 '죽지 않았'기 때문이다.

"……정신이라."

어쩌면 그 괴물을 상대할 유일한 열쇠가 될 수 있는 단서.

태무극은 검 자루를 쥔 채 다시금 깊은 생각에 잠겼다.

몇 번이고 그 괴물을 떠올렸다. 괴물의 눈빛과 행동, 말투와 목소리. 초월경에 들어선 감각으로 괴물을 분석했다.

이내 태무극의 눈이 날카롭게 빛났다.

'확실하다.'

놈은 재생을 반복할수록, 자기 자신에 대한 통제력을 잃는다.

이성과 지성이 사라지고 그 자리를 광기와 욕망이 채우게 된다.

태무극은 무기질적인 표정에서 조용히 입가를 올렸다.

괴물은 무적이 아니었다. 설사 육체가 끝없이 재생하는 불사(不死)의 존재라 하더라도, 그 한계는 명확했다.

'놈의 약점은 정신이다.'

검 자루를 쥔 손에 힘이 들었다.

괴물을 마주했을 때 느꼈던 막막함. 무저갱을 내려다보는 듯한 아득함이 사그라들었다.

놈의 약점을 알아냈다면, 다음에 해야 할 일은 정해져 있다.

"정신이 약점이라면."

그의 정신이 완전히 망가져 버릴 때까지. 지성이 사라진 괴물로 전락할 때까지. 죽이면 될 뿐.

화르르륵.

검신을 타고 흐르는 검푸른 불꽃이 흔들렸다.

눈앞에 검은 점액질로 이루어진 괴물이 날카로운 이빨을 드러냈다.

상상으로 만들어낸 괴물을 향해, 검을 휘둘렀다. 검푸른 검격이 괴물의 몸을 수십 조각으로 갈랐다. 하지만 그것도 잠시. 괴물의 몸은 눈 깜짝할 사이에 원래대로 재생됐다.

"쓰읍."

숨을 고른다. 단전의 힘을 일으켜, 검을 휘둘렀다.

괴물의 몸에 셀 수 없을 정도의 섬격이 쏟아졌다. 괴물의 몸이 갈라지고, 재생하고를 반복했다.

무수하게 검을 휘두르던 도중 괴물의 피가 살짝 튀었다.

으드득!

피가 튄 부분을 타고 끔찍한 격통이 느껴졌다.

상상으로 만들어낸 적이지만, 태무극이 입은 상처는 진짜였다.

초월경에 도달한 감각을 바탕으로 만들어진 적은 허상이면서도 동시에 실체를 지니고 있었다. 적어도 태무극에 한해서는.

가상의 괴물에게 공격을 허용하면 태무극의 뇌는 그를 '진짜'로 받아들여 스스로의 육체에 상처를 입힌다.

만약 괴물에게 치명상을 허용한다면, 그는 죽는다.

"흡."

피가 튄 부분을 망설임 없이 도려냈다. 상처를 도려내지 않으면, 저 피는 끝없이 증식한다.

무수한 입이 만들어지던 피가 바닥에 떨어졌다.

거리를 벌린 후, 괴물을 살폈다. 괴물은 아직 멀쩡히 움직이고 있었다.

"천룡난무."

셀 수 없는 검격이 괴물의 몸을 갈랐다.

무수한 죽음과 재생을 반복하며 괴물의 움직임이 점점 단순하게 변했다. 이성이 사라지고, 광기만이 남았다.

"끼에, 엑."

지성이 사라진 괴물의 움직임은 실로 단순했다. 광기에 몸을 맡긴 채, 주변의 모든 것을 먹어치우기 시작했다.

화르르륵!

검푸른 화염이 괴물의 몸을 불살랐다.

이성이 사라진 괴물은 이윽고 자기 자신조차 잡아먹기 시작했다. 무너지고, 붕괴한다.

"후우."

태무극은 깊은숨을 토해냈다.

검을 허리춤에 집어넣었다.

머리가 과열될 정도로 유지하던 몰아(沒我)를 풀었다. 전신이 붕괴하고 있던 괴물이 눈앞에서 사라졌다.

"……쉽지 않군."

자신의 몸을 내려다보았다. 전신에 상처가 가득했다.

끝없이 재생하는 불사의 괴물을 쉬지 않고 죽이기는 확실히 쉽지 않은 일이었다.

'조금 더 쉽게 놈의 정신을 갉아먹을 방법이 필요하다.'

태무극이 가늘게 눈을 떴다.

그때였다.

"태무극."

멍한 눈빛이 소년이 흐느적거리는 발걸음으로 다가왔다.

태무극은 고개를 돌렸다. 소년의 손에는 살아 있는 생명체처럼 맥동하는 어둠이 들려 있었다.

마신의 유산이다.

"무슨 일이지."

"마신의 유산이 공포를 흡수하고 있어."

"뭐라?"

태무극은 눈살을 찌푸렸다.

공포의 성좌의 계획은 실패했다. 분명 공포의 방향은 마신이 아닌 루시퍼를 향하고 있을 터였다.

"어떻게 된 일이지?"

"……모르겠어."

소년이 고개를 저었다.

태무극은 굳게 입을 다물었다. 악몽의 성좌가 모른다면, 자신 또한 알 방법이 없었다.

"누군가 손을 댄 흔적은 있어."

"손을 댔다고?"

"응. 하지만 누군지는 모르겠어."

침묵이 흘렀다.

태무극은 소년의 손에서 마신의 유산을 받아 들었다. 맥동하는 어둠은 대륙 전체에 퍼져 있는 '부의 감정'을 맹렬하게 흡수하고 있었다.

'어떻게 된 일인지는 모르겠지만.'

마신의 유산이 성장하고 있다는 것은 반길 만한 일이다.

태무극은 마신의 유산을 품속에 넣었다.

'괴물에게 사용할 카드가 하나 더 늘었군.'

아무리 그 괴물이라 해도, 마신의 유산이 완성된다면 상대하는 것은 어렵지 않았다.

"그리고 천태황의 영혼이 들어간 인간에 대해서 조사가 끝났어."

태무극의 눈이 빛났다.

"누구지?"

"김시훈."

"김시훈이라면……?"

"응. 가이아의 권속이야. 오강우와 같이."

태무극의 입이 굳게 닫혔다.

그의 머리가 빠른 속도로 돌아갔다. 가이아의 권속으로 위장하고 있는 괴물과, 천태황의 영혼을 이어받은 인간. 둘이 같은 무공을 사용하고 있다는 것을 단순한 우연으로 치부할 수는 없었다.

'이건.'

태무극은 가볍게 주먹을 쥐었다.

무언가 있다는 강한 직감이 머릿속을 스쳤다. 괴물의 약점, 정신 그 자체를 흔들 수 있는 단서가 숨어 있다는 직감이.

'나쁘지 않군.'

태무극은 무표정한 얼굴로 고개를 끄덕였다.

전화위복이라고 했던가. 쓰라린 패배 이후 하나씩 승리의 단서가 생기고 있었다.

'잊으려고 해도 잊지 못할 거야.'

괴물의 목소리가 머리를 스쳤다.

태무극은 짙은 살기를 피어 올렸다.

'물론.'

잊을 생각 따위는 처음부터 없었다. 날카롭게 벼린 복수의 칼날을 가슴 속에 품었다.

태무극은 소년을 지나쳐 붉은 언덕 아래로 내려왔다.

머릿속에 떠오른 계획을 차분히 정리했다.

'김시훈에게 접근하기 위해서는 괴물의 시선을 돌릴 필요가 있다.'

여기서부터가 문제였다.

태무극은 천천히 발걸음을 옮기며 생각을 이어갔다.

"……음?"

그때, 그의 시선에 한 여인이 보였다.

남보랏빛 머리칼을 땋아 내린 아름다운 엘프의 모습. 음마(陰魔)의 신이자, 색욕의 성좌라는 신명을 지니고 있는 존재.

프로세르핀은 멍한 시선으로 허공을 바라보고 있었다.

'그때 이후로 쭉 저런 상태로군.'

괴물를 만난 이후, 프로세르핀은 엘프들의 내부에 잠입하는 임무도 뒤로한 채 멍하니 시간을 죽이고 있었다.

"무슨 일이지."

태무극이 낮은 목소리로 물었다.

프로세르핀은 멍하니 허공을 응시하던 시선을 그에게 옮겼다.

흥, 코웃음을 치며 고개를 홱 돌렸다.

"신경 쓸 것 없어."

"신경을 쓸 수밖에 없는 태도를 하고 있는 주제에 할 말은 아닌 것 같군."

프로세르핀이 입술을 깨물었다.

그녀는 태무극의 시선을 피하며, 다시금 허공을 응시했다.

기억이. 끔찍한 괴물에 대한 기억이 머릿속을 가득 채웠다.

'누굴까.'

두근, 두근.

가슴이 뛴다. 괴물을 떠올릴수록, 알 수 없는 공포와 욕망이 뒤섞인다.

"하아아."

뜨거운 숨을 토했다.

누가 공포와 사랑을 맞닿아 있다고 했던가. 흔들다리 위에 올라가기라도 한 것처럼, 괴물에 대한 공포는 시간이 지날수록 묘한 감정으로 변하기 시작했다.

'그 괴물을 한번.'

입술을 핥았다. 몸이 뜨겁게 달아오른다.

'맛보고 싶어.'

음욕의 신은 욕망으로 꿈틀거리는 눈빛으로 괴물의 모습을 떠올렸다.

"……하."

태무극은 그런 그녀의 모습을 지그시 바라보며 헛웃음을 흘렸다.

그러던 중, 무언가 생각났다는 듯 입을 열었다.

"부탁할 게 있다."

"응? 무슨 부탁?"

프로세르핀이 귀찮다는 듯 눈을 찡그렸다.

태무극의 말이 이어졌다.

"……그 괴물의 시선을 끌라, 이 말이지?"

"그렇다."

"흐응."

프로세르핀의 눈이 반짝였다.

처음 부탁이라는 말을 들었을 때 보였던 귀찮은 모습은 조금도 보이지 않았다. 귀찮기는커녕, 너무 기대돼서 참을 수 없다는 듯 흥분에 찬 숨을 토해내고 있다.

"가능하겠나?"

"당연한 걸 뭘 물어보고 있어?"

"놈은 강하다."

자신이라면 몰라도, 프로세르핀은 그 괴물을 혼자서 상대할 수 없다.

"후훗."

프로세르핀은 짙게 웃었다.

"날 누구라고 생각하는 거야?"

그녀는 천천히 몸을 일으키며, 숨 막히는 음기(淫氣)를 내뿜었다.

남보랏빛 머리칼이 공중으로 치솟는다. 살아 있는 생명처럼 치솟은 남보랏빛 머리칼이 꾸물거리는 검은 촉수로 변했다.

피부가 갈라지며 여덟 개의 눈이 나타났다. 촉수 끝에 흐르는 고름을 핥으며 그녀는 야릇한 미소를 지었다.

"음마의 신이 질 떨어지게 싸움으로 해결하겠어?"
당연히.
"이 아름다운 외모로 그 괴물을 홀려야지."

광휘의 신이 되고 난 후 일주일이 흘렀다.
강우는 그동안 신성의 힘을 다루는 것에 집중했다.
"후우우."
깊게 숨을 들이쉬었다.
오른팔을 천천히 들어 올리자 마해의 열쇠의 형태가 찬란한 황금빛 검으로 변하기 시작했다.
만약 사탄이 살아 돌아와 황금빛으로 빛나는 검을 본다면 경악에 입을 다물지 못할 것이다. 찬란한 황금빛으로 빛난다는 것을 제외하고는, 사탄이 사용하는 지옥 무구 '분노'와 완전히 똑같이 생긴 검이 만들어졌으니까.
아니, 단순히 생긴 것만 똑같은 것이 아니다.
쩌적!
검의 궤적을 따라 공간이 갈라졌다가 다시 아물었다.
신성이 섞인 마기가 거대한 기세를 머금고 공간을 비틀어 찢었다. 단순히 외관만 흉내 낸 것이 아닌, 품고 있는 기운 자체도 '분노'와 거의 흡사했다. 아니, 신성의 차이로 인해 사탄이 사용하던 지옥 무구 이상의 힘이 담겨 있었다.

'뭐, 그렇다고 해도.'

놈이랑 전면전은 힘들겠지만.

강우는 피식 웃었다.

검에 담긴 힘이 아무리 강하다고 해도, 절망의 성좌는 자신이 따라잡을 수 없는 무공을 지니고 있었다. 검으로는 그를 이길 수 없다.

"슬슬 움직일 때가 된 것 같은데 말이야."

강우는 검으로 변한 마해의 열쇠를 다시 반지의 형태로 만들었다.

검으로 이길 수 없다 해서 절망의 성좌와의 싸움을 피할 생각은 없었다. 아니, 오히려 언제쯤 그와 싸울 수 있을까 기대감에 부풀어 제대로 잠도 이루지 못할 지경이었다.

'재미있었지.'

이제까지 욕망을 참아왔던 것이 우습게 느껴질 정도로, 그와의 전투는 즐거웠다.

한계가 드러났다. 바닥이 보였다. 전력을 쥐어짜 내어, 개문까지 사용했음에도 그를 이길 수 있다는 생각이 들지 않았다.

"하아."

열락에 찬 숨을 토했다. 심장이 미친 듯이 두근거렸다.

그 정도로 아득한 상대를 만난 것이 얼마 만인가. 그 정도로 절망적인 상대를 만난 것이 얼마 만인가. 처음 지옥에 떨어졌을 때와, 바알을 처음 마주했을 때 외에는 없었다.

"아, 이거 미치겠네."

강우는 저릿저릿하게 떨리는 손을 굳게 쥐었다.

첫사랑에라도 빠진 기분이다.

한번 불이 지펴진 욕망은, 참기 힘들 정도로 격렬하게 끓어올랐다. 상사병에 걸린 소녀처럼 눈을 감으면 절망의 성좌의 얼굴이 떠올랐다.

발록이 착각하고 있는 것이 있다.

그는 마치 자신이 동료를 위해, 원치 않는 희생을 감수하고 성좌들과 싸웠다고 생각했다. 욕망을 핑계로, 홀로 그들을 마주했다고 말했다.

"누가 들으면 아주 성자 납신 줄 알겠어."

낄낄 웃었다.

어느 정도는 사실이다. 김시훈과 한설아, 발록 등 자신의 소중한 이들이 다치는 것을 보고 싶지 않다. 죽는 것은 상상조차 하기 싫다.

하지만 그것 때문에 무슨 소년 만화 속 주인공처럼 원치 않는 전투에 홀로 나선 것은 아니다. 자신은 그런 인간이 되지 못한다.

'두 가지 목표가 일치했다고 하는 게 옳지.'

혹은 두 마리 토끼를 모두 잡으려 했다는 표현도 적절하다.

성좌와 싸우고 싶었다. 바닥을 보이며, 한계와 부딪히고 싶었다. 타오르는 욕망의 불꽃에 몸을 던져 마음껏 날뛰고 싶었다. 참을 수 있었지만, 참기 싫었다.

다이어트와 마찬가지다. 그거 안 처먹어도 안 죽는 거 다 안다.

그럼에도 결국은 꾸역꾸역 욕망에 떠밀려 야식을 시키지 않는가? 참지 못한 것이 아니라, 참지 않는 것에 불과하지 않은가?

자신도 마찬가지였다. 이제까지 참아온 것에 스스로 포상을 주듯, 배가 터지도록 먹고 싶었다.

그래서 홀로 성좌와 싸웠다. 다른 누구의 방해도 받지 않고, 마음껏 포식을 즐기기 위해.

'앞으로는 참기 싫어도 어쩔 수 없이 참을 때가 올 테니까.'

강우는 쓰게 웃었다.

그 자신도 알고 있다. 이미 각오하고 있는 미래다.

'언젠가는.'

만족스럽게 먹을 수 있는 먹잇감이 모두 사라질 것이다.

한계를 드러내며, 광기와 욕망만이 가득한 전투를 즐길 날이 사라질 것이다.

세계가 평화롭게 된다는 의미가 아니다. 자신이 지나치게 강해져서, 더 이상 그를 전율시킬 수 있는 존재가 사라진다는 의미였다.

'여기까지 오는 데 3년 정도 걸렸나? 아니, 4년?'

강우는 가이아 시스템에 봉인되어, 지구로 돌아왔을 때를 떠올렸다.

그때부터 지금까지 5년도 채 지나지 않았다.

그 짧은 시간 만에 자신은 어처구니없을 정도의 성장을 이뤘다. 이미 지옥에 군림하던 시절의 자신은 귀엽게 느껴질 정도로.

시스템의 도움도 있고, 여러 기연의 영향도 있지만 결정적인 원인은 그 자신에게 있다. 지금 이 순간에도 그는 계속해서 강해지고 있다. 통제할 수 없을 정도로 빠르게.

'마해가 커지고 있으니까.'

그가 잡아먹은 악의 성좌만 해도 셋이나 된다. 지구로 돌아온 이후 먹은 악마와 마물의 숫자만 합쳐도 수천은 가볍게 넘는다.

결정적으로 그는 세 개로 쪼개진 마신의 육체 중 하나를 먹어치워 버렸다. 마해가 커지지 않는 것이 이상한 일이다.

'아니, 그것만이 아니지.'

강우는 깊게 가라앉은 눈빛으로 자신의 몸을 내려다보았다.

신격을 얻고 난 후, 한 가지 새롭게 알게 된 사실이 있었다.

'포식의 권능을 사용하지 않아도.'

마해가 팽창하고 있다. 마치 우주가 팽창하듯, 마기의 바다는 스스로 몸집을 키우고 있었다.

끝없이 커지는 마해를 통제할 자신은 있었다. 마해가 커지는 만큼, 그의 제어력 또한 올라가고 있으니까.

문제는.

'이대로라면.'

그를 전율시킬 수 있는 먹잇감은 더 이상 남지 않게 된다. 욕망은 충족되지 않을 것이다. 끝없는 허무와 공허만이 남게 될 것이다.

각오는 이미 끝났다. 견딜 자신도 있었다.

그저 그날이 오기 전에 조금이라도. 전율과 마주하고 싶을 뿐이다. 한계와 부딪히고 싶을 뿐이다.

'마왕님은.'

리리스의 목소리가 떠올랐다.

언제였던가, 그녀가 이런 말을 한 적이 있었다.

굉장히 화가 난 목소리로.

'불을 향해 달려드는 불나방 같아요.'

지옥에 불나방 따위는 없는데, 어디서 그런 말을 배웠는지는 모르겠다.

무심코 웃음이 흘러나왔다.

"하긴, 어지간히 뒤질 위기를 많이 넘었으니."

마해가 막 생긴 시절에는 1초를 수십으로 쪼갠 순간순간 죽음의 고비를 넘었다.

만마전을 만들어 마해를 가둘 수 있게 된 이후에도 탈태를 반복하며 수시로 죽음의 문턱에 드나들었다. 탈태가 조금 익숙해지니 아예 문을 열어젖히는 개문을 사용했다.

리리스가 뺨을 후려쳐도 할 말이 없을 정도로 셀 수 없는 죽음을 넘어선 것은 사실이다.

'뭐, 다시 그때로 돌아간다고 해도.'

똑같은 일을 반복하겠지만.

강우는 가볍게 몸을 털며 몸을 돌렸다.

수련을 위해 나온 숲속에서 다시 아르난 제국의 황실로 돌아갔다.

"아, 강우 씨!"

황실로 돌아오자 그를 발견한 한설아가 활짝 웃으며 다가왔다.

"수련은 끝나셨나요?"

"응."

강우는 고개를 끄덕였다.

신성을 다루기 위한 수련은 대강 끝났다.

애초에 신성이 또 다른 기운이 아닌 증폭제나 보조제와 같은 역할이라 신성을 섞었을 때 얼마만큼의 위력이 상승하는지만 체크하면 돼서 어렵지 않았다.

"시훈이랑 발록은?"

"아직 수련 중이에요."

"또? 오늘 새벽부터 하고 있었잖아."

이전 사건 이후로 그 둘은 병적일 정도로 수련에 빠져 있었다.

"그게……."

한설아는 쓴웃음을 지으며 말끝을 흘렸다.

강우는 쯧, 혀를 찼다.

'이건 한번 말 좀 해야겠네.'

자신이 할 말은 아니지만, 병적일 정도로 수련에 집착하는 것은 신체에 큰 부담을 줬다. 적당히 조율해 주는 것이 좋으리라.

"뭐야? 강우 돌아왔어?"

차연주가 걸어왔다. 그녀 또한 방금 전까지 수련했는지 머리칼이 땀에 촉촉이 젖어 있었다.

땀에 젖은 머리칼이 목덜미에 달라붙어 있는 모습이 묘하게 섹시해 보였다.

"뭔데."

차연주가 날카롭게 눈을 뜨며 그를 노려보았다. 뭔가 착각을 한 건지, 두 팔로 자신의 가슴을 감쌌다.

강우는 헛웃음을 흘렸다.

"뭘 있지도 않은 걸 감출……."

퍼억!

빛살처럼 올려 찬 차연주의 발길질에 쌍방울이 울렸다.

당연히 피할 수 있었지만, 왠지 피하면 안 될 것 같아 그냥 맞아줬다.

"아악!"

오히려 쌍방울을 걷어찬 차연주가 종아리를 부여잡으며 쓰러졌다.

그녀는 이글거리는 눈으로 강우를 노려봤다.

"이 괴물 새끼……."

급소를 걷어차이고도 멀쩡한 강우의 모습을 보곤 분하다는 듯이 입술을 깨물었다.

오히려 당황한 것은 한설이였다.

"가, 강우 씨 괜찮아요?"

그녀는 창백한 표정으로 손을 뻗었다.

강우는 허리를 뒤로 빼 그녀의 손을 피했다.

"괜찮아, 임자."

오히려 그 손이 닿으면 안 괜찮아져.

"어머, 좀 늦을 줄 알았는데 빨리 돌아오셨네요."

리리스까지 강우를 마중 나왔다.

"신성이 생각보다 다루기 어렵지 않더라고."

강우는 어깨를 으쓱이며 답했다.

차연주가 퉤, 침을 뱉었다.

"그나저나 네가 광휘의 신이라니…… 뭔가 잘못된 거 아냐?"

"뭐가."

"밥 먹듯이 뒤통수나 치니까 거짓의 신 이런 게 될 줄 알았는데."

"사람을 뭐로 보는 거야."

강우는 어처구니없다는 듯 고개를 저었다.

자신이 거짓의 신이라니, 말도 안 되는 소리다.

[띠링, 띠링.]

아 또 뭐. 적당히 좀 떠라. 대출 광고냐? 뭔 시도 때도 없이 울려.

강우는 눈앞에 떠오른 푸른 창을 보지도 않고 멀리 치웠다.

"근데 솔직히 네가 신이라니 믿기지가 않네…… 평소랑 똑같은 것 같은데."

차연주는 위아래로 강우의 몸을 훑어보았다.

신으로서의 위압감은 조금도 느껴지지 않았다. 사실 레이라가 아니었다면 그가 신격인지 뭔지를 얻었다고 절대 생각할 수 없었을 것이다.

“신의 개념이 우리가 아는 거랑은 좀 다르니까.”

강우는 가볍게 웃으며 답했다.

흔히 생각하는 전지전능한 신과 신격을 지닌 신은 개념부터가 달랐다. 그들은 전지(全知)하지도 않고, 전능(全能)하지도 않다. 그저 신성이라는 규격 외의 힘을 지닌 존재에 불과했다.

“그래서, 우리 광휘의 신님께서는 사도나 그런 건 안 뽑습니까?”

“왜, 너 시켜줄까?”

“사도가 되면 김시훈처럼 강해질 수 있는 거야?”

“대신 날 오빠라고 불러야 해.”

“꺼져. 안 해, 새끼야.”

차연주가 오만상을 찌푸리며 고개를 돌렸다.

강우는 낄낄 웃었다.

사실 사도를 만드는 방법 자체를 모른다. 아니, 설사 안다고 해도 사도를 만들 생각은 없다.

‘어차피 차연주가 사도가 된다 해도 김시훈처럼은 될 수 없으니까.’

김시훈은 가이아의 권속이 됐기 때문에 저토록 강해진 것이 아니다. 그의 재능은 강우로서도 경악할 수준으로 뛰어났다.

‘아마 나 다음에 혼자 힘으로 신격을 얻는 존재가 생긴다면.’

아무래도 김시훈이겠지.

강우는 김시훈을 떠올리며 희미하게 웃었다.

"아참, 강우 님. 그 성좌들에 대해 다시 한번 자세하게 설명해 주실 수 있나요? 영 꼬리가 잡히지 않아서요."

리리스가 물었다.

강우는 고개를 끄덕이며 답했다.

"절망의 성좌라고 불린 놈은 얼굴에 긴 검상이 있는 중년 남자였어."

그때 보았던 절망의 성좌에 대해 차분히 설명을 이어갔다.

"……여자도 한 명 있다고 하지 않으셨나요?"

가만히 듣고 있던 한설아가 가늘게 눈을 뜨며 물었다.

강우는 고개를 끄덕였다.

"응. 프로세르핀이라고 불리긴 했는데, 무슨 성좌인지는 모르겠네."

"흐응."

한설아는 깊게 가라앉은 눈빛으로 강우를 바라보았다.

"예뻤나요?"

"아, 응. 예쁘긴 엄청 예뻤지."

강우는 태연히 고개를 끄덕였다. 실제로, 그때 보았던 프로세르핀은 눈부시게 아름다운 외모를 지니고 있었다.

'일단 엘프잖아.'

엘프가 아름다운 외모를 지니고 있는 것은 판타지의 국룰 아니던가.

'아니, 근데 그럼 서큐버스는 왜 씨발……'

다시 생각하니 뒷골이 당겨왔다.

트라우마가 떠오른 듯 몸이 덜덜 떨렸다.

"……예뻤다고요?"

"그 말은 처음 듣네요."

"흥, 누구랑은 다르게 미드가 좀 빵빵했나 봐?"

뭐지. 여성진들의 눈빛이 사납다.

"아니 그게."

강우는 억울하다는 듯 분노에 타오르고 있는 세 여인을 바라보았다. 예쁜 걸 예쁘다고 한 게 뭐가 나쁘단 말인가.

"분명 예쁘긴 했는데……."

강우의 말이 이어지려고 할 때였다.

"호호호, 내가 좀 예쁘긴 하지."

여인의 목소리가 귓가에 들렸다.

강우는 목소리가 들리는 곳으로 고개를 돌렸다.

그곳에는.

"……아니."

촉수가 있었다.

전신에 돋아 있는 검은 촉수. 여덟 개의 눈. 촉수의 끝에서 흘러나오는 녹색 고름.

"뭐야."

너 누구야.

강우는 떨리는 눈으로 갑작스럽게 나타난 여인을 바라보았다.

"가, 강우 씨……?"

한설아가 떨리는 눈으로 그를 바라보았다.

그녀는 창백하게 질린 표정으로, 입을 열었다.

"강우 씨의 취향은…… 서, 설마. 그런."

한설아의 눈가에 그렁그렁 눈물이 맺혔다.

"아니야."

저거 내 취향 아니야.

"하! 강우 님! 저런 볼품없는 년이 어딜 봐서 예쁘시다는 거예요?"

리리스가 어처구니없다는 듯 소리쳤다.

"안 예뻐."

"잘 보세요! 촉수가 검은색이잖아요!!"

"안 예쁘다고."

"흥, 촉수 결도 푸석푸석하고, 윤기도 흐르지 않잖아요! 그리고 무엇보다!"

"내 말 좀 들어봐, 씨발."

"눈이 고작 여덟 개잖아요!!"

"어쩌라고."

"흐응. 의외로 평소에는 멀쩡한 모습이구나, 그때 그 괴물이라고는 믿기지가 않는걸?"

강우의 몸을 위아래로 훑어본 프로세르핀이 뱀의 혓바닥과 같은 기다란 혀를 내밀어 입술을 핥았다.

마치 악몽이 현세에 구현한 것처럼 끔찍했던 괴물의 모습은 더 이상 보이지 않았다. 아니, 오히려 찬란하기까지 한 황금빛이 은은하게 몸에서 흘러나오고 있었다. 어딜 어떻게 봐도 '빛의 수호자'라는 칭호에 걸맞은 모습.

'하지만.'

프로세르핀은 짙게 웃었다.

빛의 수호자라는 것은 저 괴물이 가이아의 눈을 속이기 위한 거짓 신분임을 잘 알고 있다. 저 볼품없는 인간의 껍데기 안에, 얼마나 끔찍하고 두려운 괴물이 잠들어 있는지 두 눈으로 직접 확인했다.

'……정말.'

프로세르핀의 몸이 떨렸다.

아무리 잊으려고 해도, 잊을 수 없었다.

질척한 점액질로 이루어진 괴물. 무수한 입과, 입과, 입으로 이루어진 아득한 어둠. 신화의 시절, 마신이 그토록 찾았던 마해(魔海)에서 태어난 것과 같은 괴물의 모습은 그녀의 뇌리에 낙인처럼 새겨졌다.

"하아."

뜨거운 숨을 토해냈다.

몸이 달아올랐다.

마신에게 신격을 부여받았다고 하나, 그녀의 본질은 서큐버스였다. 그것도 음마(陰魔)의 신이라고 불릴 정도로 높은 위치에 군림하는. 오랜 시간 세라핌에 의해 봉인 당한 탓에 서큐버스들 사이에서 잊혀졌지만, 그렇다고 해서 그녀의 본능이 어딜 간 것은 아니다.

'저 괴물과 몸을 섞으면…… 정말 끝내주겠지.'

서큐버스는 눈부신 외모와 뛰어난 현혹 마법으로 먹잇감을 홀린다. 그리고 그 먹잇감이 사랑에 빠지도록 만든다.

광기에 가까운 사랑에 빠진 존재에게서 서서히 정기를 흡수하는 것. 그것이 바로 서큐버스의 사냥 방법이었다.

사냥감이 강하면 강할수록, 흡수할 수 있는 정기가 많은 것은 당연지사. 그런 의미에서 눈앞에 서 있는 불사(不死)의 괴물 이상의 먹잇감은 없었다.

'끊임없이 양질의 정기를 먹을 수 있겠지.'

괴물의 경이로운 재생력을 생각하면 무한한 정기를 공급받을 수 있다. 마르지 않는 샘을 발견한 듯한 기분.

프로세르핀은 뜨거운 눈으로 인간의 탈을 쓴 괴물을 바라보았다.

무한한 정기를 공급받기 위해서라도 저 괴물을 유혹하여 사랑에 빠뜨려야 했다.

그리고 그것은, 그녀에게 가장 자신 있는 일이었다.

"흐응. 어때? 이게 진짜 내 모습이야."

프로세르핀은 야릇한 미소를 지으며 검은 촉수를 쓸어넘겼다.

강우의 표정이 처참하게 일그러졌다.

"후훗. 너무 예뻐서 말을 못 하는 것 같네."

"……말이 안 나오긴 한다."

강우는 머리가 아프다는 듯 이마를 짚었다.

어처구니없어서 말이 나오지 않는다.

'왜 또 촉수야.'

트라우마가 떠오르며 등골에 오싹한 공포가 흘렀다.

"이익!"

리리스가 초조한 표정으로 입술을 깨물었다.

말은 그렇게 했지만 프로세르핀의 눈부신 외모는 그녀로서도 큰 위기감을 불러일으킬 정도였다.

리리스는 강우의 팔을 잡아당기며 말했다.

"강우 님. 이렇게 있을 수는 없어요."

"뭐? 뭐가."

리리스가 앞으로 당당히 걸어 나가며 본래의 모습으로 돌아왔다. 녹색 촉수가 꿈틀거리며, 열여덟 개에 달하는 눈이 나타났다.

"……뭐야?"

프로세르핀이 당황한 표정으로 리리스를 바라보았다.

설마 괴물의 옆에 다른 서큐버스가 있을 줄이야. 생각지도 못한 일이었다.

"리, 리리스 씨?"

"저, 저게 리리스라고?"

리리스의 본 모습을 처음 보는 차연주와 한설아의 표정도 경악에 물들었다.

리리스는 녹색 촉수로 입가를 가리며 날카롭게 프로세르핀을 노려보았다.

"어디서 감히 우리 낭군님을 넘보는 거야?"

“흥, 어디서 굴러먹다 온 년인지는 모르겠는데, 네가 끼어들 일 아니니까 좀 찌그러져 있지?”

두 여인의 살기가 충돌했다.

강우는 아연하다는 표정으로 입을 쩍 벌렸다.

절망 어린 신음이 흘러나왔다.

“촉수가 둘…….”

몸이 떨렸다. 끈적거리는 촉수를 보는 것만으로도, 거칠게 심장이 두근거리며 창백하게 얼굴이 질렸다.

“하나도 아니라…… 둘.”

강우는 서로 대치하고 있는 리리스와 프로세르핀의 모습을 바라보며 흐느꼈다. 구천지옥에 다시 돌아온 듯한 기분이었다.

“……강우 씨.”

한설아가 강우를 바라보며 눈을 글썽거렸다.

“정말로…… 그랬던 거예요?”

뭐가. 대체 뭐가 그런 건데.

“저는…… 강우 씨의 취향이 아니었던 거예요?”

예?

“대체 무슨 소리를 하는 거야.”

강우는 어처구니없다는 표정으로 한설아를 바라보았다.

자신의 취향이 아니라니. 마치 자신의 취향이 저 촉수였다고 말하는 듯한 물음이었다.

“그럴 리…….”

“이제까지 숨겨서 미안해요, 설아 씨.”

리리스가 안쓰럽다는 듯 한설아의 팔을 잡았다.

녹색 촉수를 꿈틀거리며 말을 이었다.

"강우 님이 사랑하는 것은…… 바로 이 촉수들이에요."

아닌데요.

"설아 씨가 가질 수 없는 거라 이제까지 말하지 못했어요."

"그, 그런……."

아니라고.

"아니, 뭔 개소리야 그게."

강우는 답답하다는 듯 리리스를 노려보았다.

"내가 촉수를 언제 좋아했다고 그런 거야."

이번 기회에 확실히 못을 박아둬야 했다.

"나는 촉수를 싫어한다고. 눈이 여러 개인 것도, 온몸에서 고름이 흘러나오는 것도 끔찍해 보인다고."

리리스의 어깨를 잡으며 말을 이었다.

"그러니까 제발…… 제발 좀 그만해. 그냥 쿠로사키 유리에의 모습이 훨씬 예쁘다고."

리리스의 표정이 굳었다.

그녀는 울상을 지으며, 고개를 숙였다.

"저, 정말요?"

"그래."

원하면 찍을 수도 있어.

아, 물론 고아긴 한데. 어쨌든.

"흥, 거짓말하지 마."

프로세르핀이 코웃음 쳤다.

“넌 또 뭔데.”

시바, 뭔데 거짓말이고 아니고를 네가 정해.

“어차피 지금 넌 가면을 쓰고 있는 것에 불과하잖아? 볼품없는 인간의 모습을 좋아할 리가 없지.”

강우는 굳게 입을 다물었다.

차연주의 표정을 살폈다. 리리스나 한설아라면 몰라도, 그녀는 진실에 대해 거의 알지 못한다.

“……가면? 그게 무슨 소리야?”

차연주가 눈살을 찌푸리며 물었다.

“예전 내 과거를 알고 있는 모양이야.”

“아.”

막힘없는 강우의 대답에 차연주가 짧은 탄성을 흘렸다.

까맣게 잊고 있었지만, 강우는 영웅신의 사도로 발탁되기 전에는 악마였었다.

“……맞다, 너 만 년을 지옥에서 보냈다고 했지.”

차연주는 쉽게 상상이 가지 않는다는 표정으로 중얼거렸다.

만 년이라니. 너무 아득해서 짐작조차 안 갈 정도로 기나긴 시간이다.

“근데 그 정도로 오래 살았다면 진짜 보는 눈이 바뀌는 거 아냐?”

고개를 갸웃거리며 물었다.

강우의 입에서 절로 욕지기가 흘러나왔다.

만 년을 있건 십만 년을 있건 자신이 촉수를 좋아할 날은 오지 않을 것이다.

한설아의 표정이 딱딱하게 굳었다.

그녀는 가늘게 떨리는 눈으로 차연주의 말을 머릿속에 되새겼다.

'정말 만 년이라면…….'

가치관이 바뀌어도 이상하지 않을 시간이다. 자신이 보기에 흉측하기 짝이 없는 리리스와 프로세르핀의 모습도, 강우에게는 더없이 아름답게 느껴질 수도 있었다.

'리리스 씨랑도 계속 같이 있었잖아.'

조금씩 의심이 커져 갔다.

강우는 리리스와 천 년 가까이 같이 있었다고 했다. 정말로 그녀를 싫어했다면 그 아득한 시간을 같이 있을 리가 없다.

당시 강우의 사정을 모르는 한설아는 초조한 표정으로 입술을 깨물었다. 다른 사람에게 강우를 빼앗길 수도 있다는 공포가 등골을 타고 전신에 퍼졌다.

'안 돼.'

창백하게 질린 표정으로 고개를 저었다.

강우가 다른 여자의 손에 들어간다니, 상상하는 것만으로 속이 뒤틀렸다. 시야가 흔들리며 강렬한 갈증이 목을 태웠다.

프로세르핀을 향해 천천히 고개를 돌렸다.

고개를 든 한설아의 눈에서 빛이 사라졌다.

'죽여야, 해.'

자신에게서 강우를 뺏으려고 하는 존재였다.

살려둬서는 안 된다. 죽여야 한다. 처참하게. 다시는 강우를 넘보지 못하도록. 끔찍한 후회와 절망 속에서 몸부림치도록 만들어야 한다.

"뭐, 어쨌든 난 너한테 관심 없으니까 다른 놈이나 불러와."

강우는 절레절레 고개를 저으며 말했다.

프로세르핀에게 관심이 없다는 것은 진심이었다. 성좌라고는 하나, 그녀는 리리스처럼 전투가 아닌 쪽에 능력이 특화되어 있다.

'그래도 신격을 흡수할 수 있으니 의미는 있지만.'

역시 절망의 성좌에 비하면 그녀는 전혀 먹음직스러워 보이지 않았다.

'일단.'

강우는 날카롭게 눈을 빛냈다.

이유야 어쨌든, 성좌가 제 발로 여기까지 찾아온 것은 반길 만한 일이다.

'정보를 좀 얻을 수 있겠지.'

강우는 가볍게 발을 굴렀다.

그의 몸에서 흘러나온 거대한 황금빛 물결이 주변을 둘러쌌다. 아무리 그녀의 힘이 전투에 특화되어 있다고 하지만, 신격을 지닌 존재와의 싸움에서 결계도 치지 않고 싸웠다가는 제국 수도 자체가 증발해 버리고 만다.

"에이, 왜 그래? 자꾸 그러면 무서워지잖아."

프로세르핀이 윙크를 보내며 야릇한 목소리로 말했다.

그녀는 고개를 돌려 리리스를 바라보았다.

"저 서큐버스 때문이야? 후훗. 그렇다면 신경 쓸 일 없어."

자신만만한 표정으로 말했다. 리리스 또한 눈부시게 아름다운 외모를 지니고 있었지만, 감히 자신에 견줄 수는 없었다.

아니, 단순히 외모의 문제가 아니었다.

"나와 한번 하면…… 평생 잊을 수 없는 쾌락을 선물해 줄게."

프로세르핀은 옷을 살짝 끌어 내려 보랏빛 피부의 어깨와 가슴골을 강조했다.

"……읍."

그녀의 유혹에 강우는 입을 막으며 헛구역질을 했다. 아침에 먹었던 김치찌개가 쏟아져 나올 것만 같았다.

'시발.'

더 이상 참을 수 없었다.

'빨리 잡아서 정보나 불게 해야겠다.'

강우는 질린다는 듯 고개를 저으며 손을 뻗었다. 마해의 열쇠가 '분노'의 형태로 변했다.

2미터에 달하는 양손 검을 가볍게 한 손에 쥐었다.

"……음?"

프로세르핀은 두 눈을 동그랗게 떴다.

자신을 향한 선명한 적의가 느껴졌다.

"흐응. 부끄러움이 좀 많은 것 같네."

프로세르핀은 짙은 미소를 머금으며 귀엽다는 듯 강우를 바라보았다.

"부끄러움이 많긴 개뿔."

강우는 발을 박차며 그녀를 향해 달려들었다.

마해의 열쇠를 휘둘러 그녀의 머리를 내려찍었다.

쩌적!

프로세르핀의 머리가 반으로 쪼개졌다.

강우의 표정이 일그러졌다.

쯧, 혀를 찼다.

"분신이었군."

고작 일격으로 신격을 지닌 신을 죽였을 리는 없었다. 그렇다고 프로세르핀이 개문을 사용한 자신처럼 '죽지 않는' 몸을 지녔을 리도 없나.

"……설마 진짜 공격하다니."

머리가 반으로 갈라진 프로세르핀의 몸이 검은 촉수 정어리로 변했다.

그 사이에서 나타난 그녀의 얼굴은 지금 이 상황을 믿을 수 없다는 경악에 차 있었다.

하지만 그것도 잠시.

"후훗. 재밌네."

프로세르핀은 더없이 즐겁다는 듯 입술을 핥았다.

"나를 거부한 남자는 네가 처음이야."

열락(悅樂)에 찬 목소리.

그녀는 기대감에 부푼 눈빛으로 강우를 바라보았다. 어떻게 공략을 해야 할지, 즐거운 고민에 찬 표정으로.

"너는 꼭 내가 손에 넣고 말 거야."

프로세르핀은 활짝 미소를 지으며 웃음을 터뜨렸다.

검은 촉수가 녹아내리듯 바닥에 흩어지며, 그녀의 분신이 사라졌다.

한설아는 사라지는 그녀를 바라보며 두 주먹을 꽉 쥐었다.

"강우 씨를…… 손에 넣을 거라고?"

음산한 살기가 그녀의 눈빛에 감돌았다.

아득, 아득.

사납게 이를 갈며 입술을 깨물었다.

• 5장 •
진실을 알려주지

"……대체 지금 뭔 일이 일어난 거야?"

갑작스러운 프로세르핀의 등장과 퇴장. 그리고 처음으로 본 리리스의 본 모습과 이제껏 숨기고 강우의 취향이 드러난 것까지. 너무도 짧은 시간 내에 정신없이 터진 사건들 때문에 차연주는 혼란스럽다는 듯 이마를 짚었다.

"아니, 촉수 취향 아니라고."

강우는 혼란에 빠진 그녀의 이마를 가볍게 쳤다.

"악!"

차연주가 이마를 부여잡으며 비명을 흘렸다.

강우는 그녀를 무시한 채, 프로세르핀이 사라진 자리를 지그시 바라보았다.

'대체 무슨 자신감으로 접근한 건지는 몰라도.'

호재라고 하면 호재였다.

'아무리 분신이라고 해도 조종하기 위해서는 본체와 연결된 부분이 있겠지.'

일종의 통신과 마찬가지였다.

강우는 검은 촉수들이 녹아내린 장소에 손을 대었다. 프로세르핀의 마기가 잔향처럼 희미하게 남아 있었다.

강우의 입가가 올라갔다.

'이 정도면.'

프로세르핀의 위치를 역추적하기에 차고 넘치는 양이었다.

물론, 일반적인 기준으로는 말이 되지 않는 소리일 것이다. 프로세르핀은 리리스와 같이 비전투 계열 마법에 특화된 존재였고, 역추적에 대한 대비 또한 완벽하게 끝난 상태였다.

하지만.

'나는 할 수 있지.'

강우의 마기 제어력은 이미 상식적인 범주를 아득하게 넘어선 상태였다. 그녀가 아무리 감추려고 철저하게 대비했다고 해도, 애초에 모습을 보이지 않았다면 모를까 모습을 보인 상황에서 역추적을 피할 수는 없었다.

'오히려 이렇게 철저하게 대비를 한 편이 더 낫지.'

아마 그녀는 자신의 마기가 역추적 당할 거라고는 생각지도 못할 것이다. 좋은 일이다. 정보의 일방적인 우위에 설 수 있다는 사실은, 선공권이 그에게 있다는 의미였다. 전투에서 선공이 지니는 가치를 생각하면 프로세르핀의 헛짓거리는 가치로

환산할 수 없는 도움을 준 것이나 다름없다.

"……북쪽인가."

강우는 가늘게 눈을 떴다.

프로세르핀의 분신에서 이어진 마기는 대륙의 북쪽을 향하고 있었다. 그것도 산탄젤로와 크게 차이가 나지 않는 지점에.

'등잔 밑이 어둡다는 건가.'

설마 천사의 본거지 근처에 자리를 잡고 있을 줄은 몰랐다.

쭉 이어지던 마기의 흐름이 어느 한 경계를 기점으로 끊어졌다. 마치 공간 자체가 단절된 듯, 마기의 흔적이 갑작스럽게 사라졌다.

'칫.'

결계인가.

강우는 가볍게 혀를 차며 바닥에서 손을 떼었다.

대륙의 반에 달하는 무지막지한 길이의 마기 추적을 사용했지만, 전혀 지친 기색은 느껴지지 않았다.

'이건 좀 곤란한데.'

결계로 보호되고 있는 내부의 상황을 모른다는 것은 충분히 골치 아픈 일이었다.

황성에서 성좌와 마주했을 때와는 상황이 달랐다.

그때는 그들이 적진으로 들어오는 상황이었다면, 지금은 오히려 그 반대. 조금 더 정보가 필요했다.

'공간까지 단절시킬 수 있는 결계라면 기습도 힘들겠고.'

선공권은 있다고 하나, 기습은 기대하기 힘들었다.

"흠."

강우는 팔짱을 낀 채 생각에 잠겼다.

한계와 부딪히고, 전율을 느끼고 싶은 것은 사실이다. 지금 당장 절망의 성좌라고 불린 존재를 뜯어 먹고 싶은 욕망에 몸이 근질근질거렸다.

'하지만.'

그렇다고 해서 정확한 정보도 없는 적진에 무식하게 달려들 수는 없다. 짜릿한 전율을 느끼고 싶은 것과, 대가리 빈 행동을 하는 것은 다른 문제였다.

'그놈과 마음껏 싸울 무대를 만들어야지.'

그 외의 것들은 오히려 방해만 될 뿐이다.

'놈들이 어느 정도 전력을 가지고 있는지 파악할 수 있는 미끼가 필요한데.'

일종의 스카우터가 필요했다.

생각보다 어려운 문제였다. 너무 약하면 적의 전력을 파악할 수조차 없다.

적당한 후보로는 김시훈이 떠올랐지만, 김시훈을 스카우터용 미끼로 쓰고 싶지는 않았다.

베르나크의 언데드 마물 군단은 얼마 전에 황성 습격 사건 때 숫자가 확 줄어버려 쓰기가 힘들었다.

'……천사가 적당한가.'

그 이상의 후보를 찾기가 힘들었다.

대충 생각을 정리한 강우는 몸을 돌렸다.

다시 인간의 모습으로 돌아온 채 시무룩해 있는 리리스의 모습과 여전히 복잡한 눈빛으로 자신을 바라보고 있는 차연주가 보였다. 그리고.

"임자?"

"아, 예."

고개를 푹 숙인 채 무언가를 중얼거리던 한설아가 퍼뜩 고개를 들었다.

그녀는 평소와 같은 온화한 미소를 지으며 강우에게 다가왔다.

"정말 이상한 여자였네요. 강우 씨가 다른 여자의 유혹에 넘어갈 리가 없는데 말이죠."

"뭐, 그건 그렇지."

심지어 그 여자가 촉수 괴물이라면 더더욱.

"헤헤. 그렇죠?"

한설아는 해맑게 웃으며 강우의 몸을 끌어안았다.

강우는 픽 웃으며 리리스에게 고개를 돌렸다.

"리리스, 놈들의 위치를 알아냈어."

"흔적을 추적하신 건가요?"

리리스가 눈을 빛내며 물었다.

강우는 천천히 고개를 끄덕였다.

"어떻게 할까요? 정보 조직을 그쪽으로 돌릴까요? 아니면 제가 직접 가서 조사할까요?"

"아니, 의미 없을 거야. 꽤나 강한 결계가 쳐져 있어서 내부는 조사할 수 없어."

공간 자체를 격리시킬 정도로 강력한 결계다. 아무리 리리스라고 해도 그 안을 조사하는 것은 너무 위험했다.

"그렇다면……."

"잠시 산탄젤로에 다녀올게."

"아."

리리스의 입에서 짧은 탄성이 흘러나왔다.

그녀는 짙은 미소를 지으며 고개를 끄덕였다. 대충 강우의 의도를 파악했으리라.

"네. 그러면 발록이랑 꼬맹이들에게 전해둬서 언제든 움직일 수 있도록 해둘게요."

"대륙 북쪽으로 통하는 게이트부터 만들어줘. 그쪽에 놈들이 있으니까."

"예."

리리스가 고개를 끄덕였다.

강우는 자신을 끌어안고 있는 한설아와 잠시 떨어졌다.

"그럼 잠깐 갔다 올게, 임자."

한설아는 순간적으로 초조한 표정을 지었지만, 이내 고개를 끄덕였다.

"예, 강우 씨. 대신에 약속해 주세요. 이번에는 혼자 성좌들을 상대하러 가지 않으시겠다고."

걱정 어린 표정으로 손을 잡았다.

강우는 가볍게 웃으며 고개를 끄덕였다.

애초에 처음부터 혼자서 움직일 생각은 없었다.

'결계 안에 성좌들만 옹기종기 모여 있지는 않을 테니까.'

놈들은 고대 마물까지 소환해 산탄젤로를 습격했다. 아무 병력이 없을 거라 생각하는 것 자체가 말이 되지 않았다. 절망의 성좌와의 무대를 만들기 위해서라도, 다른 방해꾼들을 처리해 줄 동료들이 필요했다.

"알았어."

강우는 고개를 끄덕이며 몸을 돌렸다.

가볍게 발을 박차고 산탄젤로가 있는 방향으로 몸을 돌렸다.

쾅!

폭탄이 터지는 듯한 소리와 함께 강우의 몸이 빠른 속도로 쏘아졌다

"하아, 하아."

김시훈의 입에서 거친 숨이 흘러나왔다. 무거운 돌덩어리가 짓누르듯, 몸이 무겁다.

입에서 흘러나오는 단내를 삼키며 고개를 들었다.

"후욱, 후욱."

발록 또한 전신이 땀에 젖은 채로 거친 숨을 몰아쉬고 있었다.

둘은 새벽부터 이어진 격렬한 대련 때문에 거의 탈진에 가까운 상태였다.

"……여기까지 할까."

"아니, 아직 부족하다."

발록이 고개를 저으며 한 걸음 앞으로 내디뎠다.

휘청.

중심을 잃은 발록의 몸이 비틀거렸다.

김시훈은 그런 발록의 모습을 보며 천천히 고개를 저었다.

"더 이상은 무리야. 너도 알고 있잖아."

발록은 굳게 입을 다물었다.

그는 자리에 털썩 주저앉아 천천히 숨을 골랐다.

아무래도 조금 쉬고 난 후 수련을 마저 이어 할 모양.

"발……."

김시훈은 그에게 무언가 말하기 위해 잠시 입을 달싹이다, 이내 입을 다물었다.

홀로 남은 발록을 뒤로하고 몸을 돌렸다.

'형님은 돌아오셨으려나.'

강우는 신성을 다루는 수련을 하기 위해 한적한 산으로 갔다고 들었다.

김시훈은 수건을 들어 땀을 닦고 물을 벌컥벌컥 들이켰다.

"크으."

새벽부터 이어진 수련을 끝내고 시원한 물을 들이켜는 감각은 이루어 말할 수 없는 짜릿함을 선사했다.

하지만 그것도 잠시, 김시훈의 표정이 어둡게 물들었다.

그는 자신의 손을 내려다보았다.

'대체 언제쯤 형님을 따라잡을 수 있을까.'

아니, 따라잡는 것이 문제가 아니다. 하다못해 그 발끝에라도 닿고 싶었다.

"……형."

강우를 떠올렸다.

아득한 감각이 몰려왔다. 찬란히 빛나는 태양을 손을 뻗어 잡으려 하는 것처럼, 허망하다.

"아니지."

김시훈은 고개를 붕붕 돌렸다.

나약한 생각을 품어서는 안 된다.

'어떻게든 형의 짐을 덜어줄 생각을 해야지.'

광휘의 신이 되며 그의 어깨에 짊어진 무게는 한층 더 무거워졌을 것이다. 그것을 생각하면, 고작 그의 뒤를 따라잡기 어렵다는 이유로 시무룩해져 있는 것은 배부른 고민이다.

'형이 이제까지 나한테 해준 게 얼만데.'

그는 자신을 구원했다. 지옥의 굴레에 묶여, 빠져나올 수 없는 늪에 가라앉고 있던 자신의 손을 붙잡아 끌어 올렸다. 너무 많은 것을 받았기에 헤아리는 것조차 힘들다.

'그리고.'

김시훈의 입가가 올라갔다.

예전에 강우가 했던 말이 떠올랐다.

'내 동생으로 있어줘서, 고맙다.'

얼마나. 얼마나 가슴 벅찬 말이었던가.

그를 옭아맸던 지독한 트라우마를 지워냈던, 짧은 한마디.

별것 아닌 말일 수도 있다. 큰 의미가 담기지 않았을 수도 있다. 하지만 적어도, 그에게 있어서 그 말은 구원이나 다름없었다.

"……형이나 보러 갈까."

김시훈은 희미한 미소를 입가에 머금었다. 그 말을 떠올렸기 때문일까, 강우의 얼굴이 몹시 보고 싶어졌다.

그때였다.

"네가 천태황의 그릇이로군."

갑작스럽게 들린 목소리.

김시훈은 성검을 소환하며 다급히 몸을 돌렸다.

"너는……?"

얼굴을 가로지르는 흉측한 검상. 마치 감정이 사라진 듯한, 무기질적인 표정을 짓고 있는 중년 사내의 모습이 보였다.

그리고.

까앙!

사내의 몸이 사라졌다.

검푸른 빛으로 빛나는 검이 허공을 베었다.

"크윽!"

김시훈의 몸이 뒤로 밀렸다.

태무극은 순식간에 따라붙으며 검을 휘둘렀다.

'천룡난무.'

오래 시간을 끌 생각은 없다.

시간을 지체한다면, 괴물이 이곳으로 온다.

까가가가가강!!

불꽃이 튀었다.

김시훈은 무너진 자세를 바로 고쳐 잡더니, 태무극의 검격을 모조리 '받아쳤다'.

"처, 천룡…… 검법?"

김시훈은 경악에 찬 눈빛으로 태무극을 바라봤다. 낯선 사내의 검이 그리는 궤적은, 분명 무신의 무공이었다.

태무극은 자신의 검을 모조리 받아친 김시훈을 바라보며 놀랍다는 듯 눈을 크게 떴다.

"……아니, 단순한 그릇은 아니로군."

태무극은 그의 몸을 위아래로 훑어보며 눈을 빛냈다.

단순히 천태황의 영혼을 담기 위한 그릇이 아니었다.

"10년…… 아니, 어쩌면 5년 안에 신격을 얻을 수도 있겠군."

경이로운 사실이다.

하늘이 내려준 재능을 지녔던 천태황조차 신격을 얻기 위해 백 년이 넘는 시간이 걸렸다. 그것도 자신이 직접 무공을 가르쳤음에도. 감정이 사라진 그의 육체에, 아주 작은 욕망이 솟아올랐다. 천룡으로서도 아닌, 절망의 성좌로서도 아닌 순수한 무인(武人)으로서의 욕망.

'놈을 키울 수만 있다면.'

어쩌면. 그가 닿지 못했던, 감히 손을 뻗을 수 없었던 아득한 곳에, 도달할 수 있을 것 같다는 생각이 들었다.

하지만 생각을 끊어냈다.

자신은 더 이상, 천룡이 아니다. 마신 바울리의 힘으로 죽음에서 몸을 일으킨, 절망의 성좌였다. 지금 중요한 것은 김시훈을 이용해 괴물의 정신에 타격을 주는 것이다.

'목을 베어 가려고 했지만.'

태무극은 가늘게 눈을 떴다.

김시훈과 검을 섞었을 때, 그의 내공에 섞인 아주 희미한 이질감이 느껴졌다.

'마기가 있다.'

그의 안에는, 괴물을 마주했을 때 느꼈던 마기가 느껴졌다.

'……설마.'

태무극의 눈빛이 깊게 가라앉았다.

그가 고민에 잠긴 사이, 김시훈은 초조한 표정으로 검을 쥐었다.

"……제길."

1초도 되지 않은 짧은 교전이었지만, 알 수 있었다.

'이길 수 없어.'

자신이 상대하기에는 너무도 아득한 괴물이다.

'형을 불러야 해.'

강우가 아니면, 눈앞의 사내를 상대할 수 있는 존재는 없다.

김시훈은 품속에 넣어둔 통신기를 꺼내기 위해 손을 뻗었다.

"그렇군."

그때, 태무극의 입이 열렸다.

"단순한 그릇이 아니라, 괴물의 꼭두각시였군."
무슨 말인지 이해할 수 없었다.
그리고.
"커헉!"
순식간에 접근한 태무극이 그의 목을 틀어쥐었다.
그의 손이 김시훈의 심장에 닿았다.
"무, 슨……."
김시훈은 떨리는 눈빛으로 태무극을 바라보았다.
"진실을 알려주지."
태무극은 나지막한 목소리로 말했다. 그리고.
"아."
김시훈의 두 눈이 부릅떠졌다.

'저희는 아주 좋은 동료가 될 겁니다.'

활짝 웃고 있는 청년의 모습이 보인다.
익숙한, 너무도 익숙한 그 얼굴.
"아, 아아."
잊고 있던 기억이. 어둠 속에 가려져 있던 기억이.
떠올랐다.

"강우!"

산탄젤로에 도착하자 푸른 머리칼의 소년이 환한 표정으로 달려왔다.

강우는 픽 웃으며 달려오는 우리엘을 반겼다.

"잘 지냈어?"

우리엘은 고개를 저었다.

"그때 워낙 큰 피해를 입어서 아직은 좀 정신이 없어."

파리 군주 루시퍼에게 습격당한 것을 말하는 것이리라.

우울한 표정으로 산탄젤로를 돌아보던 우리엘이 눈을 치켜뜨며 물었다.

"그러고 보니 얘기 들었어. 너 혼자서 성좌랑 싸웠다며?"

"뭐, 어쩌다 보니."

"어쩌다 보니까 아니지! 그러다가 너까지……."

우리엘은 입술을 잘근거리며 고개를 떨궜다. 타락의 성좌, 라키엘의 손에 당한 라파엘을 떠올린 것이리라.

강우는 아무 답도 하지 않은 채 희미하게 웃었다.

우리엘이 고개를 들었다.

"그러고 보니 신격을 얻었다고 들었는데, 사실이야?"

"응."

"하……. 화신도 아닌 인간이 신격을 가지다니……."

믿기지 않는다는 듯 강우의 몸을 더듬었다.

"신명은 뭐야?"

"광휘의 신."

"흐흐. 뭔가 강우랑 어울리는 신명이네."

우리엘은 실실 웃으며 고개를 끄덕였다.

가이아의 권속으로서 빛의 수호자 자리에 있던 강우였다. 광휘의 신이라는 신명보다 그에게 어울리는 신명은 없을 것이다.

"걔가 오강우야?"

그때, 여인의 목소리가 들렸다.

강우는 목소리가 들리는 방향으로 고개를 돌렸다. 천사의 날개가 이보다 더 잘 어울릴 수 있을까 싶은 금발의 천사가 있었다. 등 뒤에 돋아난 날개는 우리엘과 같은 여덟 장.

그녀는 강우가 있는 쪽으로 걸어오며 손에 든 병을 벌컥벌컥 마셨다. 짙은 술 냄새가 진동했다.

"……가브리엘."

"히히. 네가 입이 닳도록 말해서 누군가 싶었는데, 겉보기엔 그냥 평범한데?"

가브리엘은 실실 웃으며 품속에서 무언갈 꺼냈다.

네모난 상자에서 꺼낸 것은 기다란 파이프. 담뱃잎을 파이프에 채운 그녀는 깊게 담배를 빨았다.

"쓰으으으읍, 후우. 캬하, 죽이는 구만."

강우는 어처구니없다는 표정으로 한 손에는 술, 다른 손에는 담뱃잎이 채워진 파이프를 들고 있는 여인을 바라보았다.

'쟤가 천사야?'

아니 뭐 술 마시고 담배 피우는 것 가지고 뭐라 따질 건 없긴 한데.

'아니, 아무리 그래도 이미지가 있지.'

헛웃음이 흘러나왔다. 겉보기에는 한설아 뺨치도록 온화하고 상냥하게 생긴 여인이 태연히 술과 담배를 즐기고 있는 모습이 뭔가 이질적으로 느껴졌다.

'뭐, 솔직히 라파엘이나 미카엘보다는 낫네.'

고지식하기 짝이 없던 라파엘이나, 지나치게 예의 바른 미카엘보다는 가브리엘처럼 털털한 성격이 훨씬 마음에 들었다.

강우는 그녀를 향해 살짝 고개를 돌리며 답했다.

"그래도 평범한 것보다는 조금 더 낫지 않나?"

"응?"

가브리엘은 동그랗게 눈을 떴다.

그러더니 이내, 낄낄 웃으며 폭소를 터뜨렸다.

"하하하! 그래, 좀 성격 더럽게 생기긴 했네!"

"거, 처음 보는 사람한테 할 말은 아닌 것 같은데."

"뭐, 자잘한 건 신경 쓰지 말자고. 한잔할래?"

"줘봐."

그녀가 내미는 술병을 들어 들이켰다.

"푸훕!!"

바로 뱉었다.

"아니, 이런 미친."

이건 그냥 화학용 알콜이잖아.

표정을 찡그리며 가브리엘을 바라보니 세상 떠나가라 웃음을 터뜨리고 있었다.

"이게 좀 도수가 있긴 하지."

"얼만데."

"96도."

"혹시 미각이 마비됐니?"

소독용 알콜보다 도수가 높잖아.

가브리엘은 깔깔 웃으며 담배를 한 모금 빨았다.

"……너희 처음 만난 거 맞지?"

우리엘은 둘의 모습을 바라보며 어처구니없다는 표정으로 입을 벌렸다. 처음 만났다고 볼 수 없을 정도로 죽이 잘 맞았다.

강우는 고개를 돌리며 가브리엘을 지나쳤다.

"미카엘 님은?"

"음. 지금 좀 바쁘시긴 한데…… 아, 그러고 보니 강우 너도 어차피 알아야 할 일이니 잘됐네."

"나도 알아야 할 일?"

"응. 잠시만. 안 그래도 강우한테 이번 일로 연락하려고 했거든."

우리엘이 몸을 돌려 통신기를 꺼냈다.

통신 구슬을 통해 미카엘과 대화하는가 싶더니, 이내 강우에게 고개를 돌렸다.

"미카엘 님도 잘됐다고 이번 기회에 소개해 준다고 하시네."

"누굴?"

"화신들."

강우의 눈이 가늘어졌다.

화신, 이라는 것이 무엇인지는 잘 알고 있다. 문제는 그들이 등장한 타이밍이었다.

“갑자기 웬 화신들?”

“이번에 신들이 대량으로 화신을 만들었어.”

강우는 가늘게 눈을 떴다.

‘아이리스만이 아니었나.’

하이엘프가 물질계에 현신하기 위해 아이리스를 화신으로 만들고 있는 것처럼, 다른 신들 또한 화신을 만들었다는 의미.

‘대충 상황은 이해가 가는데.’

신들은 자신과 달리 시스템의 제약에 묶여 있기에 마음대로 힘을 사용할 수 없다.

그런 제약에 묶인 신이 물질계에 영향력을 끼치기 위해 사용하는 방법이 바로 화신과 사도를 만드는 것.

간단하게 비유하면 방화벽이 있는 사이트를 들어가기 위해 IP를 우회하는 것과 마찬가지였다.

물론, IP를 우회하면 인터넷 속도가 느려지듯, 화신을 통해 현신하면 그들의 힘은 상당수 제한된다.

‘애초에 화신이나 사도를 만드는 것 자체가 꽤나 많은 신성을 소모해야 한다고 들었는데.’

화신과 사도의 차이점은 신격을 줄 수 있는지 아닌지의 차이였다.

강우의 경우 가이아의 사도였고, 레이라가 화신이었다.

‘대신 화신은 신마다 한 명씩만 만들 수 있다고 했던가.’

그리고 화신이 죽는 순간 신들 또한 크나큰 신성의 손실이 일어난다고 한다. 최악의 경우 신격이 격하되거나, 신격 자체가 소멸할 정도로.

'그런 위험성이 있는 화신을 대량으로 만들었다는 건.'

그만큼 신들이 이번 사건에 개입하려고 한다는 의미이리라.

'마음에 안 드는데.'

강우는 눈살을 찌푸렸다. 신들이 개입하면 개입할수록, 자신이 마음껏 날뛸 수 있는 기회가 제한된다. 간절하게, 이성이 종잇장처럼 날아가 버릴 정도로 성좌와의 싸움을 기대하고 있는 강우에게는 반가운 소식은 아니었다.

'설마 내 먹잇감을 뺏으려는 건 아니겠지?'

그래야 할 거다. 안 그러면 신의 화신이고 나발이고 다 쳐 죽여 버릴 테니까.

"화신들이 있는 곳으로 안내해 줘."

"응."

우리엘이 앞장섰다.

가브리엘은 흥미롭다는 듯 강우를 바라보며 뒤를 따랐다.

달칵.

우리엘이 안내한 곳은 산탄젤로 내부에 있는 회의실이었다. 30평 정도 되는 크기의 회의실은 지구에서나 볼 법한 세련된 인테리어로 되어 있었다.

문을 열고 들어가자 회의실 안에 있던 사람들의 시선이 이쪽으로 집중됐다.

강우는 가늘게 눈을 뜨며 회의실 안에 있는 사람들을 살폈다.

'30명 정도인가.'

저 하나하나가 모두 신의 화신이라면 확실히 많은 숫자였다. 신을 통해 신격을 전달받았는지, 각양각색의 사제복을 입은 화신들에게서는 신성의 힘이 느껴졌다.

사람들의 시선이 집중된 가운데, 미카엘이 강우 쪽으로 다가오며 입을 열었다.

"이분이 바로 가이아 님의 사도, 오강우 님입니다."

"……저분이 가이아 님의 사도였군요."

화신들은 강우의 몸을 위아래로 살피며 가늘게 눈을 떴다.

딱히 가이아의 사도를 환영하는 분위기는 아니었다. 오히려 경계하는 듯한 느낌.

한 청년이 일어나 강우를 향해 걸어왔다. 밝은 금발을 지닌 청년은 굉장히 말끔한 외모와, 온화한 분위기를 지니고 있었다.

그는 강우를 향해 손을 내밀며 정중한 목소리로 말했다.

"반갑습니다. 빛의 수호자시여. 제 이름은 앤두인. 이번에 평화의 신 루메리아 님의 화신이 되어 악과 맞서 싸울 영광스러운 기회를 얻게 되었습니다."

'이 새끼는 말투가 왜 이래.'

레이날드세요?

강우는 끄응, 침음을 흘렸다.

역시, 저렇게 영웅병 걸린 중학교 2학년보다는 가브리엘처럼 나사 하나 풀린 쪽이 대화하기 편했다.

강우는 속내를 가슴 깊이 묻어둔 채, 가볍게 고개를 숙였다.

"예. 반갑습니다, 앤두인 님. 가이아 님의 사도 오강우라고 합니다."

앤두인은 고개를 돌려 무언가를 찾았다.

그가 누구를 찾는지 예상하는 것은 어렵지 않았다.

"시훈이는 오늘 오지 않았습니다."

"아, 그렇군요."

앤두인은 고개를 끄덕였다. 딱히 만나고 싶었던 것은 아닌지, 별다른 아쉬움은 보이지 않았다.

강우는 회의실의 사람들을 둘러보며 물었다.

"그러면 여러분들은 모두 최근에 화신이 되신 겁니까?"

"예. 그렇습니다."

앤두인이 답했다.

"아마 극악무도한 악마, 루시퍼가 산탄젤로를 습격한 이후였을 겁니다. 루메리아 님이 더 이상 에르노어 대륙이 끔찍한 공포 속에 잠기는 것을 두고 볼 수는 없다며 직접 힘을 행사하시기 위해 영광스럽게도 저를 화신으로 선택해 주셨습니다."

"그렇군요."

설명충 감사요. 그래, 너 같은 캐릭터가 하나쯤 있어야 진행하기 편하지.

'시기상 보면 아이리스랑 거의 비슷한 것 같은데.'

하지만 아이리스는 아직 화신이 되지 못한 채 침대에 누워 있었다.

'신격의 차이 때문인가.'

아이리스의 몸 안에 현신하려는 하이엘프의 신격이 상당히 높거나, 반대로 앤두인을 비롯한 화신들의 몸에 현신하려는 신의 신격이 낮거나. 아니면 둘 다일 수도 있다.

"저희는 신의 의지를 따라 대륙을 위협하는 마(魔)를 제거하기 위해 신합회(神蛤膾)라는 조직을 결성해 뜻을 함께하기로 했습니다."

지구에 있는 특정 단체가 생각나는 이름이었다.

'신합회라.'

가디언즈와 어떤 면에서는 비슷한 조직이었다. 각자 섬기는 신이 다르다는 차이점이 있지만.

'저게 잘 굴러가려나.'

기본적으로 에르노어 대륙이 다신교라고는 하나, 섬기는 신이 다른 이들이 한곳에 뭉치는 게 쉬운 일일까, 하는 의문이 들었다.

강우는 서른 명의 화신들을 한번 쭉 둘러보았다. 그들은 신합회라는 조직에 대해 딱히 불만을 품은 것처럼 보이지는 않았다.

'뭐, 어쨌든.'

강우의 입장에서는 자신의 계획만 방해하지 않으면 그들에게 딱히 상관할 일은 없었다.

"그런 의미에서."

앤두인이 깊게 허리를 숙였다.

"이제까지 수고 많으셨습니다. 가이아의 사도여."

강우는 고개를 갸웃거렸다. 마치 이제 일 끝났으니 퇴근해 보라는 듯한 말투였다.

"그게 무슨 말……."

"아무리 대륙이 위기에 닥쳤다고 해도 다른 세계의 신에게 대륙의 운명을 맡길 수는 없는 일이죠."

앤두인은 단호한 목소리로 말을 이었다.

"여기부터는 저희의 힘으로 싸우겠습니다. 오강우 님과 김시훈 님은 한발 물러서 주시길 바랍니다."

강압적인 태도. 미리 짜오기라도 한 듯, 서른 명의 화신들이 동시에 신성을 일으켰다. 명백한 협박이었다.

강우는 굳게 입을 다물었다.

고개를 슬쩍 들어 회의실의 천장을 올려다보았다. 자연스럽게, 입가가 올라갔다.

'찾았다.'

내 스카우터.

"이제까지 너무 무거운 짐을 지워 드려 죄송합니다."

앤두인이 다시 한번 정중하게 허리를 숙였다.

강우는 피식 웃었다.

'그렇게 된 거구만.'

왜 갑자기 그들이 이렇게 나오는지, 대충 그림이 그려졌다.

신들이 신격의 격하나 소멸을 각오하면서까지 너도 나도 화신을 만든 것부터. 어떻게 모시는 신이 각자 다른 화신들이 규합할 수 있었는지도.

'제 밥그릇이 뺏길 위기니까.'

김시훈은 지금 명실상부 대륙의 희망이 되었다. 강우의 손으로 직접 그를 영웅으로 만들었다. 신들의 입장에서도, 그 신을 섬기는 신도들의 입장에서도 반길 수만은 없는 소식일 것이다.

'간단하게 비유하면 그건가.'

경찰을 비유로 들어보자. 만약 한국 경찰이 해결하지 못하는 범죄를 외국에서 온 경찰 조직이 착착 해결하고 있다면 여론이 어떻게 될까?

'생각할 것도 없지.'

한국 경찰의 무능함을 욕하며 개편을 요구할 것이 분명했다.

지금 에르노어 대륙의 상황이 바로 딱 그런 상황이었다. 이제껏 악마의 손에서 대륙을 구하겠다는 명목으로 세를 불리던 교단들은 루시퍼의 태동에 아무것도 하지 못했다.

당연했다. 애초에 그 모든 것이 강우의 손에서 계획된 일이었으니까. 그들이 뭔가를 해보기도 전에, 김시훈이 나타난 그 일을 해결해 버렸다.

이윽고 김시훈은 교단을 아득히 넘어서는 명성을 거머쥐었다. 김시훈의 명성이 커질수록, 대륙인들이 교단에 대해 품은 불신감도 점차 커지기 시작했을 것이다. 아무것도 하지 않는 무능한 신보다, 실질적인 위협에서 그들을 구해주고 있는 영웅이 더욱 신뢰가 가는 것은 당연했다.

'다른 세계의 신에게 대륙의 운명을 맡길 수는 없다고?'

말만 번듯한 개소리다. 그들은 자신의 밥그릇이, 이제까지 쌓아 올린 권력이 사라지는 것을 두려워하고 있을 뿐이다. 그렇기에 손을 잡고 힘을 규합해 밥그릇을 위협하는 외세(外勢)를 몰아내려고 하는 것이다.

강우는 가볍게 웃음을 터뜨렸다.

이런 상황에서도, 이토록 절망적인 상황에서조차도. 루시퍼가 재림했고 악의 성좌가 풀려난 상황에서도. 욕망은 멈추지 않았다. 마치 악마들이 그러한 것처럼. 어쩌면 인간의 본질은 악마와 별반 다르지 않을 수도 있다는 생각이 들었다.

'그렇다고 해도 신들이 이 정도로 적극적으로 나설 줄은 몰랐네.'

강우는 고개를 갸웃거렸다.

화신을 만든다는 것은 생각보다 큰 위험을 감수하는 일이다. 화신이 죽는 것만으로 신격의 격하나, 최악의 경우 소멸까지 일어날 수 있다. 그런데 과연 신들이 그런 위험을 감수하면서까지 교단의 권익을 지켜줄 필요가 있을까?

'종말에서 세계를 지키기 위해?'

강우는 고개를 저었다. 너무 희망찬 생각이다.

차분히 생각을 이어갔다.

애초에 그들은, 왜 그토록 종말을 두려워하는가.

'신격이라는 게…… 신앙과도 연결점이 있는 건가.'

이제까지 신격이라는 것은 그저 티탄에 의해 주어진 강력한 힘, 정도로 생각했다.

실제로 대부분의 신들은 티탄에 의해 창조됐을 때부터 신격을 지니고 탄생했다. 다른 누군가의 신앙으로서 신격이 주어진 것이 아니다.

심지어 강우 자신도 다른 누군가의 신앙과는 상관없이 신격을 손에 넣었다.

'이건 잘 모르겠네.'

아무리 자신이 광휘의 신이 되었다고 해도, 신도가 있거나 교단이 있거나 하는 것은 아니었다. 그저 신성이라는 규격 외의 힘을 다룰 수 있는 자격이 주어진 것뿐.

'어쨌든.'

중요한 것은 신들이 위험을 감수하고 화신을 만들 정도로 신합회에 지원을 아끼지 않고 있다는 것과, 신합회가 자신과 김시훈을 배척하려고 한다는 사실이었다.

'아주…….'

강우의 입가가 올라갔다.

굶주린 맹수와도 같은 눈빛이 번들거렸다.

'잘됐네.'

안 그래도 적당한 스카우터를 찾고 있던 중이었다.

신들의 화신이라니. 어설프긴 하나 신성을 다룰 수도 있을 테니 스카우터로는 부족함이 없었다.

"그게 무슨 소리야!"

우리엘은 사납게 뜬 눈으로 앤두인을 노려보았다.

"지금 힘을 합쳐도 모자랄 판에 알아서 하겠다고?"

파직, 파지직.

우리엘의 머리카락이 조금씩 솟아오르며 푸른 스파크가 튀었다. 흉포한 기세를 뿌리며 앤두인이 있는 곳으로 성큼성큼 발걸음을 옮겼다.

"우리엘."

미카엘이 손을 들어 우리엘을 막았다.

"진정하세요."

"하, 하지만……!"

우리엘은 답답하다는 듯 입술을 짓씹으며 앤두인을 노려보았다.

미카엘은 우리엘의 어깨를 잡아 뒤로 당기며, 깊게 가라앉은 눈빛으로 앤두인을 비롯한 화신들을 바라보았다.

"그게 정말 신합회의 뜻입니까?"

"예. 그렇습니다."

앤두인은 망설임 없이 고개를 끄덕였다. 미카엘의 표정이 살짝 일그러졌다.

미카엘의 시선이 강우를 향했다. 강우 또한 착잡한 표정으로 앤두인을 바라보고 있었다.

"……하아."

깊은 한숨이 그의 입에서 흘러나왔다.

강우는 어쩔 수 없다는 듯, 고개를 끄덕였다.

"그것이 신들의 의지라면 어쩔 수 없는 일이죠. 실제로, 저희는 어디까지나 외부인이기도 하고요."

"너무 섭섭지 않게 생각해 주셨으면 합니다. 어디까지나 김시훈 님과, 오강우 님을 생각해서 결정한 일입니다. 이제까지 너무도 많은 짐을…… 두 분에게만 짊어지도록 했으니까요."

"그렇군요."

강우는 고개를 끄덕이고는 방긋 웃으며 말을 이었다.

"이토록 많은 화신(化神)들이 모인 것을 보니 제 마음도 무척 든든합니다. 안심하고 여러분에게 저희들의 사명을 맡길 수 있을 것 같습니다."

"하하하. 이해해 주셔서 감사합니다."

앤두인은 밝게 웃으며 강우에게 손을 내밀었다.

둘은 손을 마주 잡고, 환하게 웃었다.

"아, 참."

강우의 말이 이어졌다.

"그러고 보니…… 이번에 악의 무리들이 어디에 몸을 숨기고 있는지 정보를 얻었습니다."

"예?"

"그, 그게 사실입니까?"

앤두인과 미카엘이 두 눈을 크게 뜨며 물었다. 특히 산탄젤로에 보관되어 있던 유산이 루시퍼의 손에 탈취된 후, 악의 무리가 어디에 몸을 숨겼는지 전력으로 쫓고 있던 미카엘은 더욱 경악에 빠졌다.

강우는 고개를 끄덕였다.

"얼마 전에 악의 성좌들과 싸우며 그 위치를 알아낼 수 있었습니다."

"허……."

"악의 무리들은 그 사실을 모르는 겁니까?"

앤두인이 눈을 빛내며 물었다.

이쪽이 일방적으로 정보를 가지고 있다면, 그들이 방심하고 있는 틈을 타 기습을 할 수 있다는 의미였다.

전술적으로 기습이라는 것은 어마어마한 이점을 가져온다. 두 배, 세 배가 넘는 전력 차를 뒤집을 수 있을 정도로. 교단에 몸을 담고 오랜 시간 악마와 싸운 경험이 있는 앤두인은 그 사실을 잘 알고 있었다.

"예. 모르고 있습니다."

강우는 고개를 끄덕였다.

"하지만 그곳은 적진입니다. 섣부르게 다가가는 것은 좋지 않습니다."

침착한 목소리로 말을 이었다.

미카엘이 침음을 삼켰다.

"강우 씨 말이 맞습니다. 일단은 조사단을 파견해서 적의 전력을 파악해야 합니다."

"하지만 그러다가 악의 무리들이 습격에 대비할 수 있지 않습니까."

앤두인이 무슨 소리를 하냐는 듯 따져 물었다.

미카엘은 순간 고민에 잠겼지만, 이내 고개를 저었다.

"그렇다고 해도 전력조차 파악되지 않았는데 기습을 하는 건 무모합니다."

앤두인의 표정이 딱딱하게 굳었다.

하지만 그것도 잠시. 그는 이내 온화한 표정으로 고개를 끄덕였다.

"알겠습니다. 기습은 나중으로 미루죠."

앤두인은 한발 물러서며 말했다.

그러고는 강우를 향해 가까이 다가왔다.

"빛의 수호자님, 일단 그러면 그 악의 무리가 위치한 곳을 알려주실 수 있습니까?"

강우는 굳게 입을 다물었다.

자신을 바라보는 앤두인의 눈빛에 담긴 욕망을 읽는다.

그런 그의 눈을 바라보며, 강우는 활짝 웃었다.

"예, 물론이죠."

물론 알려줘야지.

'그래야.'

널 써먹을 수 있으니까.

강우는 작게 웃었다. 성좌들이 있는 장소를 알려주면, 앤두인이 어떤 선택을 할지는 생각할 것도 없다.

'나는 거짓말 안 했다?'

사실이다. 자신이 악의 무리가 있는 곳의 위치를 알아냈다는 것도. 위치가 탄로 났다는 것을 성좌들이 모른다는 것도. 선부르게 다가가는 것이 좋지 않다는 것도. 모두 조금의 거짓도 담기지 않은 순수한 진실이다.

'하지만.'

그럼에도 너는, 그곳으로 가겠지.

김시훈에게 빼앗긴 신뢰를 되찾을 수 있는 기회니까. 잃어버린 교단의 권력을 회복할 수 있는 기회니까. 오히려 과거보다 더욱 찬란한 영광을, 손에 거머쥘 수 있는 기회니까.

'굳이 거짓말을 할 필요가 뭐가 있어.'

진실만으로도, 이토록 쉽지 않은가.

'아니, 한 가지 안 알려준 게 있기는 하지.'

공간을 격리시키는 결계가 있는 이상, 그들에게 기습은 통하지 않는다. 기습의 이점이라는 것 자체가 없다.

'하지만, 뭐.'

굳이 말해줄 필요는 없지.

'진실을 말하지 않은 게, 거짓이 되는 건 아니잖아?'

강우는 낄낄 웃었다.

"악의 무리가 위치한 곳은……."

천천히 손가락을 움직인다.

준비해 온 지도를 펼쳐, 성좌들이 몸을 숨기고 있는 장소를 가리켰다.

"이곳입니다."

거대하게 솟은 산악 사이.

일행은 휑하니 비어 있는 협곡이 내려다보이는 장소에 자리를 잡았다.

"리리스, 준비됐어?"

"아, 예. 조금만 기다리세요, 마왕님."

리리스는 바닥에 복잡한 마법진을 그리며 답했다.

강우는 돌 위에 걸터앉아 산을 타고 협곡으로 향하고 있는 교단의 병력들을 바라봤다.

"아주 바글바글 끌고 왔구만."

에르노어 대륙에서 교단의 힘은 황제와 비견될 정도로 강력하다.

당연했다. 신이 실질적으로 영향력을 발휘하지 않았던 지구의 역사에서조차 강력했던 것이 종교의 힘이었는데, 에르노어 대륙에서는 그 신이 화신과 사도를 통해 실질적인 영향력을 끼쳤으니까. 신의 존재가 이미 증명되어 있으니, 의심을 품는 자도 없었겠지.

'뭐, 신에 대한 개념이 차이가 크겠지만.'

에르노어 대륙에서 신이란, 거룩하고 위대하며 전능한 존재가 아니다. 사실상 신이라기보다 강력한 힘을 지닌 초인에 가깝다.

'그리스 로마 신화에 가까운 느낌이랄까.'

어쨌든.

"재들이 도착할 타이밍에 맞춰서, 딱 결계를 부숴줘."

"예, 마왕님."

리리스가 방긋 웃으며 답했다.

성좌들이 숨어 있는 결계는 공간 자체를 격리시키는 힘이 있기에 정상적인 방법으로는 접근할 수도, 볼 수도 없다. 교단과 성좌들의 전투를 유도하기 위해서는 적절한 타이밍에 결계를 부숴야 한다.

"마왕님, 정말 '파이몬의 눈'은 필요 없으세요?"

파이몬은 과거 강우가 잡아먹은 악마 중 하나였다. 그의 눈은 여러모로 쓸모가 많기에, 굳이 먹지 않고 리리스에게 건네주었다.

그의 눈은 마기의 흔적을 추적하여, 적들의 정확한 전력을 수치화해서 보여준다. 이런 상황에서 써먹기 딱 좋은 물건이었다.

"필요 없어."

강우는 피식 웃으며 고개를 저었다.

이런 상황에서 쓰기 좋은 물건인 것은 사실이지만.

"내가 더 정확하거든."

강우의 능력을 따라올 수 있을 리는 없었다.

리리스는 가볍게 미소를 지으며 고개를 끄덕였다.

"예, 알았어요."

"자, 준비 끝났으면 어서 여기 앉아. 같이 구경이나 하자고."

세상에서 제일 재밌는 것이 불구경과 싸움 구경이라고 하지 않았나.

강우는 옥수수와 비슷한 식재료를 찾아 직접 튀긴 팝콘을 와작 씹으며 협곡으로 진군하고 있는 교단을 내려다보았다.

"호호. 이렇게 마왕님과 단둘이 있으니 너무 좋네요."

리리스는 정작 싸움에는 별반 관심이 없는 듯, 강우의 어깨에 머리를 기대며 몸을 밀착했다.

강우는 실소를 흘리며 교단이 있는 쪽으로 고개를 돌렸다. 교단은 협곡에 거의 도달해 있었다.

'슬슬 됐구만.'

강우는 리리스가 준비한 마법진에 발을 올렸다.

거대한 마기를 일으켰다.

쩌적.

결계가 박살 나는 소리와 함께 유리가 깨진 듯, 허공에 거미줄과 같은 금이 가기 시작했다.

"무, 무슨?"

저 멀리서, 앤두인이 내뱉는 다급한 목소리가 들렸다.

점차 크게 벌어지는 공간 사이로 무수한 마물들이 쏟아져 나오기 시작했다.

강우는 즐겁다는 듯 돌 위에 걸터앉아 마물과 싸우고 있는 교단의 모습을 내려다보았다.

'자.'

이제.

'서로 죽여라.'

• 6장 •
에르노어를 위하여

채앵! 카앙! 캉!

"빠, 빨리 치료를……!"

"아악!"

"어, 어떻게 악의 무리가 저희들의 접근을 눈치챈 겁니까?"

"그런 걸 신경 쓸 때가 아닙니다!"

선두에 나선 앤두인이 양손에서 찬란한 빛을 뿜어내며 넓게 휘둘렀다. 그를 향해 달려들던 마물들이 신성이 담긴 빛의 폭풍에 휘말려 검은 잿더미로 변했다.

"화신들은 산개해서 마물들을 상대해 주십시오!"

앤두인은 균열에서 쏟아진 마물들에 의해 속수무책으로 당하고 있는 교단의 신도들을 바라보며 입술을 짓씹었다.

'대체 어떻게.'

마물들이 이토록 정확한 타이밍에 쏟아져 나올 수 있단 말인가. 기습을 하려고 했던 것이, 오히려 기습을 당한 꼴이 되어버렸다.

앤두인은 거칠게 주먹을 쥐며 거센 포효를 지르며 달려드는 마물의 머리를 터뜨렸다. 머릿속에 떠오른 의문을 이어가기엔, 마물의 숫자가 너무도 많았다.

"흐아아아아아!"

앤두인은 함성을 터뜨리며 손에 쥔 메이스를 내리찍었다. 십수 마리의 마물이 메이스에 얻어맞고 공중으로 튕겨졌다.

"저 새끼 힐러처럼 생겨서 더럽게 세네."

사제(물리)인가?

강우는 선두에 나서서 메이스로 마물들의 머리통을 박살내고 있는 앤두인의 모습에 탄성을 흘렸다.

곱상하게 생긴 외모 하며, 치렁치렁한 법복을 입고 있던 탓에 후방에서 지원하는 힐러나 버퍼라고 생각했지만, 지금 앤두인의 모습은 여느 전사와 다를 바가 없었다.

"확실히 화신들이라 그런지 마물들 상대로 잘 싸우네요."

전장을 지켜보던 리리스가 눈을 빛내며 말했다.

강우는 고개를 끄덕였다.

전투 양상이 이렇게 될 것은 예상하고 있던 일이었다.

'화신들은 신성을 다룰 수 있으니까.'

신에게 빌린 신격이기 때문에 제대로 그 힘을 사용하지 못한다고 하나, 어쨌든 신성은 신성이었다. 가이아가 힘을 되찾은 후 레이라가 어느 정도까지 강해졌는지를 생각하면 이 정도 마물들에게 서른이나 되는 신의 화신이 쓰러진다는 것은 말이 되지 않는다.

"역시 싸움 구경이 보는 맛이 있네."

와그작.

강우는 팝콘을 한 움큼 집어삼키며 흥미진진하다는 듯 전장을 내려다보았다.

"아, 거기서 그렇게 하는 거 아닌데."

전장을 지휘하는 앤두인과 그를 따라 싸우는 화신들. 그들의 전투를 내려다보며 강우는 답답하다는 듯 중얼거렸다.

"아, 아! 저 새끼 뭐 하는 거야?"

화신 하나가 너무 깊게 들어간 탓에 완전히 마물들에게 고립되어 버리고 말았다. 말벌 하나에 수십, 수백 마리의 꿀벌이 달려들어 공격하듯 엄청난 숫자의 마물들이 화신에게 달라붙었다.

화신이 빈자리를 통해, 마물들이 교단의 진형 내부로 침입했다. 다른 화신이 그 빈자리를 메꾸려고 무리하다가 오히려 자기도 마물들에게 고립됐다.

앤두인의 활약으로 물러섰던 마물들이 한층 더 흉포하게 날뛰기 시작했다.

"에이, 내가 해도 저것보단 잘하겠다."

신성이라는 규격 외의 힘을 가지고 있으면서도 제대로 활용도 못 한 채 우왕좌왕거리는 화신들의 모습에 쯧쯧 혀를 차며 훈수를 두었다. 영락없이 소파에 누워 축구를 관전하는 아저씨의 모습.

리리스가 입을 가린 채 작게 웃었다.

"참전하실 건가요?"

"아니. 귀찮게 뭐 하러."

강우는 심드렁한 눈빛으로 마물들을 살폈다.

확실히 구천지옥에서 서식할 법한 강력한 마물들이었지만, 이제 신격까지 얻은 강우의 입장에서는 썩 먹음직스러워 보이는 먹잇감이 아니었다.

'오히려 저런 놈들 먹어봤자 배만 더 고플 뿐이지.'

칼로리가 거의 없는 곤약 같은 놈들이다. 지금처럼 극도의 허기와 욕망에 몸이 달아올라 있을 때 저런 놈들을 먹었다가는 기분만 상한다.

"그나저나."

강우는 깊게 가라앉은 눈빛으로 교단과 마물들의 전투를 내려다보았다.

"어떻게 저 정도로 많은 마물들을 소환한 거지?"

단순히 양만 많은 것도 아니다. 질적으로 따져도, 마물 하나하나의 힘은 구천지옥에서도 강력한 축에 속했다.

마물의 숫자는 적어도 만은 가볍게 넘겼다. 어쩌면 십만까지도 넘을지도. 저 정도 숫자의 마물 무리는 구천지옥에서도 보기 힘든 숫자였다.

'무슨 마물 양산이라도 한 건가?'

고개를 갸웃거렸다. 마물은 악마와 달리 번식 속도가 빠르니 가능성 있는 추측이다.

'다루기가 쉽지 않았을 텐데.'

가늘게 눈을 뜨며, 마물들을 내려다보았다.

마물을 양산하기 위해서는 양식장에서 물고기를 키우듯 한 곳에 뭉치게 한 뒤 짝짓기를 유도해야 한다. 살의와 광기만으로 가득 찬 괴물들을 그렇게 정확하게 통제하는 것은 강우로서도 불가능에 가까운 일이었다.

'성좌 중에 마물을 다루는 데 특화된 놈이 있나.'

그렇지 않고서야 이 정도의 마물들을 확보하기란 어려웠을 것이다.

강우는 전장을 살피며 천천히 마기를 끌어 올렸다. 거대한 기운이 그의 발을 타고 대지로 뻗어 나갔다.

'주시자의 권능.'

세 번째 눈이라도 생긴 듯, 이마를 기점으로 협곡 전체를 모습이 머릿속에 그려졌다. 처절하게 싸우는 교단의 모습과, 앤두인의 절규가 귓가에 생생하게 울려 퍼졌다.

강우가 관심을 기울인 것은 교단이 아니었다.

유리가 깨지듯, 허공에 나타난 균열. 결계가 박살 난 틈을 통해 기감(機感)을 뻗었다. 밖으로 나오지 않은 채, 결계 안에 몸을 웅크리고 있는 마물들의 모습이 머릿속에 그려졌다.

'고대 마물도 있네.'

산탄젤로를 습격했을 때 처음으로 모습을 보였던 고대 마물. 지성을 지닌 마물이 수백, 수천에 달하는 마물들을 통제하고 있는 것이 보였다.

'혼자 달려들지 않은 게 정답이었구만.'

악의 성좌(星座)가 지닌 병력은 상상 이상으로 많았다.

어차피 이제 그의 앞에서 숫자의 차이라는 것은 중요치 않지만, 거슬리는 것은 어쩔 수 없을 것이다. 모기나 파리 떼 같은 느낌이라고 할까.

'거슬리는 건 치워야지.'

그 역할은 교단이 그 한 몸 장렬하게 희생해서 충실하게 수행해 줄 것이다. 남은 병력은, 발록을 비롯한 그의 동료들이 마무리하면 된다.

거슬리는 날파리들을 모두 처리한다면.

'성좌만이 남겠지.'

강우의 입가에 짙은 미소가 지어졌다.

쿵, 쿵.

거칠게 심장이 뛰었다.

저 균열 너머, 숨을 죽인 채 전황을 지켜보고 있을 절망의 성좌를 떠올렸다. 당장에라도 달려가고 싶은 충동을 억눌렀다. 강렬한 허기와 갈증이 그를 덮쳤다.

꿀꺽.

크게 침을 삼키며 끓어오르는 욕망을 달랬다.

"근데 너무 맥없이 밀리는 것 아닌가요?"
"그러게. 성좌도 아직 안 나왔는데 이러면 곤란한데."
강우는 속수무책으로 밀리는 교단을 내려다보며 쯧, 혀를 찼다. 성좌가 지닌 병력은 대충 파악이 끝났지만, 그들의 역할은 거기서 끝이 아니었다. 될 수 있는 한 마물들의 숫자를 줄여줘야 했다.
'확실히 신격이 낮기는 한가 보네.'
같은 화신이라고 해도 레이라와는 비교하는 것 자체 민망할 정도로 격차가 심하다.
"아무리 그래도 화신인데."
마음에 들지 않는다는 듯 눈살을 찌푸리며 중얼거렸다.
아무리 하급 신의 화신이라고 해도 신성이라는 규격 외의 힘을 다룰 수 있는 화신들이 성좌도 아니고 마물에게 이토록 밀린다는 것은 문제가 있었다.
"화신이 된 지 얼마 되지 않았다고 하더니 영 아니긴 하네요."
"그것도 있고. 일단 서로 협력을 전혀 못 하고 있는 게 더 문제지."
신합회라는 이름 아래 모였다고 해도 서로 다른 신들을 믿는 세력이 연합한 단체다. 애초에 협력이 될 수 있을 리가 없었다.
화신들은 앤두인의 지시를 따르지 않고 개별 행동을 하다가 마물들에게 고립됐고, 그 아래 신도들도 서로 중구난방으로 싸우느라 마물의 습격에 대처하지 못했다. 어설픈 협력은 오히려 혼자 싸우니만 못했다.

강우는 한심하다는 듯 고개를 저었다.

"저놈들이 성좌까지는 밖으로 끌어내야 하는데."

절망의 성좌와 프로세르핀. 둘 외에 다른 성좌들이 몇이나 있을지 확인하는 것이 이번 계획의 핵심이었다.

하지만 생각 이상으로 화신들의 맥없이 무너지기 시작하면서 성좌들이 오기도 전에 전투가 끝나 버릴 것 같은 불길한 예감이 들기 시작했다.

"직접 나서야 할까요?"

"글쎄."

강우는 고민에 잠긴 눈빛으로 전장을 내려다보았다. 이대로라면, 그가 직접 움직이지 않고서는 성좌들을 불러올 수 없다.

그때였다.

콰아아아앙!!

거대한 폭음이 울려 퍼졌다.

"흐아아아아압!!"

앤두인을 둘러싸고 있던 수백의 마물들이 거대한 빛의 폭발에 휩쓸려 잿더미가 되었다.

앤두인은 손에 들고 있는 메이스를 바닥에 쿵, 찍으며 거친 숨을 몰아쉬었다.

"하아, 하아, 하아."

최악으로 치닫고 있는 전장. 마물의 손에 유린당하고 있는 신의 사도들을 바라보았다.

그의 가슴에 뜨거운 감정이 차올랐다.

"여기서……."

고개를 떨궜다.

흐느끼는 듯한 목소리로, 말을 이었다.

"여기서, 쓰러질 수는 없어."

"앤두인 님……."

그의 목소리를 들은 화신이 딱딱하게 표정을 굳혔다.

순간적으로, 전장에 무거운 침묵이 내려앉았다.

앤두인은 메이스를 부여잡으며 덜덜 떨리는 다리로 몸을 일으켰다.

"우리가 여기서 쓰러진다면, 그다음은 아무 힘 없는 대륙인들입니다."

떨리는 목소리로 말했다.

욕심을 낸 것은 사실이다. 김시훈이 활약할수록, 점차 교단을 향해 차가워지는 대륙인들의 시선을 견디지 못한 것도 사실이다.

지금 와서 생각해 보면 참으로 멍청한 선택이었다. 그 둘과 협력하여, 천사와 함께 공격했어야 했다. 이토록 악의 무리가 강할 줄은 생각지도 못했다.

'이미…… 후회하기엔 늦어버렸지만.'

두 눈을 질끈 감는다.

늦었다는 것은 안다. 잘못된 선택을 했다는 것 또한 알고 있다. 하지만.

'지켜야 한다.'

피가 흐르도록 입술을 깨물었다.

그렇다고 해서 몸을 돌려 도망칠 수는 없었다. 그의 어깨에는, 대륙의 운명이 걸려 있었으니까. 수많은 목숨과 희망이 걸려 있었으니까.

"평화의 신 루메리아여."

앤두인은 무릎을 꿇었다. 두 손을 마주 잡고, 간절한 목소리로 기도했다.

"부디 내게 이 어둠을 헤쳐 나갈 수 있는 용기를 주소서."

우우우웅.

찬란한 빛이 그의 몸에서 흘러나왔다.

거대한 기운이 폭발적으로 전신에 퍼졌다.

"아, 아아."

앤두인은 두 눈을 크게 떴다. 루메리아의 힘이 거침없이 끓어올랐다.

빛에 휩싸인 앤두인은 두 발을 굳게 디디며 몸을 일으켰다.

"앤두인, 님……."

"오, 오오."

두 눈을 크게 뜬 채, 자신을 바라보는 교단의 신도들이 보였다. 앤두인은 부서져라 메이스를 잡았다.

신합회라는 이름 아래 모였지만, 서로 다른 신들을 모시는 교단이 쉽게 힘을 합치지 못하고 있다는 사실을 잘 알고 있었다.

"우리들은 분명 서로 다른 신에게 충성을 맹세했습니다."

앤두인의 말에 화신들은 굳게 입을 다물었다.

"하지만!"

쿵!

앤두인이 거칠게 발을 굴렀다.

눈 부신 빛이 그의 몸에 감돌았다.

"우리들의 목표는 같습니다."

대륙을 구하고, 악을 세상에서 몰아내는 것.

"여러분…… 부디, 부디 서로 손을 잡아주세요."

간곡한 앤두인의 목소리. 서로 눈치를 살피던 화신들이 이내 머리를 숙였다.

"죄송합니다. 앤두인 사제님."

"……가장 중요한 것이 무엇인지 잠시 잊어버렸습니다."

화신들은 눈물을 뚝뚝 흘리며 입을 열었다.

앤두인은 벅차오르는 감정을 느꼈다.

그는 메이스를 굳게 움켜쥐며, 몸을 돌렸다.

"하나 되어!"

손에 쥔 메이스를 높게 올렸다.

"싸워라!"

악의 무리에 뒤덮인 전장에, 그의 포효가 쩌렁쩌렁 울려 퍼졌다.

"에르노어를 위하여!"

앤두인은 거대한 빛을 뿌리며 마물이 뭉쳐 있는 곳으로 달려갔다.

"우와아아아아아아!!"

서로 다른 신을 섬기는 신도들이, 오늘 이 자리에서 하나가 되었다.

"에르노어를 위하여어어어!"

앤두인을 선두로 한 교단의 병력이 파죽지세로 마물들을 쓸어버렸다. 찬란한 빛의 물결이 파도처럼 흘러넘쳤다.

앤두인은 손에 쥔 메이스를 높게 들어 올렸다.

"죽어라, 사악한 악의 무리들이여!"

포효를 내지르며 높게 든 메이스를 내려찍었다.

광휘에 휩싸인 메이스가 대지를 갈랐다. 일자로 뻗어 나간 빛이 수백에 달하는 마물을 불태웠다.

"와아아아아!!"

단 일격에 수백의 마물을 쓸어버리는 앤두인의 위용에 신도들이 열광했다. 그는 압도적이라는 표현이 부족하지 않을 정도로 거침없이 적진으로 돌격했다.

"흐아아아아!!"

앤두인의 메이스가 움직일 때마다 검은 잿더미로 변한 마물의 시체가 흩뿌려졌다.

그는 무아지경에 빠져 메이스를 휘두르며, 짜릿한 전율을 느꼈다.

'이 힘이라면.'

루메리아가 허락한, 이 강대한 힘이라면.

'지킬 수 있다.'

악의 태동에 고통 받고 있는 대륙인들을, 공포에 질려 있는 대륙인들을 지킬 수 있다.

앤두인은 마물을 쓸어버리며, 상상했다.

이 일이 끝난다면 자신은 영웅으로 칭송받을 것이다. 어쩌면 김시훈보다도 더욱.

'아니, 이런 생각을 할 때가 아니지.'

앤두인은 고개를 저었다.

이런 무의미한 것을 생각할 때가 아니다. 이미 자신은 한 번 그릇된 선택을 하지 않았던가.

'지금이라도 늦지 않았다.'

욕망의 유혹에 넘어간 자신의 실책을 지울 기회였다.

앤두인은 찬란히 빛나는 눈으로 악의 무리를 향해 메이스를 휘둘렀다.

"루, 루메리아 님의 현신이다……."

"평화의 신이 현신한 거야."

루메리아 교단의 신도들은 찬란한 빛에 휩싸인 채 마물을 쓸어버리는 앤두인의 모습에 탄성을 흘렸다. 다른 교단의 화신들도 그의 모습에 자극을 받았는지 굳게 입을 다문 채 주먹을 쥐었다.

그들은 서로 잠깐 시선을 교환하더니, 이내 앤두인의 뒤를 따라 마물들을 향해 돌격했다. 협곡을 가득 채우던 마물들이 하나로 뭉친 교단의 힘을 감당하지 못하고 속수무책으로 쓰러졌다.

"하아, 하아!"

앤두인의 입에서 거친 숨이 흘러나왔다. 턱까지 차오른 숨에, 당장에라도 쓰러질 것 같았다. 시야가 흔들리며 발걸음이 엉켰다.

최악이라면 최악이라고 할 수 있는 몸 상태. 하지만 그의 눈은, 더없이 밝은 희망으로 반짝이고 있었다. 그리고.

쩌적.

검은 균열 속에서, 한 사내가 걸어 나왔다.

얼굴에 깊은 검상이 있는 중년 사내는 아무런 감정이 담기지 않은 눈빛으로 교단을 바라보았다.

"칫, 얘들은 또 뭐야?"

사내의 뒤를 이어 검은 촉수를 가진 여인이.

"……신의 화신들이야."

그 뒤를 따라 멍한 눈빛의 소년이 걸어 나왔다.

"너희는……."

앤두인은 균열 속에서 나타난 존재를 바라보며 말끝을 흐렸다.

덜덜덜.

그들에게서 풍기는 숨 막히는 기운에, 팔다리가 후들거렸다.

"화신들? 신들이 움직이기 시작한 거야?"

그런 앤두인은 안중에도 없는지 검은 촉수의 여인이 눈살을 찌푸렸다.

멍한 눈빛의 소년이 고개를 끄덕였다.

"에이씨. 왜 하필 지금 나서서 지랄이야. 이제 막 달링에게 어떻게 어필할지 고민하고 있었는데."

검은 촉수의 여인은 영 마음에 들지 않는다는 듯 뚱한 표정으로 앤두인을 노려보았다.

오싹.

너무도 끔찍한 그 외형에 등골을 타고 소름이 퍼졌다.

“조용.”

얼굴에 흉측한 검상이 난 사내가 나지막이 입을 열었다.

그런 그의 말에 여인은 흥, 코웃음을 치며 물었다.

“그보다 너 전에 갔던 일은 어떻게 된 거야? 그…… 천태황이었나? 네 제자의 영혼이 들어간 인간과 만난다고 했잖아.”

“조용히 하라고 했다, 프로세르핀.”

태무극이 눈살을 찌푸리며 프로세르핀을 노려보았다.

프로세르핀은 어깨를 으쓱이며 태무극의 시선을 피했다. 같은 성좌라고 해서 그에 대해서 전부 알고 있는 것은 아니었지만, 적어도 지금 그의 심기를 거스르는 것은 좋은 선택이 아니라는 것 정도는 잘 알고 있었다.

“루메리아의 화신인가.”

태무극은 깊게 가라앉은 눈빛으로 앤두인을 바라보았다.

앤두인의 몸이 흠칫 떨렸다.

숨이 제대로 쉬어지지 않는지, 가슴을 부여잡고 꺼억, 꺼억 헛구역질을 했다. 항거할 수 없는, 가늠할 수조차 없는 거대한 악(惡)의 등장에 앤두인은 아무것도 하지 못한 채 벌벌 몸을 떨었다.

그런 앤두인의 모습에 태무극은 아무런 감정이 담기지 않은 목소리로 말했다.

"하찮군."

실로, 하찮기 그지없다.

태무극은 허리춤에 찬 검을 뽑았다. 검푸른 불꽃이 검신을 타고 타올랐다.

"아, 아아."

앤두인의 입에서 공포에 질린 신음이 흘러나왔다.

털썩, 자리에 무릎을 꿇었다.

눈빛에 서려 있던 희망의 빛이. 절망으로 물들었다.

"커헉! 쿨럭, 쿨럭!"

검붉은 피가 바닥을 적셨다.

재해라도 일어난 듯, 처참하게 박살 난 협곡에서 금발의 청년이 비틀거리며 바닥을 기었다.

앤두인. 평화의 신, 루메리아의 화신이자 신합회의 지도자였다.

"크흑……."

바닥에 주저앉은 그의 눈에서 투명한 눈물이 떨어졌다.

압도적. 그 말 외에 다른 어떤 말도 할 수 없을 정도로 일방적으로 교단은 패배했다.

"어, 어떻게 그토록 강한 악이……."

앤두인은 입술을 깨물며 고개를 숙였다.

처참하고, 참혹한 패배였다.

저벅, 저벅.

그때, 발소리가 들렸다.

"……어?"

앤두인은 고개를 들어 올렸다.

그를 향해 걸어오는 청년을 발견하고는, 다급히 외쳤다.

"오, 오강우 님! 조심해야 합니다! 악의 무리 중에는 압도적인 힘의……."

"알고 있어."

강우는 빙긋 웃으며, 답했다.

"……예?"

"위에서 다 봤거든. 햐, 그 자식. 정말 마음에 들어. 진짜…… 최고야."

흉포한 광기에 번들거리는 눈으로, 강우는 중얼거렸다.

열락에 찬 숨이 토해졌다. 교단을 쓸어버리는 절망의 성좌의 모습을 떠올리자, 온몸에 전율이 돋았다.

'놈은.'

미친 듯이 강했다. 도저히 닿을 수 있을까, 의심스러울 정도로.

"하, 하하."

강우는 웃음을 터뜨렸다.

참기 힘든 욕망이 몸을 뜨겁게 달궜다.

"보고…… 있었다고, 요?"

"아, 응. 그래. 덕분에 도움이 많이 됐어."

강우는 가볍게 웃음을 터뜨리며 말을 이었다.

"성좌들의 병력 규모도 어느 정도 알 수 있었고, 처음 보는 성좌도 하나 확인했고. 그리고 마물의 숫자 자체도 많이 줄었고. 햐, 진짜 기대 이상이었어."

음음, 고개를 끄덕였다.

확실히 이번에 교단을 스카우터용 미끼로 던진 것은 정답이었다. 그들은 적들의 정확한 전력을 파악해 주는 데 그친 것이 아닌, 날파리처럼 귀찮은 존재가 될 수 있었던 마물들을 상당수 줄여주는 역할까지 했다.

"그, 그게 무슨…… 소리, 입니까?"

앤두인은 강우의 말을 이해할 수 없다는 듯, 떨리는 목소리로 물었다.

강우는 짙은 미소를 지은 채 그를 내려다보았다.

"무슨 소리라고 생각해?"

잠시 침묵이 흘렀다.

곧 앤두인의 표정이 파랗게 질렸다. 설마, 하는 생각이 그의 머릿속을 스쳤다.

"설마…… 저희를, 미끼로…… 사용하신 겁니까?"

"응?"

강우가 고개를 갸웃거렸다.

"푸흡, 푸헤헹헹헹!"

천박한 웃음소리가 터져 나왔다.

"아니, 미끼고 뭐고 그쪽이 알아서 기어가신 것 아닙니까?

예? 내가 섣부르게 가지 말라고 했잖아요. 응? 했어, 안 했어?"

"이, 이익!!"

앤두인의 얼굴이 붉게 달아올랐다.

"처, 처음부터 당신이 꾸민 일이었어!"

그는 치밀어 오르는 분노가 담긴 목소리로 외쳤다.

강우는 빙그레 웃었다.

손을 뻗어, 앤두인의 머리를 잡았다.

"그건 아니지 이 친구야."

"……뭐?"

"모든 일을 꾸민 건 너 자신이잖아. 난 네게 선택에 필요한 정보를 줬을 뿐이야."

"헛소리! 이토록 많은 마물이 있다고는 한 마디도……."

"하지 않았지. 몰랐으니까."

"……."

"내가 말한 것은 어디까지나 악의 무리가 어디에 숨었는지야. 너도 알고 있잖아?"

강우는 고개를 돌려 협곡 사이에 가득히 쌓인 신도와 화신들의 시체를 둘러보았다.

"여기 있는 사람들을 사지로 몰고 간 건, 네 의지야."

앤두인의 표정이 창백하게 질렸다.

"……아, 아니야."

그는 떨리는 목소리로 고개를 저었다.

강우는 낄낄 웃음을 터뜨렸다.

"아니, 네가 한 짓이야."

진실에서 고개를 돌리려는 신의 사도를 향해, 단호하게 말했다.

"네가 죽인 거야."

딱딱딱.

앤두인의 이빨이 시끄럽게 부딪혔다.

"나, 나는……."

"중간에 마음을 다잡았다고? 잘못된 선택을 바로잡으려 했다고?"

강우는 바닥에 주저앉은 앤두인의 머리채를 잡았다.

"죄를 짓고 마음만 다잡으면 용서받나? 응? 부하를 사지로 밀어 넣고 앞으로는 그러지 않겠노라고 긍정적으로 생각하면 끝이야?"

"그, 그런 게 아……."

"아니긴 새끼야. 너도 거기서 미카엘이 하는 말을 들었잖아? 심지어 나도 이곳에 가지 말라고 경고했지."

"……."

"그런데 넌 여기 왔지. 그것도 교단 전체를 데리고."

"그건……."

"난 강요하지 않았어. 네가 선택한 거야. 네가 위험을 무릅쓰고, 김시훈에게 빼앗긴 교단의 명예와 신뢰를 되찾기 위해 이곳에 온 거라고. 그렇지?"

앤두인은 굳게 입을 다문 채, 입술을 잘근잘근 씹었다. 마치 자신의 속을 훤히 들여다보는 듯한 그의 눈빛에, 깊은 불쾌감이 퍼졌다.

"왜, 대륙인들을 생각하는 마음으로 한목숨 바치면 좀 멋져 보일 것 같니? 남을 위해 희생하면 다들 널 우러러볼 것 같아?"

"나, 나는 진심으로……!"

"진심이고 아니고가 중요한 게 아니지."

중요한 것은.

"선택에는 책임이 따른다는 거야."

괜한 영웅심으로 가리려 하지 마.

"네가 죽인 거야."

이곳에서 죽은 모두.

"네가 죽인 거라고."

죽음과 같은 침묵이 내려앉았다.

앤두인은 머리를 붙잡으며, 덜덜 몸을 떨었다.

"아, 아으."

한껏 일그러진 표정으로 신음을 흘렸다.

뚝뚝.

투명한 눈물이 그의 뺨을 타고 흘러내렸다.

"흐, 흐으으으."

서럽게 울부짖기 시작했다.

강우는 짧은 탄성을 흘렸다.

'아, 이러면 또 마음이 약해지는데.'

그래도 과정이야 어쨌든 결과적으로 이런저런 도움이 많이 된 앤두인이 서럽게 눈물을 흘리는 것을 보니 마음이 약해졌다.

'요즘 진짜 성격 많이 좋아졌다, 오강우.'

자기 자신에게 감탄사가 흐를 정도였다.

강우는 울고 있는 앤두인을 위로하기 위해 그의 어깨를 두드렸다.

"야, 야야. 그렇게 울지 마, 인마."

"……."

"사실 네 잘못만은 아니지. 따지고 보면 나도 결계 때문에 기습이 안 된다는 정보를 숨겨서 널 이쪽으로 오도록 유도했으니까."

"……뭐?"

"아, 그리고 너희가 도착하는 타이밍 맞춰서 결계 부숴서 마물 튀어나오게 한 것도 나야."

"너, 너……."

"그러니까, 인마. 기운 차리고! 다 네 탓이라고 너무 자책하지 말고!"

"이, 이 개자식이!!!"

앤두인은 입을 쩍 벌리며 부들부들 몸을 떨었다. 그러고는 파르르 떨리는 팔을 들어 강우를 향해 휘둘렀다.

툭.

허망하게 팔이 떨궈졌다.

"응? 뭐야. 새끼 네 책임 아니라고 위로해 줘도 지랄이네."

강우는 이해할 수 없다는 듯 눈살을 찌푸렸다. 다 자기 책임이라고 자책하길래 그건 아니라고 위로해 줬더니 되레 역정을 내는 것은 무슨 경우란 말인가.

"아, 아아."

앤두인의 입에서 신음이 흘러나왔다.

쿨럭.

입에서 다시금 검붉은 피가 토해졌다.

그의 눈빛에 남은 생명의 기운이 빠른 속도로 사라지고 있었다.

"비, 빛……."

마지막 힘을 쥐어 짜내며, 생명조차 불태우며 힘을 끌어올렸다.

앤두인은 입술을 짓씹으며 오른손을 앞으로 펼쳤다. 찬란한 빛이 그의 손에 맺혔다.

인간의 탈을 쓴, 눈앞의 악마를 향해 입을 열었다.

"빛이, 당신을, 태울 것, 입니다."

증오 섞인 목소리로, 씹어뱉듯 말했다.

강우는 피식 웃었다.

"뭐래."

빛이 흘러나오는 앤두인의 오른손을 붙잡았다. 앤두인의 빛과는 비교도 할 수 없는, 눈부신 황금빛이 폭발하듯 뿜어졌다.

"내가 바로 그 빛이다, 이 새끼야."

• 7장 •
전쟁의 서막

[평화의 신, 루메리아의 신격의 일부를 포식하였습니다.]

푸른 메시지창이 떠올랐다.

절망의 성좌의 손에 죽은 화신들의 시체가 검은 어둠에 녹아내리듯 집어삼켜졌다.

서른에 달하는 신격을 마해(魔海) 안으로 밀어 넣었다.

[특성 '신격찬탈'의 효과가 발동됩니다.]

[신격이 중하(中下)에서 중(中)급으로 격상하였습니다.]

"어지간히 격이 낮은 신들이긴 했나 보네."

강우는 메시지창을 바라보며 눈살을 찌푸렸다.

무려 서른이나 되는 신격을 흡수했는데 고작 중하급에서 중급으로 올랐다니. 게다가 레벨 제한이 오른 것도 아니었다.

'하긴.'

애초에 화신들 안에 담긴 신격은 온전한 신격조차 아니었다. 일단 신격이 한 단계 오르기만 했다는 것만으로도 만족해야 하리라.

'중급이라.'

절망의 성좌의 신격이 어느 정도일지 생각했다.

'최소 상급 이상이겠지.'

어쩌면 가이아와 같은 최상급 신격을 지니고 있을 수도 있다.

"하아."

짧은 숨이 토해졌다.

욕망이 꿈틀댔다.

'얼마 남지 않았어.'

전력 파악은 끝났다. 병력 숫자도 많이 줄였다. 프로세르핀과 멍한 눈빛의 소년이 조금 걸리기는 하지만 김시훈과 발록, 그리고 한설아, 레이라라면 충분히 상대할 수 있겠다는 생각이 들었다.

굳이 이길 필요도 없다.

'나랑 놈의 싸움이 끝날 때까지만 버텨주는 것만으로도 충분해.'

그 정도라면 어렵지 않을 것이다.

강우는 황폐해진 전장을 한번 둘러보고, 몸을 돌렸다.

"리리스."

"네, 마왕님."

"애들 좀 모아줘."

"바로 습격하실 생각이신가요?"

"미카엘이랑 연락 좀 한 다음에."

"음……. 천사가 바로 나설까요?"

"지금이 아니면 악의 무리가 도망칠 수도 있다고 하면 오겠지."

실제로, 본거지를 들킨 성좌들이 본진을 옮길 가능성은 충분하다. 어차피 결계도 깨진 이상 굳이 이런 협곡에 몸을 숨기고 있을 이유가 없으니까.

'바로 몰아쳐야지.'

놈들이 도망간다면 강우의 입장에서도 골치 아파진다. 최대한 빠르게 성좌를 습격해야 했다.

"네, 그러면 강우 님 방으로 모이라고 연락을 돌릴게요."

리리스는 깊게 허리를 숙이며 검은 균열로 몸을 돌렸다. 아르난 제국 황성과 직통으로 이어진 게이트였다.

강우도 리리스의 뒤를 따라 게이트 속으로 들어갔다. 이제는 익숙해진 화려한 귀빈실이 보였다. 황성에서 강우가 사용하고 있는 방이었다.

'어디 보자.'

리리스가 파티원들을 모으는 사이, 강우는 한 단계 격상한 신격의 힘을 체크했다. 어떤 기운에도 섞이는 신성의 특성 덕에 오랜 시간이 필요하지는 않았다.

'신성이 있으면 개문을 쓰지 않고 놈을 상대할 수 있으려나.'

가늘게 눈을 뜬 채 절망의 성좌를 떠올렸다.

화신들을 상대로 압도적이라는 표현조차 부족할 정도로 학살을 벌인 절망의 성좌. 검푸른 불꽃에 휩싸인 그의 검을 떠올리자 오싹한 감각이 몸을 타고 퍼졌다.

"아마……."

고개를 들어 방 천장을 올려다보았다.

'지겠지.'

생각할 것도 없다. 단순히 신격의 차이가 있기 때문이 아니다. 설사 최상격 신격을 지니고 있더라도, 절망의 성좌는 이길 수 없을 것이다. 그에게는 그 정도 아득함이 있다.

'무공이라는 게 대단하긴 한가 보네.'

자신이 마기를 제어하는 것으로 경이(驚異)로운 경지에 올라섰다면, 절망의 성좌는 무공이라는 영역에서 경이에 닿았다. 개문을 사용하지 않고 그를 상대할 수 있는 방법은 없었다.

'아니.'

설사 개문을 사용한다고 해도.

'이기지는 못할 거야.'

죽지 않기에 지지 않을 뿐, 결국 그를 이길 수는 없다.

"하."

무심코 웃음이 흘러나왔다. 미친 듯이 두근거리는 심장에 손을 올렸다. 그 속에는 당장에라도 세상 밖으로 뛰쳐나오기 위해 발버둥 치는 검은 바다가 담겨 있었다.

이길 수 없는 적이라니.

'이 얼마나.'

기쁜 일인가. 이 얼마나 행복한 일인가.

입가가 올라갔다. 끔찍한 허기가 몸을 태웠다. 도저히 먹을 수 없을 정도의 만찬이 눈앞에 아른거리는 감각이다.

'어떻게 해야 하지.'

머릿속을 상상을 이어간다. 너무도 즐겁게, 당장에라도 뛰쳐나가고 싶은 욕망을 억누르며.

'어떻게 해야 이길 수 있지.'

수많은 방법을 떠올렸다.

검푸른 빛으로 빛나는 검 아래, 그가 떠올린 상상들은 허망하게 잘려 나갔다.

그럴 때마다 오히려 짜릿한 전율이 몸을 달궜다. 불에 타는 듯한 감각이다. 불 속으로 들어간 듯한 감각이다.

끝없는 허기와 갈증 속에서, 상상을 이어갔다.

'어쩌면.'

강우는 그의 가슴으로 시선을 내렸다.

어쩌면.

똑똑.

문을 두드리는 소리가 들렸다.

강우는 생각을 끊어내며 고개를 돌렸다. 리리스의 연락을 받고 모인 동료들이 방 안으로 들어왔다.

'뭔가 오랜만인 것 같네.'

파티원들의 얼굴 하나하나를 돌아봤다. 프로세르핀이 황성으로 찾아온 후, 신합회까지 연달아 등장해 버리는 바람에 얼굴 볼 새도 없이 바빴다.

'임자도 좀 표정이 안 좋고.'

요 며칠 얘기도 못 한 탓일까. 한설아의 표정은 어두웠고, 얼굴도 좀 수척해져 있었다. 그녀는 떨리는 눈으로 자신을 바라보고 있었다.

강우가 한설아에게 말을 건네려던 찰나.

"갑자기 습격 준비를 하라니 무슨 말이야?"

차연주가 다급한 목소리가 방 안을 울렸다. 그녀의 뒤에 서 있는 다른 동료도 말하지만 않았을 뿐 같은 표정이었다.

강우는 잠시 입을 다문 채 고개를 숙였다.

쾅.

거칠게 테이블을 내려찍으며, 필사적으로 분노를 억누르는 듯한 목소리로 말을 이었다.

"신합회가…… 단독 행동을 해버렸어."

"……뭐?"

"신합회라면 전에 말씀하신 화신들이 모인 곳 말씀하시는 건가요?"

"예. 그렇습니다."

레이라의 물음에 강우는 고개를 끄덕였다.

참담한 표정으로 주먹을 부서져라 쥐었다.

"그때 산탄젤로에서 만났을 때 저와 미카엘 님이 철저하게 준비를 끝내고 악의 무리를 습격하자 얘기가 끝났는데 신합회가 그걸 어겨 버렸습니다."

"그 말씀은……."

"예. 교단이 악의 무리의 본거지로 들어갔습니다."

무거운 침묵이 내려앉았다.

레이라는 가늘게 몸을 떨었다. 상상하기 싫은 것을 입에 담듯, 두 눈을 질끈 감으며 물었다.

"교단은……."

"전멸, 했다고 합니다."

청천벽력과도 같은 말.

화신들의 등장으로 든든한 아군이 생겼다고 반겼던 기억이 와르르 무너졌다.

"뭐, 뭐라고? 아니, 이런 미친 트롤러들이…… 대체 왜 걔들끼리 본진으로 쳐들어간 거야?"

"……모르겠어."

강우는 혼란스럽다는 표정으로 고개를 저었다.

"분명 며칠 전에 회의했을 때까지만 해도 준비가 끝날 때까지 기다리겠다고 했는데……."

마치 배신이라도 당한 듯한 기분, 아니, 서로 협의가 된 시점에서 이런 단독 행동은 배신행위가 맞았다.

"하."

차연주는 어처구니없다는 듯 표정을 일그러뜨렸다.

"그러면…… 이제 어떻게 하실 거예요?"

한설아 또한 사태의 심각성을 알았는지 표정을 굳히며 물었다.

"이쪽에서 쳐들어가야지. 놈들이 도망치기 전에."

레이라가 고개를 끄덕였다.

"확실히…… 지금 외에는 기회가 없네요. 교단이 준 타격을 회복하기 전에 최대한 빠르게 공격해야 하니까요."

"예."

역시 레이라는 말이 잘 통해서 좋았다.

레이라는 몸을 일으키며 깊게 숨을 들이쉬었다.

"바로 가죠, 강우 씨."

그렇게 말하며 레이라는 힘을 일으켰다.

일부라고 해도, 최상격 신인 가이아에게 전달받은 힘은 적지 않았다. 숨 막히는 기운이 그녀의 몸에서 흘러나왔다.

"……강우 씨. 적의 본진이라면 그때 그 여자도 있는 건가요?"

한설아가 가늘게 눈을 뜨며 물었다.

"그렇겠지."

"흐응."

순간적으로 그녀의 눈에 섬뜩한 살기가 스쳐 갔다.

한설아는 손가락으로 입술을 더듬으며 물었다.

"그 여자는 제가 혼자 상대해도 될까요?"

"혼자서는 안 돼."

단호히 고개를 저었다.

한설아 또한 세라핌의 영혼을 받아들임으로써 신성은 다룰 수 있다. 하지만 그녀의 능력은 직접적인 전투보다는 버프나

힐에 특화되어 있다. 한설아 혼자 그녀와 싸우게 하는 건 지나치게 비효율적이었다.

'위험하기도 하고.'

아무리 프로세르핀이 비전투에 특화된 존재라고 해도 성좌 중 하나인 이상 섣부르게 한설아 혼자 보낼 수는 없다.

"레이라 씨랑 다 같이 가. 지휘는 리리스가 하고. 꼭 싸워 이길 필요는 없어. 시간을 끄는 것에 집중해."

"다 같이 가라고요? 그러면 강우 씨는……."

"난 상대할 놈이 있어."

강우는 차분한 목소리로 말했다.

움찔.

강우를 바라보고 있던 김시훈의 몸이 가늘게 떨렸다.

"응?"

강우는 고개를 갸웃거리며 김시훈을 향해 고개를 돌렸다.

"그러고 보니 무슨 일이라도 있어? 표정이 엄청 안 좋은데."

"아……."

김시훈은 어색한 미소를 지었다.

강우의 말처럼, 김시훈의 표정은 어두워도 너무 어두웠다.

아무리 성좌와의 전투 때문에 긴장했다고 해도 김시훈이라면 이런 표정을 지을 리가 없었다. 긴장을 했다기보다, 절망하고 좌절했다는 표현이 어울리는 얼굴이었다.

침묵이 내려앉았다.

김시훈은 강우를 바라보며, 입술을 짓씹었다.

기억이 떠올랐다.

'저희는 아주 좋은 동료가 될 겁니다.'

익숙한 얼굴에, 익숙한 목소리.

하지만 그 모든 것이 낯설게 느껴졌다. 이질적이고, 기괴하게 느껴졌다.

김시훈은 거칠게 주먹을 쥐었다. 구역질이 날 것처럼, 머리가 어지러웠다.

"……형, 님."

기억이 이어졌다. 얼굴에 흉측한 검상이 새겨진 중년 사내의 얼굴이 떠올랐다.

그는 감정이 사라진 듯한 목소리로 말했다.

'네놈은 이제까지 그 괴물에게 속고 있던 거다.'

'그가 네 앞에서 보여준 모든 것은, 추악한 진실을 가리기 위한 가면에 불과했다.'

아니야. 그럴 리 없어. 형님이 나한테 왜 그러겠어.

'너를 이용하기 위해서지. 너도 네가 경이로운 재능을 지니고 있다는 건 잘 알고 있을 텐데?'

형님은 강해. 굳이 내가 필요할 리가 없잖아.

'글쎄. 부를 쌓은 자가 자신은 이 정도면 됐다고 만족하던가? 욕망은 끝이 없는 법이지. 특히 그자의 본질이 악마라면 더더욱.'

형은 더 이상 악마가 아니야.

'하. 재미있는 소리로군. 그 괴물보다 악마라는 단어가 어울리는 존재는 없다.'

입 닥쳐.

'이대로 당하기만 할 생각인가? 평생을 꼭두각시로 살 생각인가?'

입 닥치라고.

'복수할 기회를 주지. 머지않아 그 괴물은 나와 싸우기 위해 올 것이다. 그때…….'

제발 아무 말도 하지 마.

'놈을 찔러라.'

김시훈은 걱정스러운 표정으로 자신을 바라보는 강우를 응시했다.

시야가 일그러진다. 지금 강우의 모습과, 그날 본 강우의 모습이 겹친다. 섞이고, 뭉개진다.

"아……."

세계가 흔들린다고 느꼈다. 아니, 무너진다고 느꼈다.

무심코 왼쪽 가슴에 손을 올렸다. 강우가 그의 심장에 손을 넣고, 꼭두각시로 만들었던 기억이 다시금 떠올랐다.

이제는 알 수 있었다.

지금까지 강우의 모습은. 자신에게 보여준 모든 것은, 거짓이었다는 것을. 자신은 그에게 이용당하고 있었다는 사실을.

"시훈아?"

강우는 눈살을 찌푸리며 멍한 시선으로 자신을 바라보는 김시훈을 불렀다.

김시훈은 어색한 미소를 지으며 고개를 저었다.

"아무것도 아닙니다."

당장에라도 무너질 것 같은 표정으로, 김시훈은 웃었다.

"……그럼 천사들과 연락이 끝나는 대로 바로 출발하자. 다들 게이트 앞에서 대기하고 있어."

강우는 몸을 일으키며 말했다.

파티원들이 고개를 끄덕이며 방 밖으로 나갔다.

"아, 그리고 시훈아."

이제 막 문밖으로 나가려는 김시훈을 불렀다.

"예, 예?"

김시훈은 눈에 띄게 당황한 표정으로 강우를 바라봤다. 불안하게 떨리는 눈빛, 바짝 탄 입술이 달싹였다.

강우는 고개를 갸웃거리며 물었다.

"아니, 뭐 내가 잡아먹기라도 하냐. 아까부터 왜 그래."

"아, 하하하. 아닙니다. 조금 컨디션이 안 좋아서요."

김시훈은 어색한 미소를 지으며 머리를 긁적였다.

강우는 피식 웃었다.

"네가 그럴 때도 있네. 좀 긴장했어?"

"……예. 아무래도 성좌와 전면전을 펼치는 거니까요."

김시훈은 고개를 끄덕이며 답했다.

강우는 손을 뻗어 김시훈의 어깨를 가볍게 두드렸다.

"너무 걱정하지 말고. 긴장 풀어. 위험하면 내가 지켜줄 테니까."

김시훈은 굳게 입을 다물었다.

"그나저나, 황성 근처에 너랑 뜻을 같이하겠다고 모인 애들 있지?"

"아, 예."

살짝 부끄럽다는 듯, 난처하다는 표정으로 고개를 끄덕였다.

김시훈의 이름이 대륙 전체에 퍼진 이후, 영웅과 뜻을 함께하겠다는 사람들이 전국에서 모여들었다. 물론 그중에는 검을 주 무기로 사용하는 전사들이 가장 많았지만, 마법사나 사제, 정령사 등도 적지 않았다.

강우는 언젠가 그들을 써먹을 수 있다고 생각하여 김시훈에게 그들 중 실력 있는 사람을 변별해 천랑부대와 같은 김시훈 사설 조직을 만들라고 지시한 적이 있었다.

영웅병에 걸린 어중이떠중이만 모일까 살짝 걱정했던 적도 있었지만, 의외로 김시훈과 뜻을 함께하겠다고 모인 전사들의 실력은 평균적으로 뛰어났다. 그중에는 무슨 은거기인이 튀어나온 것처럼 굉장한 실력을 지닌 강자도 섞여 있었다.

"걔들도 전부 불러와."

"알겠습니다."

김시훈은 고개를 끄덕이며 답했다. 지금 이 순간이야말로 그들의 힘을 빌려야 할 때라는 것을 그도 잘 알고 있었다.

"그럼 가보겠습니다, 형님."

"그래."

김시훈이 고개를 숙이고 방 밖으로 나갔다.

'어디 그럼.'

강우는 통신용 수정 구슬을 꺼냈다. 파티원들에게 상황을 설명하는 것이 끝났으니, 이제는 천사를 참전시킬 때였다.

먼저 우리엘에게 연락을 걸었다.

[무슨 일이야, 강우?]

반가움에 찬 목소리가 들렸다.

강우는 분노를 억지로 참는 듯 억눌린 목소리로 말했다.

"신합회가 일을 서실렀어."

[뭐?]

파티원들에게 했던 얘기를 한 번 더 반복했다.

우리엘은 중간에 욕설을 내뱉으며 미카엘에게 바로 달려갔다.

천사들도 바로 성좌들의 본거지로 향하겠다는 대답을 듣고 난 후, 통신을 끊었다.

이제는 그를 기다리고 있을 파티원들에게 갈 때였다.

"마왕님."

문을 열고 나가자, 발록이 그를 불렀다.

강우는 고개를 돌렸다.

"기다리고 있었어?"

"예."

"왜 굳이. 그냥 다른 애들이랑 같이 게이트 쪽에서 기다리고 있지."

발록은 굳게 입을 다물었다.

깊게 가라앉은 눈빛으로 강우를 응시하던 그가 낮은 목소리로 입을 열었다.

"김시훈은……."

"발록."

그의 말을 자르며, 강우가 입을 열었다.

"게이트에서 기다리는 편이 더 낫지 않았어?"

발록이 지그시 눈을 감았다.

"알고 계셨군요."

강우는 픽 웃었다.

"모르는 게 힘들 정도지."

당장에라도 무너질 것 같은 김시훈의 표정을 떠올렸다.

그의 모습을 보고, 어찌 모를 수 있을까.

"……하."

헛웃음이 흘러나왔다.

각오하고 있던 일이다. 언젠가는, 이런 날이 오리라 막연히 생각했다.

'잘못 채운 단추 하나가.'

모든 것을 어긋나게 만들어 버릴 날이.

지그시 눈을 감았다.

"어떻게 하실 생각입니까."

"어떻게도 할 생각 없어."

조금의 고민도 없이, 답했다.

발록의 눈이 커졌다. 생각지 못한 대답이었던 모양이다.

"다시 한번 종속의 권능을 사용하면, 기억을 지울 수 있습니다."

"알아."

"아니면 애초에 그 기억 자체가 적이 건 환영이라고 속일 수도 있습니다. 마왕님 말이라면 무조건적으로 믿을 겁니다."

"알아."

"그것도 아니라면 당시의 사정을 솔직하게 설명하시는 것도 괜찮을 것 같습니다. 김시훈이라면 이해……."

"알고 있어."

깊게 가라앉은 눈으로 발록을 응시했다.

발록은 흠칫 몸을 떨었다. 자신을 바라보는 왕의 눈 안에, 끝을 알 수 없는 무저갱이 담겨 있었다.

무한한 검은 바다가 그를 집어삼키는 듯한 감각.

"커, 헉."

숨이 제대로 쉬어지지 않았다. 거대한 기운에 온몸이 짓눌려 터질 것만 같았다.

발록은 다급히 고개를 숙였다.

"죄송, 합니다. 주제넘었습니다."

"알았으면 됐어."

강우는 가볍게 웃으며 기운을 거둬들였다.

푸하.

발록은 막혔던 숨을 토해냈다.

강우는 몸을 돌렸다.

"가자."

발록은 무언가 하고 싶은 말이 있는 듯 입술을 달싹였지만, 이내 깊은 한숨과 함께 몸을 일으켰다.

강우는 발록을 뒤로하고 발걸음을 옮겼다.

입맛이 썼다. 혓바닥이 얼얼할 정도로.

붉은 모래가 황량한 대지.

멍한 눈빛이 소년이 고개를 돌렸다.

"오고 있어."

아주 가늘게, 소년의 몸이 떨렸다.

"마해의 괴물이…… 오고 있어."

태무극은 굳게 입을 다물었다.

허리춤에 찬 검 자루 위에 손을 올렸다.

남은 한 손을 품속에 넣었다. 마치 살아 있는 생명처럼 꾸물거리는 어둠이 손에 쥐어졌다.

잠시 그것을 내려보던 태무극이 나지막이 물었다.

"남은 병력은?"

"많이 줄었어."

고개를 돌려 붉은 대지 위에 도열한 마물 군단을 바라보았다. 소년의 말대로, 마물 군단의 숫자는 처음에 비해 확연히 줄어 있었다.

"그 꼽추랑은 아직 연락 안 닿은 거야?"

프로세르핀이 잘근잘근 입술을 깨물며 물었다.

소년이 고개를 끄덕였다.

"제길. 어디서 뭘 하고 있는 거야 그 자식은?"

프로세르핀은 팍 표정을 구기며 중얼거렸다.

태무극에게 고개를 돌리며 말했다.

"일단 피하자. 나한테 조금만 더 시간을 줘. 그 괴물을 유혹하려면 시간이 더 필……."

"아니."

태무극은 고개를 저었다.

프로세르핀이 사납게 뜬 여덟 개의 눈으로 그를 노려보았다. 검은 촉수가 흉측하게 꿈틀거렸다.

"뭐야, 내가 놈을 유혹하지 못할 거라고 생각하는 거야?"

"그런 의미가 아니다."

태무극은 허공을 응시했다.

쩌적.

간신히 수복한 결계의 표면에 균열이 생기는 것이 보였다.

"왔다."

콰드득!

결계가 비틀어 열리며, 찬란한 황금빛이 새어 나왔다.

허공에 황금빛으로 타오르는 균열이 만들어졌다.

한두 개가 아니었다. 수십, 수백 개에 달하는 균열. 그 안에서 천사와 인간, 신의 권속들이 모인 군대가 걸어 나왔다.

가장 먼저 나온 것은 여덟 장의 날개를 지닌 푸른 머리칼의 소년이었다.

"제길…… 더럽게 많잖아."

파직, 파지직!

푸른 머리칼의 소년이 표정을 구겼다. 소년의 양손에서 새파란 뇌광이 튀어 올랐다.

"히히히, 왜, 이편이 더 좋잖아? 재밌겠는데?"

한 손에 술병을 든 여인이 실실 웃음을 흘렸다.

반 이상 남아 있던 술을 벌컥벌컥 들이켰다.

"크으! 디지네!"

"……미친년."

푸른 머리칼의 소년이 질린다는 듯 고개를 저었다.

"……천룡. 네놈이었구나."

짧은 금발을 지닌 천사가 태무극을 사납게 노려보았다.

태무극도 익히 알고 있는 천사였다.

"미카엘."

미카엘은 품속에서 두꺼운 책을 꺼냈다. 평범한 책이 아닌 듯, 수백 장은 가볍게 넘을 듯한 책의 페이지 하나하나가 찬란히 빛나고 있었다.

"이, 이게 숫자가 준 거야?"

천사들의 뒤를 이어 나타난 붉은 머리칼의 여인이 깜짝 놀란 표정으로 도열해 있는 마물 군단을 바라보았다. 대충 봐도 수천은 가볍게 넘어 보였다.

저게 교단과의 싸움에서 숫자가 준 거라니. 원래는 얼마나 더 마물이 많았다는 말인가.

"후우, 후우. 제길, 역시 이딴 세계는 오지 말아야 했어."

붉은 머리칼의 여인은 놀란 가슴을 진정시키듯 거칠게 숨을 몰아쉬며 울상을 지었다.

거칠게 숨을 몰아쉬고 있었지만. 놀라울 정도로 가슴은 흔들리지 않았다. 미동조차 없었다. 단단한 나무판자처럼, 아스팔트에 달라붙은 껌딱지처럼. 아주 미세한, 민들레의 씨앗조차 흔들리지 않을 법한 움직…….

"뭐지. 갑자기 기분이 되게 좆 같은데."

차연주는 귀를 후비며 표정을 일그러뜨렸다.

고개를 두리번거리며 사납게 뜬 눈으로 주변을 훑었다. 한설아가 걸어오는 것이 보였다.

"설아 혹시 너 내 욕……."

"하아."

한설아는 차연주의 말을 가볍게 무시한 채, 어느 한 명을 뚫어지게 노려보았다. 검은 촉수로 이루어진 머리칼을 지닌 여인이었다.

으득, 으득.

한설아는 이를 갈며 살기 어린 표정으로 그녀를 노려보았다.

"내 강우 씨를…… 빼앗겠다고?"

기도 차지 않는 말이다. 절대로, 절대로. 가만히 둬서는 안 된다. 한설아의 눈에서 섬뜩한 살기가 흘러나오며 거대한 기운이 주변을 짓눌렀다.

"……크흠."

차연주는 다급히 한설아에게서 고개를 돌렸다. 지금 그녀와 말조차 섞어서는 안 된다는 것을 본능적으로 깨달았다.

황금빛으로 타오르는 균열에서 걸어 나오는 군대를 바라보며, 태무극은 굳게 입을 다물었다.

어디서 긁어모았는지 꽤나 많은 숫자의 병력이 모여 있었지만 그의 눈에는 단 한 사람…… 아니, 인간의 탈을 쓴 괴물 외에는 보이지 않았다.

"왔구나."

태무극은 검 자루를 움켜쥐며 괴물을 노려보았다.

가늘게 몸이 떨렸다. 이것이 전투 전의 전율인지, 아니면 괴물에 대한 무의식적인 공포인지. 태무극은 알 수 없었다.

그가 알 수 있는 것은.

'이 괴물과의 싸움은.'

피할 수 없다는 것. 그와의 전투는 필연적으로까지 느껴졌다.

"그래, 왔지."

강우는 입가를 비틀어 올리며 발걸음을 옮겼다.

저벅, 저벅.

발걸음을 옮길 때마다 심장이 미친 듯이 뛰었다. 환희와 전율이 가득한 표정으로 그의 적을 응시했다.

강우가 앞으로 나서자, 그를 향해 모든 시선이 집중됐다.

그럴 수밖에 없었다. 적의 수장으로 보이는 존재가 강우를 뚫어져라 바라보고 있었고 대천사들과 김시훈까지 강우를 빤히 보고 있었으니까.

"응?"

자신에게 집중된 시선을 느끼며 강우는 당황스러운 표정을 지었다.

'뭐야 이거.'

적과 아군을 가리지 않고 모두 자신에게 집중하고 있다.

'이거 분위기가 완전.'

뭔가 전쟁의 시작을 알리는 구호라도 외쳐야 할 것 같은 분위기였다.

'아, 시바 이거 막상 닥치니까 생각이 안 나네.'

지옥에서 악마들을 지휘했을 때는 굳이 구호랄 게 없었다. 그냥 내버려 두면 알아서 싸웠다.

'젠장.'

강우는 차연주를 향해 고개를 돌렸다.

"야. 예전에 네가 한 구호 반응 좋았잖아. 이번에도 네가……."

"에이, 이거 왜 그러시나."

차연주는 실실 웃으며 말을 이었다.

"여기서는 우리 강우 님께서 몸소 구호를 외치셔야죠. 짧고 강렬하면서도, 사기가 막 폭발하는 구호를!"

예전에 만주 벌판에서 벌어진 전쟁에서 자신에게 지휘권을 떠넘기고 어디론가 사라졌던 복수의 기회가 왔다. 차연주는 어디 너도 한번 이 부담감을 맛보라는 듯 싱글벙글 웃으며 강우를 바라보았다.

"……제길."

강우의 입에서 낮은 욕설이 흘러나왔다. 피할 수 없음을 직감했다.

빠른 속도로 머리를 굴렸다.

'아, 그러고 보니.'

예전에 에키드나와 소파에서 뒹굴거리며 본 영화가 떠올랐다. 무슨 의미인지는 모르겠지만, 굉장히 멋들어진 구호였다.

'좋아, 그걸로 가자.'

강우는 고개를 끄덕이며 거칠게 발을 굴렀다.
쿠우우웅!!
대지가 요동치고 거대한 황금빛이 폭발하듯 뿜어져 나왔다.
붉은 대지 위에 태양이 나타난 듯한 모습. 찬란하고, 경이로운 광경이었다.
강우는 황금빛으로 빛나는 검을 높게 들어 올렸다.
그리고 포효하듯 외쳤다.
"복수자들!!"
높게 들어 올린 검을 내려 마물의 군세를 겨눴다.
"……조립해라."
"아니."
차연주가 아연한 표정으로 강우를 바라보더니 어처구니없다는 듯 소리쳤다.
"야, 이 미친놈아!! 그걸 직역하면 어떡해?"
"응?"
강우는 고개를 갸웃거렸다. 대체 뭐가 문제란 말인가.
차연주는 머리가 아프다는 듯 뒷골에 손을 대었다.
"아오, 내가 저 새끼 때문에 못 살아 진짜."
차라리 자신이 하는 것이 좋았다는 생각이 들었다.
하지만 그런 걱정이 기우라는 듯.
"와아아아아아!!!"
"저 봐. 반응 좋잖아."
"아니, 왜 사기가 오른 거야."

복수자들 조립해라 따위의 구호에 대체 왜.

차연주는 아연한 눈빛으로 뜨거운 열기에 휩싸인 채 마물 군단을 향해 돌격하는 천사와 인간들을 바라보았다. 아무래도 구호가 아닌, 태양이 나타난 것처럼 찬란히 빛나는 황금빛에 반응한 모양.

"에라, 나도 모르겠다."

더 이상 깊게 생각하고 싶지 않았다.

자포자기한 표정으로 고개를 돌렸다. 셀 수 없을 정도로 많은 마물들이 괴성을 토해내며 달려드는 것이 보였다.

차르르륵!!

날카로운 가시가 돋친 쇠사슬이 살아 있는 생물처럼 몸을 비틀었다.

쿵!

거칠게 발을 구르며, 마물을 향해 쇠사슬을 뿌렸다. 넓게 퍼져 나간 쇠사슬이 달려오던 마물의 몸을 사납게 꿰뚫었다.

"박×훈 같은 새끼……."

마물 한 마리를 썰어버리면서도, 못내 마음에 들지 않는다는 듯 강우를 흘겨보았다.

강우는 차연주의 중얼거림을 흘려들으며 발걸음을 옮겼다.

"드디어."

고대하고 고대하던. 상사병에 걸린 것처럼 머릿속에서 지워지지 않았던 절망을 마주했다.

태무극은 천천히 허리춤에 찬 검을 뽑았다. 그리고 깊게 가라앉은 눈빛으로 괴물을 응시했다.

태무극과 오강우. 두 괴물의 시선이 허공에 얽혔다.

"신격을 얻었군."

태무극이 낮은 목소리로 말했다. 괴물의 몸에서 찬란히 빛나는 황금빛에는, 선명한 신성이 섞여 있었다.

강우는 입가를 올렸다.

"덕분에."

덕분에, 라니. 신격은 다른 누구의 덕분에 얻을 수 있을 정도로 녹록한 것이 아니었다.

'아니.'

태무극은 고개를 저었다. 공포의 성좌를 머리부터 씹어 삼켰던 괴물의 모습을 떠올렸다. 저 괴물이라면.

'불가능한 것도 아니겠지.'

이제는 루시퍼의 절규를 이해할 수 있었다. 저 괴물은, 불가해(不可解)의 존재다.

'이 자리에서, 죽여야 한다.'

그렇지 않으면 그의 주인, 마신 바울리의 부활에 크나큰 장애가 될 것이다.

"신격을 얻었다고 해서, 달라지는 것은 없을 것이다."

태무극이 나지막이 말했다.

강우는 피식 웃었다.

태연히 고개를 끄덕였다.

"알아, 새끼야."

신격을 가졌다고 해서 그를 상대할 수 없다는 것은 이미 알고 있다.

태무극을 바라보았다. 아득한 절벽을 마주한 것처럼 막막한 감각이 몸을 짓눌렀다. 숨이 턱턱 막혔다. 가늘게 몸이 떨렸다. 분명 외견은 인간과 아무 차이가 없을 텐데, 하늘 전체를 뒤덮는 거대한 용(龍)을 마주한 것처럼 압도된다.

'그래.'

이거지. 이 기분이지.

강우는 웃었다. 더없이 즐겁다는 듯. 더없이 행복하다는 듯.

황금빛으로 타오르는 검을 움켜쥐며 거칠게 발을 박찼다.

콰앙!!

황금으로 만든 화살이 쏘아지듯, 찬란한 빛이 대지를 갈랐다.

"자비로운 가이아시여."

레이라가 두 손을 쥔 채, 나지막한 목소리로 입을 열었다. 화신(化神)으로서, 신의 힘을 빌린다.

가이아가 지닌 신격의 일부가 그녀의 몸에 깃들었다.

거대한 힘이 주변을 휩쓸었다.

"으읏."

레이라는 눈살을 찌푸렸다.

신격을 많이 빌리면 빌릴수록, 그녀의 몸에 전해지는 부담은 커졌다. 한계까지 공기를 채워 넣은 풍선처럼 내부에서 솟구치는 힘에 몸이 터질 것만 같았다.

'부족해.'

그녀의 상대는 악의 성좌. 신화의 시절 무수한 신들을 학살한 마신의 친위대였다. 강우가 최대한 시간만 끌라고 부탁했지만, 애초에 성좌를 상대로 시간을 끄는 것조차 힘든 것이 현실이었다.

"미천한 화신에게 힘을."

우우우웅.

레이라의 몸이 밝게 빛났다. 강우의 것과는 확연히 다른, 새하얀 빛무리. 자애의 여신이 선물한 신격답게 보는 것만으로도 마음까지 편안해지는 빛이었다.

레이라는 천천히 고개를 돌려 리리스를 바라보았다. 이번 작전에서 지휘권은 그녀에게 있었다.

"우선."

전장을 살피던 리리스가 차분히 입을 열었다.

"꼬맹이 둘이랑 발록, 그리고 시훈 씨는 저놈들을."

쿠웅!

거대한 폭음과 함께 몸집이 20미터에 달하는 거대한 마물이 나타났다.

우로보로스. 뱀의 형태를 한 고대 마물이었다.

우로보로스의 등장에 천사들의 눈빛이 살벌하게 변했다. 산탄젤로 습격 당시, 무수한 천사를 학살한 마물을 향해 살기를 내뿜었다.

고대 마물은 우로보로스 하나가 아니었다.

크그그긍!

대지가 갈라졌다. 도열해 있는 마물을 짓밟으며 거대한 몸체를 지닌 마물들이 하나를 몸을 일으켰다. 전신이 활활 타오르는 불길에 휩싸인 마물이 달려드는 천사의 몸을 불태웠다.

볼카투스. 대공 마몬이 사용하는 불길의 권능과 비교해도 전혀 꿀리지 않는 강력한 화염을 몸에 지닌 마물이었다.

“알았다.”

발록이 목을 까딱이며 앞으로 걸어 나갔다.

“쟤들 다 죽이면 강우가 칭찬해 주는 거야?”

“그, 그래요? 그러면 다 죽여 버, 버릴게요.”

할키온과 에키드나도 열기에 찬 눈으로 날뛰기 시작한 고대 마물들을 바라보았다.

가만히 서서 강우가 있던 쪽을 응시하던 김시훈이 아무 대답 없이 몸을 돌렸다. 리리스는 순간 고개를 갸웃거렸지만, 곧장 발록의 뒤를 따라 고대 마물들을 향해 달려가는 김시훈의 모습을 보고는 이내 다시 고개를 돌렸다.

레이라와 한설아를 돌아보며 말했다.

“저희는 저 성좌를 상대할 거예요.”

리리스가 손가락으로 가리킨 것은 검은 촉수가 가득한 괴물이었다. 그녀의 끔찍한 외형에 레이라가 눈살을 찌푸렸다.

“……악의 성좌인가요?”

“예.”

리리스는 사납게 눈을 뜨며 프로세르핀을 노려보았다.

초조한 듯, 손톱을 씹었다.

"어디서 촉수에 윤기도 흐르지 않는 것이 감히……."

윤기만 흐르지 않을 뿐인가. 눈도 고작 여덟 개에 불과했다. 그런 주제에 감히 음마의 신이라고 자신을 칭하다니!

'가만둘 수 없지.'

신화 시절에나 먹혔을 법한 외모를 어디 지금 들이댄단 말인가.

"한물간 할망구면 적당히 찌그러져 있었어야지."

"뭐야?"

리리스의 중얼거림을 들었는지 프로세르핀이 날카롭게 눈을 떴다.

그녀는 사납게 촉수를 꿈틀거리며 리리스를 노려보았다.

"내가 한물갔다고?"

"가도 한창 가지 않았나요? 이미 몇만 살은 가볍게 넘기셨을 것 같은데 말이죠."

호호호. 리리스가 입을 가린 채 웃었다. 프로세르핀은 신화 시절에도 활동했으니 몇만 살이 넘었다는 것은 사실이었다.

"흥, 나이가 어리다고 다가 아닐 텐데?"

"어머, 당연히 젊은 쪽이 좋죠. 안 그래요, 할머니?"

"이 싸가지 없는 년이……."

프로세르핀이 분노를 참을 수 없다는 듯 눈을 부릅떴다. 다른 건 몰라도 그녀의 외모를 건드리는 것은 음마의 신으로서 참을 수 없는 일이었다.

"자, 설아 씨. 저런 할망구한테 강우 씨를 뺏길 수는 없겠죠?"
한설아는 살기 가득한 눈빛으로 고개를 끄덕였다.
프로세르핀은 기가 찬다는 듯 헛웃음을 흘렸다.
"하. 역시 달링의 마음을 돌리려면 너희부터 어떻게 해야겠네."
괴물의 마음을 돌리기 위해서는, 그에게 달라붙은 기생충들부터 먼저 제거하지 않으면 안 됐다.
프로세르핀은 리리스와 한설아를 노려보며 검은 촉수를 넓게 펼쳤다.
"……무슨 상황인지는 잘 모르겠지만."
레이라는 새하얀 빛을 양손에 뭉쳤다.
다른 건 모르겠지만, 프로세르핀이 말하는 '달링'이라는 것이 강우라는 것 정도는 어렵지 않게 알 수 있었다. 그리고 그녀가 한설아와 리리스의 손에서 강우를 뺏으려 한다는 것도.
레이라는 불쾌하다는 듯 눈살을 찌푸렸다.
"NTR충은 박멸해야죠."
콰앙!
레이라가 발을 구르며 양손을 앞으로 뻗었다. 거대한 빛무리가 프로세르핀의 몸을 향해 쏘아졌다.
"훙."
프로세르핀 하찮다는 듯 코웃음을 쳤다. 비록 자신의 능력이 전투에 특화되지 않았다고 하나, 신격을 빌린 화신 따위에게 밀릴 수준은 절대 아니라고 그녀는 생각했다.
하지만.

“천신의 가호.”

“뭣?”

생각지 못했던 변수는 한설아 쪽에서 나타났다.

그녀의 등 뒤에 펼쳐진 열두 장의 날개. 한설아가 레이라의 몸에 힘을 불어넣자 반쪽에 불과했던 가이아의 신격이 완연한 모습을 갖췄다.

천신 세라핌과, 가이아의 힘이 겹친다.

크그그그그그긍!!

눈을 멀게 만들 정도로 찬란한 빛무리. 끔찍한 열기와, 열기와, 열기가 주변을 휩쓸었다.

“꺄아아아악!”

프로세르핀은 촉수를 태우는 거대한 열기에 비명을 질렀다. 가이아의 화신은 그렇다 쳐도, 여기에 천신 세라핌의 힘을 지닌 인간이 끼어들 것이라고는 상상치도 못했다.

‘대, 대체 어째서!’

그녀의 눈에 공포와 분노가 섞인 복잡한 감정이 소용돌이쳤다.

천신 세라핌. 그 저주스러운 이름을 어찌 잊을 수 있을까. 세라핌이 신성을 대가로 펼친 봉인 덕에 그녀는 수만 년의 세월을 빛 한 점 들어오지 않는 아공간(亞空間)에 갇혀 보내야 했다.

“크읏!”

프로세르핀은 침음을 삼키며 고개를 돌렸다. 태무극에게 도움을 요청하려 했지만, 이제 막 마해의 괴물과 싸우기 시작한 그에게 자신을 도와줄 여유는 없어 보였다.

'도, 도망쳐야 해.'

프로세르핀은 다급한 표정으로 입술을 짓씹었다.

악몽의 성좌가 있기는 했지만, 그 꼬맹이 역시 전투 쪽으로는 기댈 수 있는 부분이 없다. 지금은 태무극이 마해의 괴물을 처치하고 돌아오기까지 몸을 숨겨야 했다.

프로세르핀은 망설임 없이 몸을 돌렸다.

"어딜 도망치려고요?"

레이라가 사납게 프로세르핀을 쫓았다. 그녀의 뒤를 이어 열두 장의 날개를 활짝 펼친 한설아도 뒤따랐다.

프로세르핀의 표정이 거칠게 일그러졌다.

"아흣, 으읏……."

프로세르핀은 잘려 나간 촉수에서 흘러나오는 고름을 손으로 막았다.

"제길, 제길, 제길!"

거친 욕설을 내뱉으며 발을 굴렀다.

'미친년들.'

가이아의 화신과 세라핌의 힘이 깃든 인간은 끔찍할 정도로 집요하게 따라붙었다.

중간에 더 빠르게 도망칠 수 있는 기회가 몇 번 있었지만, 그것조차 리리스의 개입으로 방해받아 놓쳐 버렸다.

"하아."

깊은 한숨을 내쉬었다.

결국 그녀가 선택한 것은 마신의 신격을 해방하는 것이었다. 리스크가 큰 선택이었지만, 덕분에 가이아의 화신을 전투 불능으로 만들고 도망치는 데 성공할 수 있었다.

"끄응."

프로세르핀은 신음을 흘리며 자리에 주저앉았다.

그녀가 도망친 곳은 협곡에서 상당히 떨어진 깊은 산속이었다.

"여긴 안전하겠지."

프로세르핀은 덜덜 떨리는 몸을 끌어안았다. 마신의 신격을 해방한 후유증으로 온몸이 제대로 말을 듣지 않았다.

'일단 태무극이 다 쓸어버릴 때까지 여기에 있어야겠어.'

자신이 빠진다고 해도 어차피 저곳에는 태무극이 있다. 마해의 괴물이 얼마나 강하건, 그곳에 천사와 인간의 군대가 얼마가 모였건.

'태무극이 이길 거야.'

그가 패배한다는 것 자체가 상상이 되지 않을 정도로, 태무극은 강하다.

프로세르핀은 바위 사이에 몸을 숨기며 중얼거렸다.

"그래도 달링은 죽이지 않았으면 좋겠는데."

아쉬움이 담긴 목소리로 중얼거렸다.

그때였다.

"자꾸 강우 씨를 달링이라고 부르지 말아주실래요?"

"뭣?"

프로세르핀이 다급히 고개를 돌렸다.

목소리가 흘러나오는 방향. 그곳에는 열두 장의 날개를 지닌 여인이 자신을 내려다보고 있었다.

"강우 씨는 말이죠……."

저벅저벅. 여인이 발걸음을 옮겼다.

초점을 잃은 눈빛이 그녀를 향했다.

"저만이 만질 수 있고, 보살펴 줄 수 있고, 안아줄 수 있고, 보듬어줄 수 있고, 머리를 쓰다듬어 줄 수 있고, 맛있는 밥을 만들어줄 수 있고, 장난을 칠 수 있고, 키스해 줄 수 있고, 사랑해 줄 수 있고, 함께 있어줄 수 있는."

제 꺼, 라고요.

치직.

노이즈가 낀 듯. 새하얀 빛으로 빛나고 있는 열두 장의 날개가 검게 점멸했다.

"너어……!"

프로세르핀이 도끼눈을 떴다.

날카로운 눈으로 한설아를 노려보며, 입술을 짓씹었다.

설마 여기까지 따라오다니.

"가이아의 화신은 그냥 죽도록 내버려 뒀나 봐?"

마신의 신격을 해방한 덕분에 가이아의 화신에게 큰 상처를 입히고 도망칠 수 있었다. 그녀를 그냥 내버려 둔 채 자신을 따라왔다면, 가이아의 화신은 살아남지 못했을 것이다.

"아뇨."

한설아는 피식 웃으며 고개를 저었다.

"레이라 씨가 죽지 않도록 응급 처치는 이미 끝냈어요."

그렇게 짧은 시간에? 그런 의문을 입에 담으려고 했던 프로세르핀은 이내 잘근잘근 입술을 깨물었다.

'세라핌이라면 가능해.'

천신 세라핌의 힘을 온전히 사용하지는 못하는 것으로 보이나, 어쨌든 그녀의 힘의 일부라도 사용할 수 있다면. 응급 처치 정도 하는 것은 어렵지 않은 일일 것이다.

프로세르핀은 상처를 부여잡으며 거친 숨을 몰아쉬었다.

자신이 가이아의 화신에게 입힌 상처는 결코 적은 상처가 아니었다. 그것을 단순히 응급 처치만 했다면.

"지금쯤 가이아의 화신은 고통에 몸부림치고 있겠군."

"걱정 마세요. 리리스 씨가 잘 보살펴 드리고 있으니까요. 그리고……."

한설아의 눈빛이 섬뜩한 빛으로 빛났다.

"레이라 씨도 이해해 주실 거예요. 다른 악마도 아닌 악의 성좌를 잡는 일이잖아요?"

콧노래까지 흥얼거리며 다가온다.

프로세르핀은 상처를 부여잡은 팔을 가늘게 떨며, 헛웃음을 흘렸다.

"하. 네가 날 잡을 수 있을 것 같아?"

천신 세라핌에게는 치명적인 단점이 있다.

그녀는 농사를 짓고 있던 농부라 할지라도 역전의 용사로 만들어 버리는 강력한 버프와 죽은 존재도 살려낼 수 있지 않을까 싶은 회복 마법을 지니고 있었다. 아니, 실제로 천신의 모든 힘을 다한 '기적'이라는 마법을 사용하면 죽은 존재도 살아나게 만들 수 있다.

하지만 워낙 능력이 그쪽으로 특화된 만큼, 일대일 전투에서는 그 능력이 처참할 정도로 떨어진다. 즉.

'혼자서 할 수 있는 건 없다는 거지.'

프로세르핀은 가늘게 뜬 눈으로 한설아를 바라보았다.

비록 자신의 몸 상태가 최악이라고는 하나, 설마 전투 능력도 없는 허수아비에게 지지는 않을 거란 생각이 들었다.

"건방지게 혼자 온 것을 후회하게 만들어주마!"

프로세르핀이 날카로운 목소리로 소리치며 손을 뻗었다. 검은 촉수가 빠른 속도로 한설아의 목을 노렸다. 하지만.

턱.

"……어?"

한설아는 자신의 목을 노리는 촉수들을 가볍게 붙잡았다.

손에 쥔 촉수를 비틀더니, 있는 힘껏 잡아 뽑아버렸다.

뚜둑!

"꺄아아아악!"

섬뜩한 소리와 함께 촉수가 뜯겨 나갔다. 촉수가 뜯기며 녹색 고름이 분수처럼 뿜어졌다.

프로세르핀의 입에서 끔찍한 비명이 터져 나왔다.

"뭐, 뭐야?"

프로세르핀은 이해할 수 없다는 표정으로 한설아를 바라보았다. 세라핌의 영혼이 깃들었다면, 필시 전투 능력은 하찮아야 할 터인데.

"이 더러운 촉수로."

한설아는 손에 움켜쥔 촉수를 내려다보며 음산한 빛으로 눈을 빛냈다. 전등이 깨진 듯, 그녀의 날개가 순간적으로 검게 점멸했다.

쿠르릉.

벼락이 내리치는 듯한 폭음과 함께, 열두 장의 날개에서 뿜어져 나온 검은빛이 주변을 휩쓸었다.

"강우 씨를 넘보려고 했군요."

수백, 수천에 달하는 검은 깃털이 프로세르핀을 노리고 쏘아졌다.

"꺄아아아악!"

투두두두두두!

기관총을 난사하듯 수천 개의 깃털이 쏟아졌다.

프로세르핀은 몸을 웅크린 채 새된 비명을 질렀다.

날아드는 수천 발의 깃털에 피부가 베였다. 촉수가 잘려 바닥에 나뒹굴었다.

"하아, 하아."

한 차례 검은 깃털의 폭풍이 지나간 후, 프로세르핀은 거친 숨을 내쉬며 눈을 떴다. 다행히 상처 자체는 크지 않았다.

'아, 아냐.'

다행히, 가 아니었다. 이 정도로 무력하게 공격을 허용했는데, 이 정도 상처밖에 없다는 것이 의미하는 것은 하나였다.

'일부러…… 급소를 피해서 공격한 거야.'

오싹한 감각이 등골을 타고 퍼졌다. 음산한 눈빛으로 자신을 내려다보고 있는 한설아의 모습에 공포가 몸을 잠식했다.

"다시는 강우 씨를 넘볼 수 없도록…… 손도 댈 생각조차 만들지 못하도록 만들어 드릴게요."

한설아는 프로세르핀을 향해 천천히 걸어오며 중얼거렸다.

프로세르핀의 몸이 움찔 떨렸다.

그녀는 꿀꺽 침을 삼키며 몸을 떨었다.

'어, 어떻게 하지?'

온전한 상태였으면 모를까. 마신의 신격을 해방한 후유증에 시달리고 있는 지금 저 미친 인간을 상대할 방법은 없었다. 더욱 최악인 것은, 더 이상 도망칠 여력도 남아 있지 않다는 것.

"읏……."

프로세르핀은 입술을 깨물었다. 방법을, 지금 이 상황을 타개할 방법을 생각해 내야 했다.

'보니까 그 괴물에 대해 광적인 집착을 가지고 있는 것 같은데.'

마치 자신의 매혹에 걸린 남자들처럼, 정상적이지 않은 집착을 보이고 있다.

그 원인에 대해서는 어렵지 않게 추측할 수 있었다.

'세라핌의 영혼이 깃들었다면…….'

천사의 본능이 무엇인지 그녀 또한 잘 알고 있었다.

집착. 아마도 저 인간의 집착은 바로 그 괴물 자체일 것이다. 그렇다면 저런 광적인 집착도 이해할 수 있었다. 천사, 그것도 세라핌의 본능을 인간이 제어할 수 있을 리가 만무하니까.

'제길, 벌집을 건드려 버렸잖아.'

프로세르핀은 거칠게 표정을 일그러뜨렸다.

어쩔 수 없었다. 저 인간에게 세라핌의 영혼이 깃들어 있으리라 어떻게 예상한단 말인가.

'그래도 방법은 있어.'

프로세르핀이 눈을 빛냈다.

저 인간이 천사의 본능을 감당하지 못하고 있다면, 그를 역을 이용하면 될 문제였다.

"흐응, 손대지 못하게 할 거라고?"

프로세르핀은 야릇한 미소를 지으며 물었다.

그녀를 향해 다가오던 한설아가 태연히 고개를 끄덕였다.

"예. 손끝 하나도 대지 못하도록 만들어 드릴게요."

"호, 호호호호호!!"

프로세르핀은 한 손으로 입을 가린 채 폭소를 터뜨렸다.

참을 수 없이 즐겁다는 듯, 한설아를 바라보았다.

"……뭐죠?"

한설아는 갑작스럽게 웃음을 터뜨린 프로세르핀을 노려보았다.

프로세르핀은 요염하게 몸을 비틀며 답했다.

"아~니? 이미 그건 좀 늦지 않았을까 해서 말이야."

무거운 침묵이 내려앉았다.

한설아는 섬뜩하게 눈을 빛내며 물었다.

"그게…… 무슨 의미죠?"

"호호호호!"

프로세르핀은 참을 수 없이 즐겁다는 듯 폭소를 터뜨렸다.

뱀처럼 긴 혀를 내밀어 입술을 핥았다.

"너, 최근에 달링이랑 잔 적 없어?"

한설아는 굳게 입을 다물었다.

최근 며칠간 강우가 자리를 비웠기에, 밤에 함께 있을 수 있는 시간은 없었다.

"에이, 아쉽네. 그러면 달링의 실망하는 얼굴을 볼 수 있었을 텐데."

"……뭐?"

한설아가 날카롭게 눈을 떴다.

강우가 실망하다니? 의미심장하기 짝이 없는 그녀의 말에 쿵, 하고 가슴이 뛰었다.

"그게…… 무슨 말이죠?"

"글쎄, 무슨 말일까?"

프로세르핀은 여유로운 표정으로 웃었다.

쿵!

한설아는 열두 장의 날개를 활짝 편 채, 프로세르핀을 향해 쏘아졌다.

그녀의 머리칼을 거칠게 움켜쥐었다.

"꺄악!"

"무슨 소리냐고 물었어요."

"자, 잠깐! 아, 아파! 일단 좀 놓고 말해!"

"빨리 말해요."

한설아는 섬뜩하게 빛나는 눈으로 그녀를 내려다보았다.

프로세르핀은 입으로 비명을 지르면서도, 히죽 입가를 올렸다.

"달링이 얘기 안 한 것 같네. 하긴, 얘기할 수 없었겠지."

"……."

"며칠 전에…… 달링이 따로 나를 찾아오더라고."

"강우 씨가…… 찾아, 왔다고요?"

"응. 그때 내 분신에 흔적을 남겼거든."

여유롭게 답했다. 사실 분신에 마기를 추적할 수 있는 흔적을 남긴 적은 없지만, 지금은 그런 세세한 것을 신경 쓸 때가 아니었다.

"그렇다면……."

한설아의 표정이 딱딱하게 굳었다.

강우가 프로세르핀의 분신에서 이어진 흔적을 따라 산탄젤로 향했다는 사실은 잘 알고 있었다.

하지만. 산탄젤로로 향하기 전에, 다른 곳에 들렀다면? 그리고 그곳이 바로 프로세르핀이 있던 곳이었다면?

"거짓, 말. 하지 마."

한설아는 사나운 목소리로 말했다.

프로세르핀의 머리칼을 움켜쥔 손에 힘을 더했다.

"호호호! 왜 거짓말이라고 생각해?"

"강우 씨가 그럴 리 없어요."

"왜? 원래 남자라는 게 그런 거 아닌가?"

"……강우 씨는 달라요."

"아니, 똑같아."

프로세르핀은 단호하게 고개를 저으며 답했다. 그러고는 은근한 목소리로 말을 이었다.

"안 그래도 여자관계가 꽤나 복잡해 보이던데? 그 리리스라는 년이랑도 했을 거잖아? 그때 그 붉은 머리랑도 뭔가 관계가 수상해 보이고."

"리리스 씨는 달라요."

그녀는 무려 천 년 전부터 강우와 함께했다. 그리고 강우와 관계를 발전시키지 못하는 자신에게 여러 조언을 해주며, 같이 강우의 곁에 있자고 약속했다.

다른 사람이면 몰라도 리리스에게까지 질투를 할 수는 없었다. 애초에 굴러들어 온 돌은 리리스가 아닌, 자신이었으니까. 천 년이라는 아득한 시간을 강우 하나만을 바라봤던 리리스에게서 강우를 반쯤 빼앗은 것은 자신이었으니까.

"한 번이 어렵지, 두 번째는 어렵지 않잖아?"

프로세르핀이 은근한 목소리로 물었다.

한설아의 주먹이 거칠게 쥐어졌다.

틀린 말은 아니다. 분명 틀린 말은 아니지만.

"강우 씨가…… 그럴 리 없다고요."

한설아의 손에서 힘이 풀렸다.

"후훗."

프로세르핀은 짙은 미소를 입가에 띠며 거리를 벌렸다.

그녀는 자신의 배를 양손으로 감싸며 말을 이었다.

"그렇다면 그날 밤 내 안에 들어온 건 누구였을까?"

프로세르핀이 깔깔 웃으며 말을 이었다.

"그때 달링이 그러더라고. 이렇게 기분 좋게 해본 것은 처음이라고. 하긴 내가 또 누구겠니? 다른 년들이랑 똑같았으면 색욕의 성좌라고 불리지도 않았겠지."

폭발적인 색기를 뿜어내며, 요염하게 입술을 핥았다.

"그러면서 네 얘기도 했어. 너무 서툴러서 재미없다던데?"

"뭐, 뭐라고요?"

한설아의 두 눈이 부릅떠졌다.

서투르다니. 정곡을 찔린 듯 몸이 움찔 떨렸다.

강우 외에는 경험이 없는 사실이긴 했다.

"호호호! 하긴, 딱 봐도 쑥맥처럼 보이긴 하더라."

프로세르핀이 깔깔 웃었다.

동시에 속으로 안도의 한숨을 내쉬었다.

'역시 서투른 게 맞았네.'

그녀가 괜히 색욕의 성좌겠는가. 한설아에게서 풍기는 냄새만 맡아도 경험이 적다는 것은 어렵지 않게 알 수 있었다.

충격을 받고 몸을 덜덜 떨고 있는 한설아의 모습이 보였다.

'호호, 잘 먹힌 것 같네.'

작전이 성공했다는 생각이 머릿속을 스쳤다.

'여기서 쐐기만 한번 박아주면.'

저 인간의 집착은, 강렬한 분노로 바뀌게 될 것이다. 그 무엇보다도 격렬하게 불타는 분노로.

'당장 그 괴물의 사타구니를 잡아 뜯으러 가겠지.'

일반적인 상황이라면 의심부터 먼저 할 것이다.

하지만 지금 저 인간의 상태는 전혀 일반적이지 않다.

'아마 지성도 거의 남아 있지 않을 거야.'

욕망이 극에 달하면 상식적으로 말이 되지 않는 일에도 망설임이 뛰어드는 경우가 있지 않은가? 도박에 빠진 자들만 봐도 이성적으로는 이해할 수 없는 행동을 보이지 않은가.

집착 또한 마찬가지였다. 집착에 극에 달해 광기로 변질됐다면, 자신의 말을 이성적으로 판단할 정신이 거의 남아 있지 않을 것이다.

"허, 헛소리하지 말아요!"

그녀의 예상대로, 한설아는 머리칼을 움켜쥔 채 광기에 찬 목소리로 외쳤다.

프로세르핀의 입가에 짙은 미소가 지어졌다.

"후훗. 나도 오랜만에 아주 기분 좋았어."

그녀는 자신의 배에 천천히 손을 올렸다.

"아, 그리고."

배를 쓰다듬으며 깔깔 웃었다.

"아무래도…… 생긴 것 같더라고."

"……뭐, 라고, 요?"

"후훗. 생겼다고."

사랑스럽다는 듯, 자신을 배를 내려다보았다.

"달링과의…… 소중한 아기가."

"……!!"

한설아의 눈이 부릅떠졌다. 전신의 혈관이 피부 위로 도드라질 정도로, 그녀는 큰 충격을 받았다.

프로세르핀은 승리의 미소를 지으며 절망에 빠진 한설아를 내려다보았다.

'좋아 이제…….'

"거짓말."

섬뜩한, 목소리가 흘러나왔다.

분위기가 일변했다.

"으, 응?"

프로세르핀은 당황스럽다는 듯 한설아를 바라보았다.

무언가가. 잘못 되어가고 있다는 불길한 직감이 머릿속을 스쳤다.

"거짓, 말."

한설아의 눈에서 빛이 완전히 사라졌다.

무저갱과 같은 눈으로, 프로세르핀을 응시했다.

"거짓말……. 거짓말. 거짓말. 거짓말. 거짓말. 거짓말. 거짓말.

거짓말. 거짓말."

"뭐, 뭐야."

프로세르핀의 몸에 오싹한 공포가 달렸다. 집착은 괴물에 대한 분노로 바뀌지 않았다. 오히려, 더욱 짙은 광기로 변했을 뿐.

"자, 잠깐만! 지, 진정해! 사실 다 거짓……."

본능적으로 몸을 피했다. 하지만.

콰득.

"캬학!!"

빗살처럼 날아온 한설아가 프로세르핀의 몸 위에 올라탔다. 검은빛으로 점멸하는 날개를 펄럭이며, 거침없이 양손을 움직였다.

콰득, 콰득! 콰드드득!!

"꺄아아아악!!"

끔찍한 비명 소리가 울려 퍼졌다.

한설아의 손이 산 채로 그녀의 몸을 찢어발겼다. 그리고.

"헤. 역시 거짓말이었네요."

한설아의 입가에 환한 미소가 지어졌다.

그녀는 피에 물든 손으로. 갈라진 틈을 내려다보며 중얼거렸다.

"안에…… 아무도 없잖아요."

꺄르르르. 한설아는 밝게 웃었다.

• 8장 •
찔러라

쿠웅!

천둥이 치듯, 거대한 폭음이 울렸다.

강우의 몸이 튕겨 훨훨 날아갔다.

쿠르륵.

거칠게 바닥을 굴렀다.

대지에 기다란 선을 남기며 뒤로 구르던 강우가 튕기듯 바닥에서 일어섰다. 마해의 열쇠로 만들어낸 황금빛 검을 들고, 앞을 향해 베었다. 그러자 아무것도 없던 허공에 태무극이 나타났다. 둘의 검이 격돌했다.

콰아아앙!!

다시 한번 폭음이 울렸다.

"쿨럭!"

강우는 거친 숨을 토했다.

파각.

신성이 담긴 검이 허망하게 두 쪽으로 박살 났다.

발을 박차 뒤로 물러섰다.

"크으, 역시 하나도 소용없네."

강우는 찢어진 손바닥을 재생의 권능으로 재생하며 활짝 웃었다. 마해의 열쇠에 중위격 신성을 담았지만, 예상했던 대로 태무극의 검을 견디지 못했다.

'그래도 전보다는 낫네.'

닿자마자 박살 났던 전과 달리, 이제는 몇 번 검을 교환할 정도는 됐다.

'충분하지.'

의미 있는 변화였다. 이 정도만으로도, 눈앞의 '절망'을 상대하기가 한결 수월해졌다.

강우는 피식 웃으며 두 쪽으로 부러진 검을 원래의 형태로 되돌렸다. 황금빛으로 타오르는 검이 그의 손에 쥐어졌다.

태무극은 깊게 가라앉은 눈으로 강우를 바라보았다.

검 자루를 툭툭 치며, 물었다.

"그때와는 다르군."

다르다. 마해에서 태어난 것 같은 끔찍한 괴물의 모습과, 지금의 모습은 확연히 다르다. 지금 그의 모습은 찬란해 보인다. 숭고하게까지 느껴진다.

"네게 어울리지 않는 모습이군."

처음 괴물을 마주했을 때를 떠올렸다. 그때 그에게는 찬란하고, 숭고하다는 표현 자체가 불가능했다. 온 세상을 씹어 삼킬 듯, 활활 타오르는 광기를 흩뿌릴 뿐이었다.

"아직 문을 열지 않았으니까."

"문?"

태무극은 고개를 갸웃거렸다. 괴물이 무슨 말을 하는지, 이해하기 어려웠다.

강우는 피식 웃었다.

"보채지 마, 새끼야."

어차피 열 거니까.

강우는 손에 쥔 검을 가볍게 흔들었다. 개문을 사용하지 않고 태무극을 상대할 수 없다는 것은 이미 알고 있었다. 아니, 설사 문을 연다고 해도 이길 수 있으리란 확신은 없다. 죽지 않기에 지지 않는 것일 뿐, 그것이 이긴다는 의미는 아니었으니까.

그럼에도 그가 문을 열지 않고 있는 이유는 단순했다.

'무한하게 사용할 수 있는 게 아니니까.'

개문을 사용해서 죽지 않는다고 해서, 그것이 불사를 의미하는 것은 아니었다. 죽으면 죽을수록, 육체에 피해가 누적될수록. 점차 마해(魔海)에 이성이 잡아먹히게 된다.

설사 죽지 않는다고 해도 개문 상태를 유지하는 것만으로도 이성이 빠른 속도로 갉아먹힌다. 할 수 있는 만큼 싸워서 조금이라도 태무극의 체력을 갉아먹은 후에 개문을 사용하는 것이 옳다.

'그리고.'

강우는 입가를 비틀어 올렸다.

태무극과 검을 마주할 때마다, 전신에 짜릿한 전율이 흘렀다. 방심하는 순간 당장에라도 목이 잘려 나갈 것 같은 섬뜩한 감각이 등골을 자극한다.

"하아."

열락에 찬 숨을 토해냈다. 미칠 듯이 분비되는 엔돌핀에 머리가 돌아버릴 것만 같았다. 이 짜릿한 감각은, 죽음을 바로 눈앞에 마주한 감각은, 개문을 사용했을 때는 느낄 수 없는 감각이다. 조금이라도 길게 이 순간을 즐기고 싶었다.

태무극은 눈살을 찌푸렸다. 자신을 바라보는 열망에 찬 눈빛에서, 괴물의 감정을 읽을 수 있었다.

"……미쳤군."

담담히 말했다.

죽음을 목전에 두고 저런 모습이라니. 마치.

'죽기 위해 사는 것 같군.'

태무극은 마음속 깊은 곳에서 올라오는 불쾌감을 억누르며, 다시금 검을 쥐었다. 차갑게 얼어붙은 눈으로 괴물을 응시했다.

'그 광기도.'

오늘로 끝나게 될 것이다.

"쓰읍."

깊게 숨을 들이쉬었다.

검을 쥐고, 거칠게 발을 박찼다.

'천룡탐조'

용이 발톱을 내려찍듯, 검푸른 검이 날렵하게 휘둘러졌다. 노리는 것은 괴물의 목덜미.

허공을 가르던 검이 다섯 개로 분열했다. 어설픈 허상이 아니었다. 하나하나의 검격에는 태산도 반으로 자를 수 있는 힘이 담겨 있었다.

짐승의 발톱과도 같은, 다섯 개의 검강이 강우를 노렸다.

"그래, 그렇게 나와야지."

강우는 낄낄 웃으며 목을 노리고 휘둘러지는 다섯 개의 검강을 향해 검을 휘둘렀다.

카가가가강!

고막을 터뜨릴 법한 끔찍한 소음과 함께 태무극과 강우가 딛고 있는 대지가 갈라졌다. 거대한 힘과 힘의 충돌을 견디지 못한 땅이 무너져 내렸다.

크그그그긍!

수백 미터에 달하는 깊은 구덩이가 만들어졌다. 주변에서 싸우던 마물과 인간들이 다급히 몸을 돌려 도망쳤다.

강우와 태무극은 땅이 무너진 것이 아무런 상관도 없다는 듯, 태연히 허공을 짓밟으며 전투를 이어갔다.

"흐읍!"

태무극의 눈이 날카롭게 빛났다. 빈틈이 보였다.

튀어 오르듯 아래에서 위로 검을 휘둘러, 강우의 오른팔을 베었다.

스걱!

황금으로 타오르는 검을 쥐고 있던 강우의 오른팔이 태무극의 검격에 잘려 나갔다. 태무극의 입가가 희미하게 올라갔다.

그때였다.

푸욱!

"커헉!"

강우는 잘려 나간 자신의 오른팔을 왼손으로 잡고, 태무극을 향해 집어 던졌다. 황금으로 타오르는 검이 태무극의 배에 쑤셔 박혔다.

강우는 낄낄 웃음을 터뜨렸다.

"그래도 신성을 쓸 수 있으니까 이건 좋네."

전에는 신성의 방벽 때문에 완벽한 기습을 하더라도 같은 곳을 연달아서 공격하지 않으면 대미지 자체를 줄 수가 없었다. 하지만 신성을 다룰 수 있게 된 덕분에 패시브처럼 유지되는 신성 방벽은 어렵지 않게 뚫을 수 있게 되었다.

"이런, 미친……."

태무극의 표정이 일그러졌다.

무기를 든 팔을 잘랐더니, 그 팔을 집어 던져 공격할 줄이야. 제정신으로 할 수 있는 공격이 아니다.

그는 피가 흘러나오는 배를 내려다보았다. 상처 자체는 크지 않았다.

괴물의 오른팔을 잡아 땅으로 집어 던졌다. 한쪽 팔을 잃은 괴물은 여전히 여유로운 표정으로 자신을 바라보고 있다.

괴물이 남은 왼팔을 들어 심장 쪽으로 가져다 대는 것이 보였다.

'저건.'

오싹한 감각이 등골을 타고 흘렀다.

제국 황성에서 처음 괴물을 마주했을 때, 느꼈던 감각. 마치 무저갱(無低坑)을 마주한 듯한 공포.

'막아야 한다.'

저 동작이 무엇을 의미하는지는 알 수 없지만. 지금 그를 막지 않으면 그때 황성에서 봤던 끔찍한 괴물이 다시금 눈을 뜰 것 같다는 확신이 들었다.

'그렇다면.'

지금 이상으로, 그가 준비한 카드를 꺼내기 적절할 때가 없으리라.

태무극은 천천히 고개를 돌렸다.

멍한 시선으로 전투를 바라보고 있는 청년을 향해, 전음을 날렸다.

[지금이다.]

움찔.

청년의 몸이 떨렸다.

[찔러라.]

전음을 들은 김시훈의 눈빛이 흔들렸다.

크그그긍!

대지가 뒤틀리는 소리가 들렸다.

김시훈은 눈앞의 마물을 베어 넘기는 것을 멈추고 굉음이 들리는 곳으로 고개를 돌렸다. 밝게 타오르는 황금빛과 검푸른 빛이 격돌하는 것이 보였다.

김시훈은 굳게 입을 다물었다.

두 눈을 질끈 감았다.

눈을 감자, 기억이 떠올랐다.

어두운 골목. 쓰러진 자신의 위에 올라타 환하게 웃고 있는 청년의 모습이 보였다. 익숙하지만, 낯선 얼굴이었다.

'저희는 아주 좋은 동료가 될 겁니다.'

낙인이 찍히듯, 그 목소리가 뇌리에 새겨졌다.

악의로 뒤틀려진 눈빛. 이제까지 보지 못했던 형의 모습.

'너는 이용당하고 있었던 거다.'

태무극의 말이 머릿속에 맴돌았다.

입 닥치라고 그에게 외쳤지만, 김시훈 스스로도 이미 알고 있었다. 자신은 이용당하고 있었다는 것을. 믿고 따르던 형에게 배신당했다는 것을.

아니, 배신조차 아니었다. 애초에 자신이 강우를 생각하는 것과, 강우가 자신을 생각하는 것은 달랐다.

'처음부터…… 나를 동생으로는 생각하지 않았던 거야.'

그에게 중요한 것은 자신의 재능이었다. 편하게 이용해 먹기 좋은 꼭두각시였다.

또다시. 기억이 떠오른다. 침대에 누워 있는 강우와, 자신의 모습이 보였다.

'가끔 그런 생각을 합니다.'

'제가 형님을 만나지 않았더라면…… 어떻게 됐을지를요.'

강우를 만나지 않았다면 어떻게 됐을까.

상상이 가지 않는다. 그저. 아득하다.

'저는 이제 형님이 없는 삶을 상상하기 힘드네요.'

그 말을 듣고 그는 어떻게 생각했을까. 비웃었을까? 자신에게 조종당하는 꼭두각시라는 사실도 모른 채, 저런 얼빠진 말을 하고 있는 자신을 조롱했을까?

그랬을 수도 있다.

아니, 아니다. 부정적으로만 생각하지 말자. 혹시 그사이 정이 들었을 수도 있지 않은가? 진심으로 자신을 생각해 줄 수도 있지 않은가?

예전에 읽었던 소설 하나가 떠올랐다. 암살자로 키우기 위해 유괴한 아이를 기르던 중에 진심으로 그 아이를 사랑해 버린다는, 그런 스토리의 소설이었다. 형도 그 소설의 주인공처럼……. 자신을 진심으로 동생이라고 생각할 수도 있지 않은가.

"아, 으."

머릿속이 터질 것만 같았다. 무심코, 눈물이 흘렀다.

"아, 아아."

강우를 만나고, 자신의 세상은 변했다. 끔찍한 절망으로 가득하던 그의 세상은 어느새 환하게 밝아져 있었다.

그리고. 그리고. 그리고.

지금 그 세상은, 무너졌다.

"혀, 형……. 형……."

머리칼을 움켜쥔 채, 고개를 숙였다.

이제까지 봐온 강우의 모습들이 거짓이었다는 사실이. 자신을 향한 눈빛과 행동과 말이 모두 거짓이었다는 사실이.

아프다. 너무나도, 참을 수 없을 정도로, 아프다.

[지금이다.]

목소리가 들렸다.

김시훈은 다급히 고개를 들었다. 자신을 내려다보는 태무극의 눈빛이 보였다.

"아, 안 돼……."

처절한 목소리로 중얼거렸다. 이다음에 이어질 말이, 무슨 말인지 알고 있기에.

하지만.

[찔러라.]

태무극은 그의 희망을 무참히 짓밟으며 절망을 눈앞에 드리웠다.

"하아, 하아."

숨이 거칠어진다. 검을 쥔 손이 뜨겁게 느껴졌다. 더 이상, 뒤로 미룰 수 없다는 것을 직감한다.

선택을. 선택을 할 시간이다.

검을 굳게 쥐었다.

거칠게 발을 박찼다.

무형검을 사용해 발판을 만들어 허공을 질주했다.

'저희는 아주 좋은 동료가 될 겁니다.'

그 목소리가, 머릿속에서 떠나지 않는다. 아마도 평생을 사라지지 않을 것이다. 끔찍한 배신감에 속이 뒤틀릴 것 같다.

시야가 일그러졌다. 주변의 소음이 점차 멀어지는 것이 느껴졌다. 세계가 무너지고 있다고 느꼈다. 아니, 어쩌면 태무극을 만난 그날부터 이미 무너졌을지도 모른다.

"흐, 아."

검에 힘을 담았다. 단전에서 흘러나온 내공이 전신을 가득 채웠다.

푸른빛으로 검이 타올랐다.

그리고.

푸욱.

망설임 없이, 찔렀다.

어머니는 술집 여자였다. 그것도 VIP만 상대하는 고급 술집의. 아버지는 그곳에서 만난 어머니에게 눈독을 들였고, 관계를 가졌다.

그렇게 자신이 태어났다.

왜 아버지 정도 되는 인간이 사고로 만든 아이를 지우지 않았는지는 알 수 없었다. 어쨌든 아주 어렸을 적에는, 아버지의 집에 어머니와 함께 살았었다. 당시에는 꽤나 친했던 것으로 기억한다. 형이라는 사람과.

언제였을까. 형과 간단한 내기를 한 적이 있었다. 둘 중 누가 더 오래 공을 땅에 떨어뜨리지 않은 채 오랫동안 유지하는가였다.

당시 형은 자신에 차 있었다. 해외에 유명한 축구 선수에게 특훈을 받았다고 자랑했다.

하지만, 내기에서 이긴 것은 나였다. 그것도 5배는 넘는 압도적인 차이로. 그때 나는 축구는커녕 공을 만져본 것 자체가 처음이었다.

그리고. 형이 변했다. 끝없는 괴롭힘이 시작됐다.

과거의 자신은 왜 갑자기 형이 나를 괴롭히는지 이해할 수 없었다. 그저 억울했고, 슬펐다.

나이가 들었다. 형이 자신을 괴롭히는 이유가 질투라는 것을 알았다.

그때부터 일부러 모든 것을 형보다 떨어지게 했다. 공부도, 운동도, 예술도. 역시 형은 대단하다며 엄지를 치켜세웠다.

괴롭힘은 이내 조롱으로 변했다. 걸레의 자식이라는 말을 들었다.

처음 들었을 때, 그 말을 이해하지 못했다. 그리고 그 말을 이해했을 때는. 이미 형을 바닥에 쓰러뜨린 채 두들겨 패버린 후였다.

압도적으로, 뼈가 으스러질 정도로 짓밟았다. 나중에 들어보니 자칫하면 광대뼈가 함몰했을지도 모른다고 했다.

그 사건을 시작으로, 지옥이 펼쳐졌다.

어머니와 나는 집에서 쫓겨났다.

어머니는 어떻게든 돈을 벌기 위해 일자리를 찾으려 했지만, 번번이 아버지가 방해하는 바람에 일자리를 구할 수 없었다. 가난은 그 무엇과도 비교할 수 없는 절망이었다.

그래도 나는 어머니랑 둘이 함께할 수 있어서 좋았다. 배고파도, 힘들어도. 행복했다. 그렇게 생각했다.

어느 날 어머니가 몰래 밖으로 나가는 것을 보았다.

나는 어머니의 뒤를 따라갔다. 어머니는 아버지의 집에 찾아가 무릎을 꿇고, 제발 용서해 달라고 빌고 있었다.

형이 나와 어머니를 발로 걷어차며 웃었다. 침을 뱉고, 낄낄 웃음을 터뜨렸다.

나는. 아무것도 할 수 없었다.

그날 어머니가 멍든 얼굴로 집에 돌아왔다. 손에는 지폐 다발이 들려 있었다.

어머니는 나를 보며 울었다.

울면서, 울부짖으면서, 절규하면서. 미안하다고 말했다.

'너를 낳아서…… 미안해.'

아픈 말이라고 생각했다. 너무 아프고, 아파서. 평생을 잊지 못할 것 같다고 생각했다.

"쿨, 럭."

피를 토하는 소리가 들렸다. 손에 쥔 검 자루를 타고, 가느다란 떨림이 느껴졌다.

고개를 들었다.

[무신과의 동화율이 87%에 도달했습니다.]

[무형검(無形劍)을 완전히 터득했습니다!]

[심검(心劍)의 묘리의 일부를 깨달았습니다!]

"하아, 하아."

거칠게 숨을 토했다.

머리가 터질 것만 같았다. 단전에서 타오르듯 흘러넘치는 내공과 아득하게 쏟아지는 무공의 묘리들이 머릿속을 가득 채웠다.

찔러 넣은 검을 비틀었다.

콰득.

섬뜩한 파골음과 함께, 상처가 벌어졌다. 벌어진 상처를 따라 검은색 피가 쏟아졌다.

"……왜?"

태무극은 자신의 가슴을 뚫고 나온 검을 내려다보며, 김시훈을 돌아보았다. 이해할 수 없다는 듯 두 눈을 크게 떴다.

김시훈은 답하지 않았다. 답하지 않은 채, 두 눈을 질끈 감았다.

"결국, 꼭두각시로 남을 생각인가."

태무극은 차가운 목소리로 검을 들어 올렸다. 역겹다는 듯, 경멸 어린 눈빛으로 김시훈을 응시했다.

이번에도 김시훈은 답하지 않았다.

"하찮군."

태무극이 그의 가슴을 찌른 검을 붙잡았다.

카드득.

성검 루드비히의 검신에 가느다란 금이 달렸다.

파각!

태무극의 가슴을 찔렀던 루드비히가 산산이 박살 났다.

태무극은 몸을 돌리며 검을 휘둘렀다.

촤악!

"커헉!"

검푸른 빛으로 타오르는 검이 김시훈의 쇄골부터 배까지 길게 갈랐다. 검붉은 피가 분수처럼 쏟아졌다.

날개를 잃은 새처럼 김시훈의 몸이 땅으로 추락했다.

턱.

그때. 허공을 가르며 날아온 누군가가 떨어지는 김시훈을 받아들였다.

"아……."

김시훈의 입에서 짧은 탄성이 흘러나왔다.

고개를 들자 강우의 얼굴이 보였다. 강우는 깊게 가라앉은 눈빛으로 자신을 내려다보고 있었다. 그의 두 눈을 통해 검은 바다가 보였다. 끝없이 펼쳐진 검은 바다가.

"왜 그랬어?"

강우가 나지막이 입을 열었다.

김시훈은 그의 얼굴을 올려다보며, 희미한 미소를 입가에 머금었다.

"역시, 알고 계셨군요."

자신이 기억을 되찾았다는 것을, 강우는 알고 있었다.

그 사실에 왠지 모르게 웃음이 흘러나왔다. 아득한 감정에 짓눌리던 가슴이 한결 가벼워졌다.

"왜 그랬어?"

다시 한번, 강우가 물었다. 어떻게 대답해야 할지, 무슨 말을 해야 할지 생각을 정리했다.

김시훈은 천천히 손을 들어 떨리는 손으로 강우의 팔을 잡았다.

"형이…… 이제까지 제게 보여준 모든 게 거짓이라고 해도……."

실에 묶인 채 조종당하는 꼭두각시에 불과하다 해도.

"제게는……."

뺨을 타고, 눈물이 흘렀다.

언제였던가. 사탄의 하수인의 손에 레이라가 잡혀갔을 때. 이성을 잃고 악마가 되어가는 그에게 강우가 했던 말이 떠올랐다.

'내 동생으로 있어 줘서…… 고맙다.'

그는 모를 것이다. 알지 못할 것이다. 그 말이, 그 짧은 말 한마디가. 자신에게 얼마나 큰 구원이 됐는지. 설사 그것이 거짓이었다 해도. 자신을 이용하기 위한 수작이었다 해도.

"어떤 진실보다…… 형이 해준 거짓말이 가장 소중했습니다."

강우는 굳게 입을 다물었다.

헛웃음이 흘러나왔다.

"병신 새끼."

정말, 답도 없을 정도로 멍청한 놈이라는 생각이 들었다.

어떤 진실보다 거짓말이 소중했다니.

"손발이 찌그러질 것 같다, 인마."

누가 김시훈 아니랄까 봐 말을 해도 꼭 오그라드는 말만 기가 막히게 골라 한다.

"하하."

김시훈은 밝게 웃었다. 무거운 짐을 덜어낸 듯, 후련한 표정이었다.

강우는 실없이 웃고 있는 김시훈의 뒤통수를 가볍게 후려쳤다.

"뭐가 좋다고 웃냐."

참으로 멍청하지 않은가. 이제까지 그를 이용했던, 꼭두각시로 만들었던 장본인을 향해 고맙다며 실실 쪼개고 있는 꼬라지라니. 뇌가 있긴 한 건지 의심스러울 정도였다.

"정말……."

정말. 화가 치밀어 오를 정도로. 머저리 같다.

"잘 길들였나 보군. 목줄이 없어도 주인에게 덤벼들지 않는 걸 보니 말이야."

태무극이 한심스럽다는 듯 김시훈을 바라보며 말했다.

강우는 깊게 가라앉은 목소리로 입을 열었다.

"네가 시훈이의 기억을 되돌린 거였구나."

"그렇다."

태무극이 피식 웃었다.

"한심하기 짝이 없군. 천룡의 무공을 이어받은 무재(武才)가 이 정도로 멍청할 줄은 생각도 못……."

"야."

강우가 고개를 돌렸다.

태무극을 향해, 나지막이 말했다.

"알았으니까 잠깐만 아가리 싸물고 있어 봐."

태무극의 눈썹이 구겨졌다.

강우는 다시 김시훈을 향해 고개를 돌렸다.

한쪽만 남은 왼팔을 움직여 오른팔에서 흐르는 피를 손에 묻혔다. 김시훈의 입에 자신의 피를 흘려 넣었다.

"……형."

"너도 입 닥치고 자고 있어."

재생의 권능을 사용해 응급 처치를 한 후, 김시훈의 몸을 가볍게 두들겼다.

황금빛 장막이 그의 몸을 감쌌다. 고치처럼 황금빛 장막에 휩싸인 김시훈의 몸이 천천히 아래로 떨어졌다.

"하아."

깊은 한숨을 내쉬었다.

두 눈을 감았다. 왠지 모르게 짜증이 치밀어 올랐다. 참기 힘들 정도로 격렬하게.

"뭐, 이런 일이 없어도 죽이려고 했지만."

천천히 눈을 떴다.

검은자위에 노란색 눈동자. 가로로 찢어진 동공이 광기로 번들거렸다.

"널 뜯어 먹을 이유가 하나 더 늘긴 했네."

태무극을 돌아보며 말했다.

태무극은 아무 대답도 하지 않은 채 검을 들어 올렸다. 강우를 바라보는 그의 시선에서 숨길 수 없는 긴장이 느껴졌다.

깊게 숨을 들이쉰다. 폐가 터질 것처럼 크게.

그리고.

“흐아아아아아아아아아!!!”

왕의 포효가 대지를 뒤흔들었다.

천사와 악마, 마물과 인간. 그 모두가 숨을 죽여 침묵했다.

강우는 몸을 굽혔다.

허공을 짓밟으며, 폭발할 듯한 기세로 쏘아졌다.

“흡.”

태무극이 검을 들어 앞을 막았다.

눈 깜짝할 사이, 코앞까지 다가온 강우가 한쪽만 남은 왼팔을 뻗었다. 태무극이 다가오는 왼팔을 자르기 위해 검을 올려쳤다.

“움직여라.”

힘이 담긴 언어가 물리 법칙을 왜곡한다. 태무극의 앞에 나타났던 강우의 몸이 공간을 넘어 그의 뒤로 ‘움직’였다.

턱.

태무극의 목덜미를 잡았다. 목덜미를 잡은 채, 오른발을 크게 들어 올려, 있는 힘껏 내려찍는다.

콰아아아앙!!!

거대한 폭음과 함께 태무극과 강우의 몸이 하늘로 치솟았다.

푸른 하늘에서 구름으로 그 구름을 넘어 주변의 배경이 빠른 속도로 변했다.

이윽고. 대기권을 뚫으며 강우의 몸이 우주에 도달했다.

검은 허무로 가득 찬 공간. 생명은 살아 숨 쉴 수 없는 그 공간에 두 괴물이 대치했다.

"크읏!"

태무극이 몸을 돌리며 검을 휘둘렀다.

목덜미를 붙잡고 있던 강우의 왼팔을 잘랐다. 양팔이 잘린 단면에서 붉은 피가 쏟아졌다.

중력의 영향을 벗어난 탓일까, 잘린 단면에서 쏟아진 붉은 피는 바닥으로 쏟아지지 않고 공중으로 떠올랐다.

"이곳에 왔다고 뭐가 달라지리라 생각했나."

태무극은 코웃음 쳤다.

일반적인 생물이라면 이 공간에 있는 것만으로 바로 목숨을 잃겠지만, 그는 신이다. 그것도 최상격 신격을 지닌 신. 신성의 힘을 사용하면 이곳에서 호흡을 하는 것도, 말을 하는 것도, 자유롭게 움직이는 것도 가능했다.

"달라지는 건 있지."

강우는 고개를 들어 올렸다.

어두웠다. 깊게 숨을 들이쉬어 보지만, 당연히 숨은 쉬어지지 않았다.

호흡이 막혔다는 사실이 살짝 불쾌했지만 큰 상관은 없었다. 그런 사소한 문제보다.

"이곳이라면."

입가가 올라갔다. 아니, 단순히 올라간 것이 아니다. 한계까지 올라간 입가가 찢어진다.

뺨을 칼로 길게 찢은 것처럼 벌어졌다. 그 사이로, 날카롭게 돋은 짐승의 이빨이 나타났다.

"마음껏 날뛸 수 있거든."

강우는 낄낄 웃었다.

잘려 나간 양팔의 단면을 타고 흐르던 붉은 피가 점차 검은 빛으로 변했다.

"하아."

속에 남아 있던 숨을 토한 후 나지막이 입을 열었다.

"개문(開門)."

첫 번째 문이 열렸다.

· 9장 ·

탐식의 불

문이 열렸다. 벌어진 틈으로, 검은 바다가 범람했다.

아득한 힘이 끓어올랐다. 한계까지 풍선이 부풀어 오르듯, 전신에 강렬한 압박이 느껴졌다.

찔꺽.

피부가 검은 점액질로 변했다가 다시 원래의 모습으로 돌아왔다.

강우는 몸을 숙였다.

허공을 짓밟듯, 거칠게 발을 굴렀다.

터엉!

검은 파동이 원형으로 퍼졌다.

더 이상 그의 몸에서 찬란한 황금빛은 보이지 않았다. 부저갱과도 같은 짙은 어둠이 그를 감싸고 있었다.

"이제야 가면을 벗었군."

태무극은 깊게 가라앉은 목소리로 말했다.

그들이 있는 곳은 우주였기에 소리가 전달될 수 있을 리가 없었지만, 내공을 섞어 말하면 우주에서도 의사소통하는 것은 불가능하지 않았다.

태무극은 검 자루를 쥔 손에 힘을 더했다.

짙은 어둠에 둘러싸인 괴물을 응시했다.

'저것이.'

마해의 괴물의 진짜 모습. 문을 연다, 라는 말의 의미를 알 수 있을 것 같았다.

괴물의 몸이 순간적으로 검은 점액질로 변하자, 처음 괴물과 마주했을 때와 같은 오싹한 감각이 등골을 타고 흘렀다.

"쓰으으읍."

신성이 담긴 내공을 사용해 깊게 숨을 들이쉬었다. 실제 산소로 하는 호흡과는 다르지만, 효과 자체는 비슷했다.

전신이 뜨겁게 달아올랐다.

허공답보(虛空踏寶)를 사용해 몸을 움직였다.

좌악!

길게 늘어난 듯한 착각과 함께 태무극의 몸이 허공에 녹아들 듯 사라졌다. 공간 자체를 이동하기라도 한 듯, 눈 깜짝할 사이에 강우의 앞에 도달했다.

'천룡난무.'

검푸른 빛으로 타오르는 태무극의 검이 쪼개졌다.

수십, 수백, 수천. 우주의 공허를 채우듯, 검푸른 불꽃이 주변 전체를 휩쓸었다.

콰악! 콰아아악!

강우의 몸이 태무극의 검에 반으로 갈라졌다. 반으로 갈라진 그의 몸을 다시 반으로, 그 반에서 또 반으로. 용이 난동을 피우는 것처럼 무참하게 강우의 몸을 난도질했다.

그리고.

찔꺽.

"왜 그래."

수백 개의 조각으로 찢어졌던 강우의 몸이 검은 점액질로 변했다.

언제 잘렸냐는 듯, 강우는 멀쩡하게 돌아온 팔을 뻗었다. 손바닥이 길게 찢어지며 거대한 입이 나타났다.

태무극의 표정이 일그러졌다.

"소용없는 거 잘 알고 있잖아."

강우는 활짝 웃으며 앞으로 뻗은 팔을 횡으로 휘둘렀다. 찢어진 손바닥에서 나타난 거대한 입이 태무극의 몸을 노렸다.

태무극은 반사적으로 검을 들어 올렸다.

괴물의 이빨과, 검푸른 검이 격돌했다. 소리는 없었지만, 그 충격만큼은 순간적으로 공간을 비틀 정도로 강렬했다. 생물을 규격을 아득히 초월한 괴물들의 격돌에 끔찍한 열기가 주변을 휩쓸었다.

태무극의 눈살이 찌푸려졌다.

'불편하군.'

신화 시절부터 아득할 정도로 많은 전투를 경험해 봤지만, 우주에서 싸운 것은 이번이 처음이었다. 발을 디딜 대지가 없다는 것은 둘째 치고 팔다리가 마음대로 움직이지 않으니 불편하기 짝이 없었다.

'무엇보다.'

태무극은 가늘게 눈을 떴다.

다른 것은 어떻게 참을 수 있었지만, 소리가 들리지 않는 것은 무인인 그에게 있어서 치명적이었다.

'전장을 옮겨야겠군.'

태무극은 물구나무를 서듯 몸을 뒤집었다.

다시 원래 있던 장소로 돌아가기 위해 발을 박찼다. 유성이 떨어지듯, 빛의 꼬리가 길게 늘어지며 태무극의 몸이 지상으로 떨어졌다.

"어딜 가려고."

떨어지는 태무극을 따라, 강우가 거칠게 발을 굴렀다. 검은 점액질이 그물처럼 넓게 펼쳐지며 태무극을 향해 쏘아졌다.

"크읏."

태무극은 빠른 속도로 쫓아오는 검은 점액질 때문에 땅에 착지하는 것을 포기하고, 다시 몸을 돌려 검을 들어 올렸다.

화르르륵!

검푸른 빛으로 타오르는 검이 그를 향해 쏘아지는 검은 점액질을 갈랐다.

철퍽!

대기권 안으로 들어온 덕분일까. 검으로 점액질을 가르는 소리가 생생하게 귓가에 들렸다.

태무극은 더 이상 내려가는 것을 포기하고 강우를 향해 몸을 돌렸다.

터엉!

압축된 공기가 폭발하는 소리와 함께 발아래 깔린 짙은 구름이 원형으로 갈라졌다.

검을 들어 휘둘렀다.

괴물의 목을 베었다. 팔과 다리를 잘랐다. 심장을 찔렀다. 내장을 도려냈다.

찔꺽.

"소용, 없, 다니까."

괴물의 입가에 환한 미소가 지어졌다.

태무극은 괴물을 바라보며 작게 코웃음 쳤다.

"소용없지 않지."

조롱하듯 말을 이었다.

"과연 언제까지 불사를 유지할 수 있을까."

김시훈을 이용해 괴물의 정신을 뒤흔든다는 계획은 실패했다.

하지만. 괴물의 불사가 불완전하다는 사실은 여전했다.

강우는 굳게 입을 다물었다.

"너."

이내, 입가를 슬쩍 올리며 말했다.

"알고 있었구나?"

개문의 약점이 무엇인지, 태무극은 이미 파악하고 있었다. 죽지는 않지만 죽으면 죽을수록 이성이 마해에 집어삼켜진다는 사실을. 제어력이 갉아먹혀 사라진다는 사실을 그는 알고 있다.

"하아."

열락에 찬 숨을 토했다. 짜릿한 전율과 함께 심장이 맥동한다.

"그래, 그래야지."

그의 불사가 무한하다고 생각한다면, 애초에 그는 싸우는 것 자체를 포기할 것이다. 아무리 죽여도 죽지 않는 적과 싸우는 것은 무의미했으니까.

하지만 그 불사의 맹점을 알고 있다면. 그 불사가 완전하지도, 영원하지도 않다는 것을 이해하고 있다면.

'포기하지 않겠지.'

강우는 양팔을 넓게 벌렸다.

쩌적.

턱 끝에서부터 사타구니까지 몸이 반으로 갈라졌다. 반으로 갈라진 몸에서 검은 점액질이 폭발하듯 쏟아졌다.

날카로운 이빨과, 쩍 벌어진 입만으로 이루어진 점액질의 줄기가 태무극을 노리고 쏘아졌다.

"쓰으으으."

태무극이 숨을 들이쉬었다.

허리춤에 찬 검집에 검을 도로 넣으며, 몸을 낮게 숙였다. 엉덩이를 뒤로 뺀 채 양발의 간격을 벌렸다.

전신의 내공을 한 점에 집중했다.

'이번 공격으로.'

결판을 낸다.

"천룡멸섬(天龍滅閃)."

나지막이 중얼거리며 허리춤에 찬 검을 뽑았다.

검푸른 빛이 세상을 반으로 갈랐다. 해수면을 넘어 파도가 밀려오듯, 검의 궤적을 따라 검푸른 빛의 파도가 밀려왔다.

용의 형태로 만들어진 검푸른 빛이 검은 점액질을 집어삼켰다.

화르르르륵!

검푸른 빛에 집어삼켜진 검은 점액질이 잿더미로 변해 흩뿌려졌다.

"다시는 살아나지 못할 때까지."

파앙!

허공을 박차며, 질주했다. 반으로 갈라진 괴물의 몸에 검을 쑤셔 박았다.

태무극은 차갑게 빛나는 눈으로 괴물을 노려보았다.

"죽여주마."

괴물의 입가가 헤 벌어졌다.

검푸른 불꽃에 휩싸인 몸으로, 괴물은 팔을 뻗었다. 녹아내리고 재생되고를 반복하는 괴물의 팔에서는 검은 연기가 흘러나오고 있었다.

"얼마든지."

이어지는 괴물의 대답에, 태무극의 얼굴이 일그러졌다.

고개를 들어 괴물의 표정을 살폈다. 괴물은 몸 전체가 불에 집어삼켜지고 있는 와중에도, 더 이상 즐거울 수 없다는 듯 활짝 웃고 있었다. 자신이 죽기를 바란다는 것처럼. 죽음을 갈망하고 있었던 것처럼.

'마치.'

불을 향해 달려드는 불나방처럼.

"……미친놈."

태무극은 다시 한번 낮게 중얼거렸다. 미쳤다는 말 외에, 정확하게 괴물을 표현할 수 있는 방법은 없었다.

태무극은 불쾌하다는 듯 얼굴을 찡그렸다. 생리적인 혐오감이 그의 속을 뒤틀었다.

촤악!!

검을 움직였다. 괴물의 몸을 베었다. 검은 점액질로 변한 몸이 원래대로 돌아오기도 전에, 검을 다시 휘둘렀다.

촤악! 촤아악! 촤악!

베고, 베고, 베고, 베고, 베고, 베고. 언제 이토록 검을 휘둘렀는지 알 수 없게 될 때까지 검을 휘둘렀다.

괴물의 몸이 조각조각 찢겨 나갔다.

찔꺽.

더 이상 괴물은 인간의 모습을 하고 있지 않았다. 검은 점액질로 변한 괴물의 몸이 꿈틀거리며 움직였다. 조각조각 찢겨 나간 그의 몸이 간헐적으로 떨렸다.

"으, 아."

강우의 입에서 가느다란 신음이 새어 나왔다.

정신을 차릴 수 없을 정도로 빠르게, 몸이 난도질당하고 있었다. 온몸이 갈라지며, 다시 붙기를 반복했다. 남아 있는 이성이 빠른 속도로 마해에 갉아먹히고 있었다.

'역시.'

뜨거운 눈빛을 태무극에게 향했다.

'강하네.'

그가 마주한 절망은, 지나칠 정도로 강했다. 손을 쓸 틈도 없을 정도로 빠르게 죽음이 쌓여가고 있었다. 이대로는 아무것도 하지 못한 채 마해(魔海)에 집어삼켜지게 될 것이다.

[그렇다면, 어때?]

머릿속에 목소리가 들린다.

문을 열 때마다 들리는 목소리였다. 머리가 녹아내릴 것처럼 달콤한 목소리.

이성이 갉아먹힌 자리에, 욕망이 차올랐다. 강렬한 허기가 몸을 태웠다. 불에 타는 것 같았다. 아니, 불이 되는 것만 같았다.

강우는 피식 웃었다.

'생각해 보자.'

저 절망을 이길 수 있는 방법을. 눈앞에 마주한 한계를 뛰어넘을 수 있는 방법을.

검에 조각조각 찢겨가는 와중, 사고를 이어갔다.

정상적인 방법으로, 아무런 리스크 없이 태무극을 상대하는 것은 불가능했다. 그렇다면.

'리스크를 짊어져야지.'

몸을 태우는 불꽃 속으로, 스스로 뛰어들어야 한다. 그렇지 않으면 닿지 않는다. 닿을 수 없다.

양팔을 벌렸다. 손뼉을 치듯, 두 손을 겹친다.

'혼돈.'

폭(爆).

소리조차 집어삼키는 끔찍한 폭발이 주변을 휩쓸었다.

"크윽!!"

폭발에 휩쓸린 태무극의 입에서 짧은 신음이 흘러나왔다.

본능적으로 휘두른 검이 끔찍한 열기에 녹아내렸다. 만약 검을 휘둘러 폭발을 막아내지 않았더라면, 녹아내린 것은 자신의 몸일 것이다. 태무극의 등골을 타고 오싹한 공포가 퍼졌다.

고개를 들어 괴물을 바라보았다.

"크학, 큭, 크흐윽!"

공격을 받은 것은 태무극이건만, 상태는 오히려 강우 쪽이 심각했다.

강우는 가슴을 부여잡고 고통에 찬 비명을 토했다.

개문 중에 사용한 혼돈 스킬. 안 그래도 모자란 제어력이 순간적으로 바닥을 드러냈다.

"하아, 하아."

거친 숨을 토해냈다.

시야가 일그러진다. 한계에 도달한 이성이 비명을 지르고 있었다. 검은 바다가 그의 몸을 잠식하고 있었다.

쿨럭.

검은 피를 한 움큼 토해냈다.

"너는……."

태무극은 가늘게 뜬 눈으로 강우를 노려보았다.

"그렇군."

이해했다는 듯, 고개를 끄덕였다.

"불나방 같은 놈이었군."

방금 전 폭발이 괴물로서도 얼마나 큰 위험을 짊어졌는지는, 지금 괴물의 모습만 봐도 알 수 있었다.

놈은, 죽음을 각오하고 방금 전 폭발을 일으켰다. 활활 타오르는 불 속으로 망설임 없이 뛰어들었다.

'미친놈.'

제정신으로 할 수 있는 일이 아니다. 셀 수 없는 전장을 넘어온 그조차도, 죽음을 각오한 동귀어진을 저토록 아무렇지도 않게 사용할 수는 없었다.

"하."

강우의 입에서 헛웃음이 흘러나왔다.

불나방 같은 놈이라니. 언젠가 리리스에게 들었던 말이 자연스럽게 떠올랐다.

'마왕님은, 불을 향해 달려드는 불나방 같아요.'

그녀는 잔뜩 화가 난 목소리로 그렇게 말했다.

공교롭게도, 태무극 또한 같은 말을 했다.

"푸흡."

무심코, 웃음이 터져 나왔다.

천천히 손을 들어 올렸다. 아니, 그것은 더 이상 손이라고는 부를 수 없는 무언가였다. 마해에 잠식된 그의 신체는 검은 점토를 어설프게 짓뭉갠 듯한 끔찍한 모습을 하고 있었다.

"그건, 아니야."

고개를 저었다.

불을 향해 달려드는 불나방 같다니. 마치 죽기 위해서, 죽는 것만을 갈망하며 살아가는 것 같지 않은가.

"뒤지려고 이러는 게 아니야, 새끼야."

죽기 위해 사는 것이 아니다. 죽으려고 위험을 감수하는 것이 아니다. 단 한 번도. 죽음을 갈망하며 목숨을 건 적은 없다.

들어 올린 손을 심장에 가져다 대었다.

[그렇다면, 어때?]

다시 한번 목소리가 들린다.

강우는 지그시 눈을 감았다.

죽기 위해 불길 속으로 뛰어드는 것이 아니다.

'나는.'

불이 되기 위해 뛰어드는 것이다.

온 세상을 집어삼킬, 거대한 불이 되기 위해.

[문을 하나만 더 여는 건?]

목소리가 이어졌다.

입가를 올렸다.
머릿속에서 들려오는 목소리를 향해, 망설임 없이 답했다.
"그래."
열자.

두 번째 문이 열렸다.
[띠링.]

[시스템이 오류를 확인합니다.]
[플레이어 오강우의 신명(神名)에서 오류를 발견했습니다.]
[새로운 신명을 확인합니다.]
[플레이어 오강우에게 '탐식(貪食)'의 신명을 부여합니다.]
[신격이 중(中)급에서 최상(最上)급으로 격상합니다.]

"무, 슨."
태무극의 표정이 딱딱하게 굳었다.
인간의 형상조차 제대로 유지하지 못할 정도로 밀리고 있던 괴물이 가슴에 손을 올리자 무언가, 변했다.
'뭐지.'
이해할 수 없다는 듯 괴물을 응시했다.
그가 공격을 멈추자 괴물의 몸은 천천히 인간의 모습으로 돌아가고 있었다.
변한 것은 없었다. 적어도, 겉으로는.

꿀꺽.

마른 침을 삼켰다. 딱딱딱. 이가 부딪혔다. 손발이 떨렸다. 숨이 제대로 쉬어지지 않는다.

분명 변한 것은 없을 텐데. 일방적으로 괴물을 몰아붙이고 있었을 텐데. 어째서인지, 너무도, 너무나도 '두려'웠다.

"하아, 하아."

태무극은 검푸른 빛으로 타오르는 검 자루를 움켜쥔 채, 입술을 깨물었다.

자세를 낮게 낮춰 긴장으로 몸을 데웠다.

감정이라는 것이 메말랐다고 생각한 그였지만, 지금 이 순간만큼은 뱀을 마주한 개구리처럼 숨을 쉬기조차 힘들었다.

"흐, 아."

괴물이 고개를 쳐드는 것이 보였다.

카득, 카드득.

섬뜩한 뼈 소리가 괴물의 몸에서 흘러나왔다.

괴물은 자신의 몸을 몇 번 더듬더니, 이내 입가를 올렸다.

"두 번째도 견딜 만하네. 신격이 올라서 그런가?"

무슨 의미인지 이해할 수 없는 말을 중얼거렸다.

태무극은 눈살을 찌푸렸다.

두 번째도 견딜 만하다는 것이 무슨 의미인지는 알 수 없었지만, 다음 이어지는 말은 이해할 수 있었다.

'신격이…… 올랐다고?'

그럴 리가, 태무극은 있을 수 없는 일이라는 듯 고개를 저었다.

괴물은 공포의 성좌를 먹어치우고 신격을 빼었다. 하지만 지금은, 그의 신격을 올릴 만한 그 무엇도 하지 않았다.

그럼에도 신격이 올랐다는 것은.

'놈이…….'

그에 걸맞은, 혹은 그보다 뛰어난 '격'을 갖추고 있어야 가능한 일이다.

태무극은 초조한 표정으로 입술을 잘근거렸다.

내공을 눈에 집중해 괴물을 살폈다.

"흐읍!"

태무극의 두 눈이 부릅뜨였다.

내공을 집중에 살펴본 괴물의 몸. 그 안에 담긴 무저갱과도 같은 검은 바다가 보였다.

'아니, 그게 중요한 게 아니야.'

덜덜덜. 몸을 떨었다.

창백하게 질린 표정으로 꿀꺽 침을 삼켰다.

검은 바다가 문제가 아니었다.

검은 바다의 중심. 몸을 웅크린 괴물의 모습이 보였다.

괴물의 몸은 뜨거운 불길에 타오르고 있었다. 아니, 불길에 타오르는 것이 아니다.

'불이…… 되고 있는 거다.'

온 세상을 집어삼킬 탐욕스러운 겁화(劫火)가.

"대체 무슨……."

말이 이어지지 않았다. 등골을 타고 흐르는 공포에, 사고가 점멸했다. 굶주린 아귀와 같은 괴물의 눈빛이 낙인처럼 머릿속에 새겨졌다. 그때.

째적.

"자,"

괴물의 입이 벌어졌다.

"다시 시작하자."

괴물이 웃는다.

태무극은 다급히 검을 들어 올렸다. 검푸른 불꽃이 검신을 덮었다.

뚜둑.

섬뜩한 소리와 함께, 괴물의 몸에서 검은 뼛조각이 튀어나왔다. 마치 해일이 덮치는 것처럼 어마어마한 숫자의 검은 뼛조각이 공간을 뒤덮었다.

"이건……."

태무극은 떨리는 눈으로 주변을 살폈다.

위, 아래, 양옆. 어디 하나 할 것 없이 모조리 검은 뼛조각으로 가로막혀 있었다. 마치 거대한 짐승의 배 속으로 들어온 감각.

태무극은 검 자루를 쥔 손에 힘을 더했다.

카드득, 카득.

검은 뼛조각의 크기는 검지 한 마디 정도. 수억은 가볍게 넘을 법한 검은 뼛조각이 모여 살아 있는 것처럼 꿈틀거리는 광경은 상상 이상으로 그로테스크했다. 수억 마리의 바퀴벌레의 무리가 주변을 둘러싼 것 같은 느낌이었다.

"이번, 에는 도망, 못, 치겠지?"

뚝뚝 끊어지는 목소리가 들렸다.

태무극은 목소리가 들린 방향으로 고개를 돌렸다.

그곳에는, 입이. 있었다.

"이런 씨……."

절로 욕지기가 치밀어 올랐다.

괴물의 몸이 검은 뼛조각으로 뒤덮여 있었다.

꿈틀거리는 뼛조각 사이로, 새하얀 이빨이 보였다. 몸 전체가 하나의 거대한 입이 된 것 같은 모습.

오싹한 감각이 등골을 스쳤다.

다급히 검을 고쳐 잡았다.

"천룡."

양팔을 머리 위로 들었다.

전신의 내공을 검에 집중했다. 수백 미터 길이로 길어진 검강이 그를 둘러싸고 있는 뼛조각과 부딪쳤다.

카가가가각!!

뼛조각에 불꽃이 튀어 올랐다.

태무극은 한 점에 검강을 압축했다.

수백 미터에 달하던 검강이 한 점에 모였다. 대륙소자도 반으로 갈라 버릴 수 있는 힘이 담긴 검격.

머리 위로 들어 올린 팔을 내리며 외쳤다.

"일섬!"

크그그그긍!

무시무시한 힘이 담긴 검격이 일직선으로 뻗어 나갔다.

주변에 휘몰아치는 열기에 짙게 깔린 구름이 모조리 증발해 사라졌다. 공간조차 비틀리며 일그러졌다. 말 그대로 세상 모든 것을 갈라 버릴 힘이 담긴 절대(絶對)의 검격. 거대한 입으로 변한 괴물을 향해 혼신의 힘이 담긴 검격이 쏘아졌다. 그리고.

사라졌다.

"……뭐?"

태무극은 두 눈을 부릅떴다. 이해할 수 없는 일이, 이해해서도 안 되는 일이 눈앞에서 펼쳐졌다. 신화의 시절, 마신 바울리조차 감히 무시하지 못했던 그의 검격이 증발하듯 '사라'졌다. 마치 처음부터 사용하지 않았던 것처럼.

"아니……. 아니야."

태무극의 몸이 떨렸다. 전율이 몸을 뒤흔들었다.

공포에 질린 목소리로 말을 이었다.

"사라진 게…… 아니야."

사라진 것이 아니다.

태무극은 떨리는 눈으로 괴물을 바라보았다.

으적, 으저적, 쿠릅.

괴물은 맛있다는 듯, 즐겁게 입을 꾸물거리고 있었다.

태무극의 얼굴에 경악이 퍼졌다.

"먹었, 다고?"

천룡 태무극. 가이아, 세라핌과 더불어 삼원(三元)의 신 중 하나의 공격을. 그것도 전력을 쥐어짜 내어 펼친 일격을.

어떻게 '먹을' 수 있단 말인가.

"대체 이게 무슨……."

오싹한 소름이 피부를 타고 퍼졌다.

거친 숨을 내쉬며 괴물을 바라보았다.

"으적, 큽, 꿀꺽."

거대한 입의 형태를 하고 있던 괴물이 다시 인간의 모습으로 돌아왔다.

방긋 입가를 올리며 팡팡 배를 두들겼다.

"꺼억."

만찬을 즐겼다는 듯 트림까지 한다.

"히야, 진짜 끝내주네. 내공의 이 정제된 맛이 아주 일품이야."

실실 웃으며 입가를 핥았다.

태무극은 벌어진 입을 다물지 못한 채 물었다.

"네, 놈. 대체 무슨 수를……."

괴물이 공포의 성좌를 통째로 잡아먹는 모습을 보긴 했다.

하지만 그것과 이건 전혀 다른 문제였다. 피륙으로 이루어진 육체를 먹는 것과 순수한 에너지로 이루어진 공격을 먹어버리는 것은 개념 자체가 다르다.

모든 힘의 근간은 물리력이다. 천룡일섬처럼 공간 자체를 비틀어 버릴 수 있는 힘조차 먹히지 않는다는 것은, 실질적으로 괴물을 죽일 수 있는 방법은 전무하다는 것을 의미한다.

"이런, 미친!"

태무극은 발작을 일으키듯 다급히 검을 휘둘렀다.

검푸른 검강의 다발이 괴물을 향해 쏟아졌다.
“그래.”
괴물의 몸이 반으로 갈라졌다. 쇄골 부근에서 배꼽 아래까지.
쩌억.
반으로 갈라진 몸에서 거대한 입이 나타났다.
“메인을 먹으면 디저트가 나와야지.”
괴물을 향해 쏘아낸 수십 개의 검강이 괴물의 몸속으로 빨려들 듯 사라졌다.
“크흣!”
거칠게 발을 굴렀다. 검푸른 빛으로 타오르는 검을 직접 괴물의 몸에 찔러넣었다.
우드득.
검신의 반이 잘려 나갔다. 신화의 시절부터 사용해 온 그의 검, ‘천룡검(天龍劍)’이 괴물의 입에 뜯어 먹혔다.
태무극의 얼굴이 경악으로 물들었다.
“말도 안 돼…….”
태무극의 다리에서 힘이 풀렸다. 힘없이 팔을 늘어뜨렸다.
죽지 않는 것이 문제가 아니었다. 공격 자체가 의미 없었다. 어떤 공격도 괴물의 몸을 이루고 있는 ‘입’에 잡아먹혀 사라져 버리고 말았다.
태무극은 공포에 질린 표정으로 몸을 돌렸다.
뒤로 돌아, 도망치기 시작했다.
“제길! 제길!”

하지만 주변을 둘러싼 검은 뼛조각에 가로막혀 도망칠 수조차 없었다.

괴물이 그를 향해 천천히 발걸음을 옮기기 시작했다.

"왜 그래. 더 할 수 있잖아."

광기에 찬 목소리로. 굶주린 짐승이 으르렁거리듯, 괴물이 말했다.

타오를 듯한 욕망으로 눈이 번들거렸다. 질책하듯, 힐난하듯 그를 노려본다.

"조금 더 열심히 싸워봐."

조금 더 날 몰아붙여 봐. 한계를, 그 한계 너머까지. 최악의 최악까지. 나를 짓밟아 봐.

괴물은 간절하기까지 한 눈빛으로 태무극을 바라보았다.

태무극은 반만 남은 천룡검을 움켜쥐며 입술을 짓씹었다. 괴물의 말이 치욕스럽다기보다, 더없이 소름 돋게 느껴졌다. 무섭게 느껴졌다.

"하아."

괴물은 깊은 한숨을 내쉬었다. 안타깝다는 듯, 고개를 저었다.

괴물이 천천히 손을 뻗었다. 검은 뼛조각이 그의 손 앞에 뭉쳤다.

'저건…….'

태무극의 눈이 커졌다.

괴물의 손 앞에 모인 뼛조각. 그 뼛조각 하나하나에 '힘'이 담기는 것이 느껴졌다. 태무극 또한 익히 알고 있는 힘이었다.

'악마의…… 권능?'

악마들 중 극히 드문 존재만 타고난다는 권능. 그 권능의 힘이 뼛조각 하나하나에 서려 있었다.

"어떻게……."

이토록 많은 권능을, 한 존재가 지닐 수 있단 말인가.

카드득, 카득.

뼛조각이 괴물의 손바닥 위에서 부딪혔다.

태무극은 꿀꺽 침을 삼켰다.

'육백 개 이상.'

어처구니없을 정도로 많은 숫자였다.

수백 개의 권능이 담긴 뼛조각들이 거칠게 부딪혔다. 충돌하고, 뒤엉켰다. 그리고.

화르르륵!

그렇게 뭉친 권능들은 이윽고 불이 되었다.

태무극의 기감으로 본, 세상 전체를 집어삼킬 겁화(劫火)가.

'탐식(貪食)의 불.'

누가 말한 것도 아닌데, 무심코 그런 단어가 머리를 스쳤다. 온 세상을 집어삼킬 듯 타오르는 불꽃의 이름으로 그보다 적합한 건 없다는 생각이 들었다.

괴물의 손바닥 위에서 타오르기 시작한 탐식의 불은 이윽고 괴물의 팔을 타고 몸 전체로 퍼졌다.

그렇게 괴물은, 하나의 불이 되었다. 황금빛과 검은빛이 뒤섞인 거대한 불이.

태무극은 뒷걸음질 쳤다.

몸 전체가 하나의 불로 이루어진 괴물. 그 괴물의 중심에는 날카로운 이빨만이 불로 변하지 않은 채 섬뜩하게 빛나고 있었다.

'이길 수 없다.'

초월경에 도달한 초감각으로 아무리 이미지를 구현해도 저 괴물을 이길 방법이 생각나지 않았다.

'그렇다면.'

태무극은 검 자루를 쥔 손에 힘을 풀었다.

"후우."

깊은숨을 토해냈다.

태무극은 입술을 짓씹었다. 더 이상 싸울 수도, 도망칠 수도 없었다.

'어쩔 수 없군.'

설사 죽는다고 해도 사용하지 않겠다 맹세했지만. 지금은 다른 방법이 없었다. 괴물을 상대하기 위해서는, 그도 괴물이 되는 방법 외에는 없다.

"조금 더 싸워달라고 했나."

차가운 목소리로 태무극이 말했다.

그를 향해 천천히 발걸음을 옮기던 괴물이 멈춰 서더니 기대감에 찬 표정으로 태무극을 응시했다.

"원한다면, 그리해 주지."

태무극이 가슴에 손을 올렸다.

두 눈을 지그시 감았다.

다른 선택지가 없음을 알고 있지만, 그럼에도 갈등이 생기지 않을 수가 없었다.

아득한 세월 동안 쌓아 올린 무(武)의 경지. 그 모든 것을 버리고. 괴물이 되는 것.

'결국.'

태무극은 천천히 눈을 떴다. 쓸쓸한 눈빛으로 고개를 들었다.

결국, 그토록 아득한 세월 동안 무(武)의 길을 걸어왔지만. 닿지 못했다.

'……김시훈이라고 했던가.'

그라면 닿을 수 있을까. 그의 앞을 가로막은 거대한, 아득하기까지한 벽. 그 벽을 넘을 너머 무(武)의 끝에 도달할 수 있을까.

알 수 없었다. 아니, 이제는 알 필요도 없는 일이다.

이 선택을 하는 순간 그는 앞으로 영원히 그곳에 도달할 수 없을 테니까.

그렇게 태무극은.

손에 쥔 검을, 놓았다.

"해방(解放)."

콰과과과과과!!!

마신의 신격이 해방됐다. 거대한 마기가 전신에 휘몰아쳤다.

우득, 우드득!

태무극의 이마에서 산양의 뿔이 돋아났다. 등 뒤에는 박쥐의 날개가, 엉덩이에는 파충류를 연상케 하는 기다란 꼬리가 자라났다.

"흐, 아."

전신에 휘몰아치는 막대한 힘에 태무극은 전율했다.

"아, 아아."

미칠 듯한 쾌락이 등골을 타고 몸 전체에 퍼졌다.

아찔할 정도로 강력한 힘.

"나는, 왜……."

이토록 강한 힘을 거부했던 걸까. 무(武)의 끝을 보고 말겠다는 멍청한 일념으로 이런 아득한 힘에서 등을 돌리고 있었던 걸까.

"하하. 하하하하하!!"

태무극은 배를 붙잡으며 폭소를 터뜨렸다.

거대한 욕망이 끓어올랐다.

눈앞의 세상이 달라 보였다. 이제까지 악마가 되지 않았던 것이 이해가 되지 않을 정도로 즐겁다.

"죽어라!"

태무극은 환희에 찬 표정으로 주먹을 쥐었다.

지금이라면. 지금 이 아득한 힘이라면. 저 불가해(不可解)의 괴물이라도 이길 수 있으리라는 생각이 들었다.

콰앙!!

태무극은 거칠게 발을 박찼다. 그의 발에 닿은 검은 뼛조각들이 흔적도 없이 터져 나갔다.

굳게 쥔 주먹으로 괴물의 머리를 후려쳤다. 그리고.

콰자작.

"……어?"

팔이.

사라졌다.

태무극은 멍한 시선으로 팔꿈치 아래로 사라진 자신의 팔을 내려다보았다. 이해할 수 없는 상황에, 머리가 복잡하다.

"우드드득, 우득…… 응?"

입을 우물거리던 괴물이 퉤, 침을 뱉었다.

실망스럽다는 듯 눈살을 찌푸렸다.

"뭐야."

괴물이 손을 뻗었다.

태무극의 뿔을 거칠게 잡아끌며, 가늘게 눈을 떴다.

"맛이 변했잖아?"

상했나?

"너, 뭔 짓을 한 거냐."

강우는 눈살을 찌푸렸다. 정신을 차리고 보니, 태무극의 맛이 완전히 달라져 있었다.

'뭔 일이 있던 거지.'

고개를 갸웃거렸다.

방금 전까지만 해도 고급 요리처럼 깔끔하고 정제된 맛을 자랑하던 태무극의 기운이 갑작스럽게 조잡해지고, 난잡해졌다. 뒤섞였다는 표현보다는 변질됐다는 표현이 옳으리라.

손을 들어 얼굴을 덮었다.

맹렬히 타오르는 겁화 속에서 강우의 얼굴이 드러났다.

그제야 시야가 보였다.

"뭐야 너."

강우는 태무극의 모습을 보고는, 거칠게 표정을 일그러뜨렸다.

그의 등 뒤에 돋은 박쥐의 날개와 이마를 뚫고 나온 산양의 뿔을 보았다.

"……설마."

안타깝다는 듯, 탄성을 흘렸다.

"악마가 된 거냐."

으드득.

강우는 사납게 이를 갈았다.

"이런 씨……."

거친 욕설을 입에 담았다. 뒤바뀐 태무극의 몸이 마음에 들지 않는다는 듯이 거칠게 발을 굴렀다.

"왜…… 왜 악마가 된 거야 이 병신아!"

그토록 즐겁게 전투를 즐기고 있었는데. 더 없는 쾌락과 광기 속에서 허기를 채우고 있었는데.

"악마가 되어버리면."

검을 놓아버리고. 괴물로 전락해 버린다면.

"이미 승부가 끝나 버렸잖아."

실망스럽다는 듯, 아니, 절망스럽다는 듯 태무극을 노려보았다.

'조금만 더 있었으면.'

조금만 더 전투를 지속했다면.

강우는 자신의 몸을 내려다보았다.

황금빛과 검은빛이 뒤섞인 겁화(劫火). 이제까지 그가 잡아먹은 악마들의 권능이 뒤엉키고 뒤섞여 만들어진 '탐식(貪食)의 불'.

'완벽하게 손에 넣을 수 있었는데.'

그의 몸을 휘감고 있던 불길이 점차 약해져 간다. 한껏 달아올랐던 몸에 찬물이 끼얹어진 듯, 허무한 감각이 몸을 맴돈다. 이제 불씨만 남은 탐식의 불을 아쉽다는 듯 내려다보았다.

탐욕의 대공 마몬이 사용하던 불길의 권능과는 그 격이 다르다. 마해(魔海)에 담긴 모든 권능과 성력, 마기를 충동시켜 만들어낸 불꽃. 혼돈으로 만들어낸 폭발조차 그 불꽃 앞에는 하찮았다.

온 세상을 불태워 버릴 법한 힘을 지닌 그 불꽃이 손끝에서 아련히 사라졌다. 강우는 못내 아쉽다는 표정으로 아련히 사라진 불꽃을 바라보았다.

쯧, 혀를 찼다.

'뭐, 그래도.'

강우는 가볍게 손을 휘저었다. 그의 손이 황금빛과 검은색이 뒤섞인 불꽃으로 변했다.

'완전히는 아니지만.'

어느 정도라면, 탐식의 불을 흉내 내는 것이 가능했다.

'이 정도면 충분하겠지.'

악마가 된 태무극을 상대하는 것은 이 정도 불꽃이면 충분하다. 아니, 사실 탐식의 불 따위는 사용할 필요도 없었다.

'지금 저놈이라면.'

두 번째 문을 열지 않고도 싸워 이길 자신이 있었다. 그 정도로 태무극은 '하찮'아졌다.

"뭐, 야."

태무극의 눈빛이 떨렸다.

이해할 수 없다는 듯, 강우를 바라보았다.

"왜……?"

분명 자신은 강해졌다. 마신의 신격을 해방하며 흘러들어온 막대한 힘이 휘몰아치고 있었다. 말 그대로 별 하나를 가루도 남기지 않고 소멸시킬 수 있을 정도로 거대한 힘.

'그런데 왜.'

저 괴물에게는 통하지 않는단 말인가.

태무극은 괴물의 입에 씹어 삼켜진 팔을 부여잡으며 덜덜 몸을 떨었다. 거칠게 입술을 짓씹었다.

"승부가 끝났다는 건…… 무슨 말이냐."

이글거리는 눈빛으로 강우를 노려보았다.

아직 승부는 끝나지 않았다. 마신의 신격을 해방한 지금, 그는 과거와는 비교할 수도 없는 힘을 손에 넣었다. 승부가 끝났다는 건 그가 해야 할 말이었다.

"말 그대로지, 뭐."

강우는 심드렁한 표정으로 말했다.

악마가 되어버린 태무극을 향해 한심하다는 표정으로 말을 이었다.

"넌 차라리 악마가 되기 전이 더 나았어."

그때 그는, 경이로웠다. 전율스러웠다.

하지만.

"지금은 그냥 힘만 센 머저리 새끼가 됐지."

"……개, 소리!"

쿠웅!

태무극이 거칠게 발을 굴렀다. 숨 막히는 힘이 그의 전신에서 뿜어져 나왔다. 마신 바울리가 그에게 하사한 힘. 신화보다 더 아득한 과거, 티탄들만 지니고 있다는 초월(超越)급 신격이 그의 손에 쥐어졌다.

그런데.

'힘만 센 머저리라고?'

그럴 리가 없다. 그래서는 안 된다.

자신은 이 힘을 얻기 위해 아득한 시간을 함께해 온 검을 손에서 놓았어야 했으니까.

태무극은 이를 물었다.

남은 팔 하나를 들어 강우를 향해 뻗었다.

"그럴 리가 없단 말이다!!"

쿠구구구궁!!

검은 파동이 휘몰아쳤다.

마신의 신격을 통해 손에 넣은 거대한 마기를 강우를 향해 쏘아냈다. 에르노어 대륙 전체를 가루조차 남기지 않고 소멸시킬 수 있는 에너지가 담긴 마기의 파동이 강우를 향했다.

그리고.

"없긴 뭐가 없어, 새끼야."

픽.

그가 내뿜은 마기의 파동은 흔적조차 남기지 않고 사라졌다. 마치 거대한 바다에 물을 한 바가지 쏟아낸 것처럼, 아무런 변화도 없이.

강우는 마음에 들지 않는다는 듯 퉤, 침을 뱉었다.

"맛이 이렇게 썩었는데."

태무극의 표정이 경악에 물들었다.

차오르는 무력감에 힘이 풀렸다.

풀썩.

그는 무릎을 꿇었다.

멍한 시선으로 고개를 떨궜다.

"……대체, 왜."

"아직도 그걸 모르겠어?"

강우는 한심스럽다는 듯이 태무극을 바라보았다.

"이제까지 네가 힘이 세서 날 이기고 있다고 생각한 거냐?"

피식 웃음을 흘리며 고개를 저었다.

자신이 태무극에게 닿을 수 없던 이유는, 그가 단순히 강하기 때문이 아니었다. 단순한 힘의 차이였다면 마해의 첫 번째 문을 개방한 순간 자신이 이겼을 것이다. 마해 안에 담긴 힘은, 말 그대로 무한(無限)에 가까웠으니까.

'하지만.'

자신은 태무극에게 닿지 못했다. 목숨을 걸고 두 번째 문을 개방해야 했을 정도로 압도적인 차이로 패배했다.

애초에 태무극이 자신을 이길 수 있었던 이유는 힘이 아니었다.

"아니지. 그럴 리가 없잖아."

아득한 시간을 쌓아 올린 무공의 경지. 찬란하고, 경이로운 그 경지가 있었기에 자신을 이길 수 있었다. 짓밟고, 박살 낼 수 있었다.

'무공은 내가 모르는 영역이니까.'

김시훈에게 배워 조금 익히긴 했더라도, 결국 수박 겉핥기 식으로 익힌 것에 불과했다. 태무극이 이룩한 경지와 비교하면 무공에 대해 전혀 모르고 있다고 해도 좋을 정도로.

'아마 내가 평생을 무공에 투자한다고 해도.'

결코 태무극이 이룩한 경지에는 도달할 수 없을 것이다.

그만큼 그가 이룩한 경지는 경이로웠다.

"근데 그걸 버려?"

깊은 한숨을 내쉬며 혀를 찼다.

그가 검을 버리고, 악마가 되는 순간 마기를 기반으로 한 힘 싸움을 하자는 말과 다를 바가 없다.

'그리고.'

그런 싸움에, 자신이 패배할 리가 없다.

"병신 새끼."

조롱하는 것이 아닌, 진심으로 한심하다는 목소리로 말했다.

태무극은 충격을 받은 듯 멍한 눈빛으로 자신의 몸을 내려다보았다. 검을 버리며, 그가 이제까지 쌓아 올린 모든 것을 포기하며 얻은 힘이었다.

'그런데.'

그것을 포기한 탓에 괴물을 이길 수 있는 희망마저 사라졌다니. 머리가 타들어 가는 듯 뜨거웠다. 끔찍한 자괴감에 숨을 쉬는 것조차 힘들었다. 시야가 흔들린다. 분노가, 걷잡을 수 없는 분노가 치밀어 올랐다.

"닥쳐, 라."

태무극은 몸을 일으켰다.

자신의 실책을, 그릇된 판단을 인정하지 않았다. 인정할 수 없었다.

괴물을 상대하기 위해서는, 자신이 괴물이 되는 길 외에는 없었다. 검을 손에서 놓아버리는 방법 외에는 없었다.

"언제까지 그런 여유로운 모습을 연기할 수 있는지 두고 보도록 하지."

태무극은 박쥐의 날개를 크게 펄럭이며 몸을 일으켰다.

강우는 그런 그의 모습에 헛웃음을 흘렸다.

"뭐야, 이제 하다 하다 기억 날조까지 하는 거냐?"

악마가 되고 난 후 자신과의 격차가 더욱 벌어졌다는 것을 태무극이 모를 리 없었다. 그럼에도 그가 자신의 실책을, 검을 놓아버린 머저리 같은 판단을 인정하지 않는 이유는 깊게 생각하지 않아도 예상할 수 있었다.

"역겨운 새끼."

강우는 경멸 어린 표정으로 태무극을 노려보았다.

실망스럽다는 듯 고개를 절레절레 저었다.

"너한테 불리한 기억이면 그냥 제멋대로 조작하는 거지?"

그럴 리 없다고, 자신은 잘못되지 않았다고 자위하는 것에 불과하다. 한심하기 짝이 없는 행동. 태무극의 뻔뻔함과 역겨움에 속이 뒤틀렸다.

[띠링.]

[아니, 네가 그런 말을 할 처지는 아니……]

"실망이다, 태무극."

강우는 주먹을 움켜쥐었다.

화르르륵.

그의 주먹에 탐식의 불꽃이 서렸다.

황금빛과 검은빛이 뒤섞인 불꽃이 사납게 타올랐다. 아직 더 부족하다는 듯, 조금 더 먹고 싶다는 듯.

"자기 자신조차 제대로 보지 못하는 놈이, 무슨 수로 상대를 똑바로 바라볼 수 있을까."

태무극을 질책하듯 말했다.

[그러니까 네가 할 말이 아니……]

콰앙!

강우는 거칠게 발을 박찼다.

굳게 쥔 주먹을 휘둘렀다. 탐식의 불이 길게 꼬리를 늘어뜨리며 이어졌다.

"크르르르르!!"

태무극은 마치 마물과도 같은 괴성을 흘리며 한쪽 팔을 들었다. 박쥐의 날개로 자신의 몸을 보호하며 기운을 폭발시켰다.

크그그그긍!!

거대한 마기가 끓어올랐다.

화르르륵!

"크윽!"

그리고 그렇게 끓어오른 마기는 허망할 정도로 쉽게 탐식의 불에 잡아먹혀 사라졌다.

'대체 뭐 저딴 기술이……!'

태무극은 아연한 표정으로 뒷걸음질 쳤다.

괴물이 만들어낸 불은 지나치게 이질적이었다. 아니, 괴랄할 정도였다. 어떤 공격도 저 불꽃 앞에서는 의미가 없다. 모조리 '잡아먹혀' 버린다. 마치 밀려오는 거대한 해일을 향해 물대포를 쏘고 있는 듯한 감각이다.

자신이 쏘아낸 마기를 잡아먹고, 탐식의 불은 더욱 몸집을 키우며 그를 노렸다.

'저 불을 뚫고 괴물을 죽이기 위해서는.'

탐식의 불이 한 번에 흡수할 수 있는 양보다 더욱 강력한 힘으로 단번에 공격하는 방법 외에는 없다.

'하지만 어떻게.'

혼신의 힘을 다한 검격으로도, 마신의 신격을 해방하고 난 이후에도 저 탐식의 불을 뚫을 수는 없었다.

'방법이 없어.'

태무극은 고개를 떨궜다. 아무리 생각을 이어가도, 괴물을 죽일 방법이 떠오르지 않았다.

그때였다.

쿠르륵.

"……어?"

태무극의 눈이 커졌다. 그의 가슴 쪽에서 무언가 꿈틀거리는 것이 느껴졌다.

'설마.'

그의 눈이 반짝였다.

태무극은 한쪽만 남은 팔로 꿈틀거리고 있는 물건을 꺼냈다.

"아, 아아."

짧은 탄성이 흘러나왔다.

그곳에는 마치 살아 있는 것처럼 펄떡이는 검은 덩어리가 있었다. 검은 덩어리는 거칠게 맥동하며 주변의 기운을 빠른 속도로 빨아들이고 있었다.

"마해의 열쇠가……."

마신의 유산이 완성되어가고 있다.

태무극은 떨리는 눈으로 맥동하는 검은 덩어리를 바라보았다. 고개를 든 그의 눈빛에 희망의 빛이 서렸다.

'마신의 유산이라면.'

바울리의 힘이 담긴 저 검은 덩어리라면.

'저 괴물을 죽일 수 있다.'

태무극은 환희에 찬 미소를 지으며 검은 덩어리를 향해 손을 뻗었다. 그리고 검은 덩어리를 손에 쥐었다.

"흐, 흐하하하하하!"

웃음이 터져 나왔다.

마신의 유산을 통해 전해지는 압도적인 힘! 마신의 신격을 해방했을 때처럼, 아니, 그보다 더욱 거대한 힘이 전신에 퍼졌다.

미칠 듯한 전능감. 지금이라면, 저 괴물이 만들어낸 불을 간단하게 꺼뜨릴 수 있을 거라는 생각이 머릿속을 가득 채웠다.

태무극은 폭소를 터뜨리며 손에 쥔 검은 덩어리를 몸쪽으로 끌어당기려고 했다.

하지만.

"……어?"

당겨지지 않는다.

그의 손에 잡힌 검은 덩어리는 마음에 들지 않는다는 듯이 몸을 비틀고 있었다. 거대한 압박에 손이 벌어졌다.

"자, 잠깐!"

손에 쥔 마신의 유산이 빠져나갔다.

검은 덩어리는 공중에 떠올라 유유히 움직였다.

마치.

"아, 안 돼."

주인을 찾아가려는 강아지처럼, 검은 덩어리는 강우를 향해 뿔뿔뿔 날아갔다.

태무극의 표정이 절망에 물들었다.

"안 돼에에에에에!!"

턱.

강우는 자신을 향해 날아오는 검은 덩어리를 쥐었다.

검은 덩어리는 그의 손바닥 사이에서 꿈틀거리며 애교를 부리듯 그의 손에 몸을 비볐다.

"뭐야 이건 또?"

고개를 갸웃거렸다.

강우는 손에 쥔 검은 덩어리를 바라보며 고개를 갸웃거렸다. 덩어리는 손가락 틈 사이사이로 움직이며, 애교를 부리듯 몸을 비비고 있었다.

'뭐지.'

뭔가. 굉장히 익숙한 감각이 느껴진다. 마치 반으로 쪼개진 물건의 반대편을 찾은 듯한 기묘한 감각.

강우는 검은 덩어리를 손에 쥔 채 가늘게 눈을 떴다.

"대, 대체 왜……."

태무극은 절망에 찬 표정으로 무릎을 꿇었다.

아주 잠시 희망에 차올랐었기 때문일까, 그의 얼굴에 드리워진 절망은 한층 더 짙고 깊었다.

"아니, 넌 아까부터 대체 몇 번째 그 말을 하는 거냐."

분량 늘리기냐?

"뭐 이렇게 물어볼 게 많아, 인마."

그냥 받아들이면 되는 거지.

강우는 피식 웃으며 발걸음을 옮겼다.

태무극의 꼴을 보아하니, 더 이상 싸우는 것은 의미가 없어 보였다.

'완전히 만족한 건 아니지만.'

강우는 씨익 웃었다.

처음 태무극을 마주했을 때. 그때 느꼈던 절망감과 아득함을 떠올렸다. 피부가 짜릿하게 전율했다. 아주 달콤한, 다른 무엇과도 비교할 수 없는 쾌감이었다.

'앞으로 이렇게 싸울 날이 얼마나 남았을까.'

강우는 쓸쓸하게 웃었다.

정말로 오랜만에, 한계를 마주했다. 거대한 벽 앞에 좌절했다.

그리고 넘어섰다. 언제나 그래왔듯.

벽을 넘었을 때의 쾌감은 뇌가 녹아버리는 것이 아닐까 싶을 정도로 짜릿했다.

"하아."

짧은 숨을 토했다. 두 개의 문을 개방했지만, 의외로 정신은 또렷했다.

'대체 난 어떻게 돼가고 있는 거지.'

알 수 없었다.

이미 자신은 지나치게 이질적인 존재가 되었다. 걷잡을 수 없을 정도로 빠른 속도로 성장하고 있었다.

이 종착역에 무엇이 있을지는 강우 자신도 알지 못했다.

"뭐, 상관없지."

뭐가 있던 큰 상관은 없다.

이제까지와 똑같이, 언제나 그래왔듯. 앞으로, 앞으로 나아가면 될 뿐.

"이제 그만 끝내자고."

강우는 무릎 꿇은 채 고개를 숙이고 있는 태무극을 향해 천천히 발걸음을 옮겼다.

손을 들어 올렸다. 탐식의 불이 사납게 타올랐다.

그때였다.

꾸르륵.

그의 손에 올라타 몸을 비비고 있던 검은 덩어리가 꿈틀거렸다. 오른손의 중지에 끼워진 검은 반지를 향해 검은 덩어리가 스멀스멀 몸을 움직였다.

그리고 시야가 검게 점멸했다.

'뭐야.'

눈 앞에 펼쳐진 것은 검은 바다였다. 아득하게 펼쳐진, 끝없는 바다. 그 속으로 빨려 들어가고 있었다.

쿠르르륵!

바다가 진동했다. 세계가 뒤흔들렸다.

검은 바다의 가장 깊은 곳. 그 속에서 무언가 기어 나오고 있었다.

-드디어, 드디어!

쩌적.

바다가 반으로 갈라졌다.

처음으로 보인 것은 직경 1㎞에 가까운 거대한 눈이었다. 수십 개에 달하는 거대한 눈. 꿈틀거리며 맥동하는 검은 어둠.

반으로 갈라진 바다에서 몸을 일으킨 것은 아득한 몸집을 지닌 거인이었다.

'넌.'

강우는 깊게 가라앉은 눈빛으로 거인을 응시했다.

거인은 환호에 떨며 외쳤다.

-드디어 날 해방시킬 열쇠가 나타났구나!

거인이 웃었다.

강우를 향해 손을 뻗었다.

그가 손을 뻗자, 강우의 오른손에 끼워져 있던 반지가 스르륵 빠졌다. 검은 덩어리와 합쳐진 마해의 열쇠가 바닷속 깊은 곳으로 점차 가라앉았다.

-크흐, 크하하하하하하!!

마신이 내지르는 광소가 마해 전체를 뒤흔들었다.

강우는 천천히 고개를 들었다.

아득한 크기의 거인을 바라보며 입가를 올렸다.

"질리지도 않고 또 기어 나온 거냐."

조롱하듯 물었다.

마신은 눈을 크게 끔뻑였다. 그것만으로 바다에 거대한 파도가 일었다.

-흐, 흐흐흐. 이 빌어먹을 꼭두각시 자식. 네놈 때문에 예언의 때가 얼마나 미뤄졌는지 알고 있는가.

"그게 뭔지는 잘 모르겠고."

강우는 마신을 향해 천천히 떨어지고 있는 마해의 열쇠를 향해 손을 뻗었다.

"내 꺼나 돌려주시지."

-하! 마해의 열쇠가 네 것이라고?

마신이 헛웃음을 흘렸다.

쿠웅!

마신이 거칠게 발을 굴렀다. 그러자 마해 전체가 뒤흔들렸다.

-열쇠의 주인은 나다!

마신이 떨어지는 반지를 바라보며 광소를 흘렸다.

그의 손과 마해의 열쇠가 점차 가까워졌다.

-드디어…… 이 마해의 심연에서 벗어나게 되었구나.

지독히도 오랜 시간이었다.

마신은 강우를 바라보며 낄낄 웃었다.

-네 육체는 내가 잘 사용하도록 하지.

"아니, 이 새끼 진짜."

강우는 눈살을 찌푸렸다.

처음 마해 속에서 마신을 마주했을 때도 느꼈지만.

"대사 하나하나가 왜 이렇게 주옥같이 구린 거야."

DC유니버스냐?

"최종 보스라는 새끼가 말이야, 어? 간지가 나야지. 네가 자꾸 병신처럼 나오니까 뭔가 긴장감이 하나도 없잖아."

태무극처럼 컨셉 잡고 분위기라도 좀 잡아봐.

"똥 묻은 개새끼마냥 짖어대기만 하지 말고."

강우는 영 마음에 들지 않는다는 듯이 마신을 내려다보았다. 아무리 봐도 흑막 같아 보이는 놈이 저렇게 멋대가리 없는 대사만 씨불이니 뭔가 긴장감이 하나도 없었다.

마신은 꿀 먹은 벙어리마냥 입을 다물었다.

곧 거대한 눈에 분노의 빛이 서렸다.

-꼭두각시 따위가 감히…….

"새끼 봐봐. 또 구린 대사 치려고 한다."

-그런 여유를 부리를 수 있는 것도 여기까지다!

"거봐 이 새끼. 이럴 줄 알았어."

실망스럽다는 듯 한숨을 내뱉었다.

마신은 아드득 이를 갈며 마해의 열쇠를 향해 손을 뻗었다.

-오거라!

천둥 같은 목소리가 검은 바다를 울렸다.

강우는 그런 그를 가만히 내려다보다가 천천히 손을 뻗었다.

화르륵.

탐식의 불이 그의 손 위에 만들어졌다.

그리고. 마신을 향해 떨어지던 마해의 열쇠가 움직임을 멈췄다.

-……뭣?

마신의 눈이 떨렸다.

마해의 열쇠에서 검은 덩어리가 몸을 비집고 나왔다.

검은 덩어리는 주인에게서 떨어진 강아지처럼 고개를 두리번거렸다. 강우와 마신을 번갈아 가며 돌아보았다.

-이곳이다! 내가 너의 주인이다!

마신이 외쳤다.

강우는 입가에 희미한 미소를 띤 채 탐식의 불을 이리저리 흔들었다. 강아지를 향해 먹잇감을 흔드는 것처럼.

꾸르륵.

검은 덩어리가 혼란스럽다는 듯이 이리저리 몸을 비틀었다.

"뭘 그렇게 고민하는 거야."

강우는 검은 덩어리를 타이르듯 말했다.

"내가 바로 이 마해의 주인이다."

꾸르르륵.

검은 덩어리가 몸을 비틀었다. 그 모습이 마치 고개를 갸웃거리는 것처럼 보였다.

-개소리! 마해의 주인은 나다!

"여기에 갇혀 나가지도 못하는 병신이 뭔 소리를 하는 거야."

강우는 낄낄 웃음을 터뜨렸다.

갈라진 바다 사이로 빠져나오려고 하는 마신의 다리에 검은 어둠이 촉수처럼 빠져나와 달라붙어 있는 것이 보였다.

마신은, 아직 마해의 심연에 갇혀 밖으로 나오지 못하고 있다. 그렇다면.

"눈이 달려 있으면…… 아니, 눈이 달리지는 않았나. 어쨌든, 알 수 있잖아?"

누가 이곳의 주인인지.

꾸르륵.

검은 덩어리가 위아래로 몸을 흔들었다.

이윽고 반지에 다시 달라붙더니, 강우를 향해 천천히 떠오르기 시작했다.

-아, 안 돼!

마신의 다급한 목소리가 울려 퍼졌다.

그는 이글거리는 눈빛으로 강우를 노려보았다.

-감히 꼭두각시 따위가 어디서 마해의 주인이라 칭하는가!

"뭐어~?"

강우는 한쪽 귀에 손을 올리며 말을 이었다.

"심연에 갇힌 찐따 새끼의 말이라 잘 안 들리는데요~?"

-이런 개자식이!!

쿠구궁!!

마신이 발작을 일으키듯 몸을 비틀었다.

강우는 낄낄 웃음을 터뜨렸다.

마신은 강우를 있는 힘껏 노려보며 외쳤다.

-네놈을 만든 것은 나다! 내가 만들었고, 내가 널 키웠다!
"어 뭐야. 그러면……."
내 엄마가 너였어?
-그런 의미가 아니다!!
"……엄마."
강우는 떨리는 눈빛으로 마신을 내려다보았다.
"너무 보고 싶었어, 엄마."
-아니, 이 개자식이!! 그런 의미가 아니란 말이다!!
"아, 미안. 아빠였어?"
-으아아아아아!!
마신이 답답하다는 듯 쿵쿵 가슴을 쳤다.
거대한 주먹을 들어 강우를 향해 휘둘렀다. 아득한 힘이 담긴, 하나의 세계를 가볍게 파괴할 만한 거력이 담긴 주먹.
강우는 피하지 않았다. 아니, 피할 필요가 없었다.
턱.
강우를 후려치기 직전, 마신의 주먹이 멈췄다.
수 킬로는 가볍게 넘을 법한 주먹 앞에서 강우는 입가를 비틀어 올렸다.
"왜?"
왜 안 죽여?
"그렇게 화가 나면 죽이면 되잖아?"
-으, 으으.
"푸흡! 푸헤헤헤헿!!"

배를 잡고, 웃음을 터뜨렸다.

"하긴, 죽일 수 없겠지."

내가 죽으면. 내 육체가 소멸하면.

"넌 영원히 여기서 나올 수 없으니까."

마신이 침묵했다.

"아, 물론 죽이지 않아도 못 나오는 건 똑같을 거야."

-……닥, 쳐라.

"병신 새끼 나 같으면 말이야, 어? 짜증 나서라도 한 대 후려치겠다."

-닥치라고, 했다.

"하긴 그 덩치에 한 대 맞으면 죽을 것 같긴 하다. 이참에 죽이지 그래? 응? 자존심도 없어? 그냥 눈 딱 감고! 후려치는 거야."

그리고 영원히 여기에 찌그러진 채 살아가는 거지.

-닥치라고 했다!!

발작하듯 마신이 외쳤다.

그는 강우를 노려보며 사납게 눈을 부릅떴다.

-넌, 아무것도 아니다!!

우드득, 주먹을 쥐었다.

심연에서 빠져나오기 위해 몸을 뒤틀었다.

-내가 아니면, 너는! 아무것도 아니란 말이다!!!

"그건 너도 마찬가지지."

-나 없이 이 마해를 유지할 수 있으리라 생각하는가!

"뭔 상관이야. 여기 갇혀서 빠져나오지도 못하는 새끼가."

-너는, 꼭두각시 인형에 불과하다!!

강우는 혀를 길게 내빼어 입술을 핥았다.

'꼭두각시 인형, 이라.'

그럴 수도 있다. 마신이 내뱉었던 말을 되짚어 생각해 보면 자신을 그가 만들었다는 것은 확실해 보이니까.

정확히 전후 사정은 알 수 없다. 과거의 기억이 떠오르지도 않는다.

하지만 알 수 있었다. 자신은 마신이 만들어낸 인형이라는 것을. 아마 지옥에 떨어진 것도, 처음부터 포식의 권능을 지니고 있었던 것도 그 덕분이겠지.

"그래서."

그래서 뭐, 어쩌란 말인가.

"이제 그럼 내가 꼭두각시라니? 이러면서 눈물이라도 한번 거하게 짜줄까?"

아니면.

"그, 그럴 리가 없어! 뭐 이렇게 좌절이라도 해줘?"

좆 까라.

"네가 뭐라고 지껄이건."

강우는 천천히 손을 들어 올렸다.

마신의 유산을 품은 마해의 열쇠가 그의 오른손에 끼워졌다.

"마해의 주인은 나다."

화르르륵!

거대한 불길이 치솟았다.

"네 꼭두각시가 아냐, 새끼야."

탐욕스러운 타오르는 불길이 마해를 집어삼키며 몸을 키웠다.

"나는…… 오전, 오강우."

-뭐?

"아니, 뭔가 그냥 말하기 너무 쪽팔린 말이라서."

강우는 마해의 열쇠를 낀 채 손을 들어 올렸다.

[띠링.]

[마신의 유산이 마해의 열쇠에 흡수되었습니다.]

['마해의 열쇠'의 모든 기능이 해방되었습니다.]

['마해의 열쇠'는 자신의 주인으로 '탐식의 신'을 선택합니다!]

쿠구구궁!!

마해 전체가 뒤흔들렸다. 아득한, 헤아릴 수 없는 힘이 강우의 몸을 통해 흘러들어 왔다.

화르르륵!

강우의 몸 전체가 황금빛 불꽃으로 타올랐다.

-아, 안 돼.

마신이 다급히 손을 뻗었다. 하지만 그의 다리에 달라붙은 심연이 그를 잡은 채 놔주지 않았다.

-으아아아아아!!

거친 괴성이 마해에 울려 퍼졌다.

반으로 갈라졌던 검은 바다가 점차 닫히기 시작했다.

"괜히 나오려 하지 말고."

강우는 발버둥 치는 마신을 내려다보며 낄낄 웃었다.

"거기 영원히 찌그러져 있어라."

탁.

오른손을 튕겼다.

마해의 열쇠를 통해 탐식의 불이 흘러나왔다.

탐식의 불이 마해를 집어삼키며, 기다란 길을 만들었다.

강우는 길을 따라 마해의 밖으로 빠져나왔다.

화르르륵!

불이 타오른다. 세상을 집어삼킬 겁화가, 탐욕으로 가득 찬 악몽과도 같은 불길이 거세게 흔들렸다.

"……왜."

태무극의 눈이 떨렸다.

마신의 유산이 강우에게 달라붙은 이후, 갑작스럽게 강우의 몸이 거대한 검은 구체로 변했다.

그 안에서 무슨 일이 일어나고 있는지는 알 수 없었다.

다만, 한 가지 사실은 알 수 있었다.

"왜…… 네놈이 그분의 힘을……."

검은 구체로 변한 괴물에게서 선명하게 느낄 수 있었다.

한때 그의 적이었지만, 이제는 영혼을 바쳐 충성하게 된 존재. 마신 바울리. 그의 주인이 아득한 심연 속에 갇혀 있는 것이 느껴졌다. 발버둥 치며, 절규하고 있는 것이 들렸다.

상상하기도 싫은 가능성에 태무극의 얼굴이 새파랗게 질렸다.

마치. 마치. 마치.

'괴물에게, 잡아먹힌 것처럼.'

마신은 괴물의 안에 갇혀 울부짖고 있었다. 비참하고, 처참하게.

"왜, 왜, 왜."

의문이 꼬리에 꼬리를 물고 이어졌다.

대체 괴물의 정체가 무엇인지. 왜 괴물의 속에 그가 부활시키려고 했던 마신이 갇혀 있는 건지. 왜, 대체 왜. 마신이 괴물에게 잡아먹힌 채 갇혀 있는 건지 알 수 없었다.

몸으로 받아들이는 정보와 머릿속의 상식 사이의 괴리감이 불쾌하게 속을 뒤틀었다. 구역질이 날 것만 같았다.

이윽고.

쩌적.

검은 구체가 서서히 갈라진다.

태무극은 눈을 빛내며 고개를 들었다. 저 검은 구체에서 나온 존재가, 그의 주인이기를 바라는 희망을 담아.

"더럽게 끈질긴 놈이었네."

하지만. 검은 구체가 열리며 걸어 나온 것은 희망이 아닌 끝을 알 수 없을 정도로 깊은 절망이었다.

"아, 아아."

태무극은 입을 쩍 벌린 채 몸을 떨었다. 이 모든 것이 거짓이길, 끔찍한 악몽이길 바랐다.

"자, 그러면."

몸을 떨고 있는 태무극의 어깨에 강우는 손을 올렸다.

그런 그의 바람이 이뤄질 새도 없이.

"마저 먹어볼까."

쩌억.

강우는 크게 입을 벌렸다.

악마로 변한 태무극의 몸을, 머리부터 통째로 씹어 삼켰다.

우드득.

섬뜩한 파골음이 울려 퍼졌다.

• 10장 •

나의 왕에게

"하아, 하아!"

차연주의 입에서 거친 숨이 토해졌다.

"키에에엑!"

거대한 전갈과 같은 모습을 지닌 마물이 그녀를 향해 달려들었다.

마물이 그녀를 향해 꼬리를 내려찍었다. 전갈의 꼬리에는 독침이 아닌 악어의 입과 같은 짐승의 입이 달려 있었다.

"읏……!"

차연주는 다급히 몸을 비틀었다.

콰득!

마물의 꼬리가 그녀를 스치며 땅에 박혔다. 단단한 땅이 굴착기로 판 것처럼 큰 구덩이가 생겼다.

"제길!"

차연주는 거친 욕설을 입에 담으며 발을 박찼다.

촤르르륵!

그녀의 손목에서 빠져나온 쇠사슬이 전갈의 꼬리를 휘감았다. 거미를 모티브로 한 히어로 영화처럼 쇠사슬을 붙잡고 마물의 뒤로 넘어갔다.

'에너지 드레인.'

쇠사슬을 타고 마물의 생명력이 빠른 속도로 흡수되기 시작했다. 이대로 시간을 끈다면 마물은 곧 삐쩍 마른 시체가 되어 바닥에 나뒹구리라.

"키르르르륵!"

"꺄아아악!"

하지만 그녀가 예상했던 것보다 마물의 반항은 거셌다.

마물이 기다란 꼬리를 거칠게 휘두르며 끝에 달린 악어의 입으로 차연주의 몸을 노렸다. 도리깨에 묶인 추처럼 차연주의 몸이 이리저리 휘둘러졌다.

"우욱!"

차연주는 획획 변하는 배경에 속이 울렁거리는지 한 손으로 입을 막았다.

쇠사슬을 붙잡은 손에서 힘이 점차 풀리기 시작했다.

'위험…….'

하다, 는 경보가 머릿속에 쩌렁쩌렁 울리고 있었을 때.

턱.

그녀의 몸을 붙드는 손이 있었다.

"발, 록?"

갈색 머리칼을 지닌 장신의 청년. 악마의 모습을 감추기 위해 인간의 탈을 쓴 발록이었다.

발록은 대답을 하는 것보다 먼저 쇠사슬을 향해 손을 뻗었다.

"야, 잠깐……."

에너지 드레인은 한번 사용하면 적아(敵我)를 구분하지 않고 생명력을 빨아들인다. 쇠사슬을 잡는다면, 발록에게도 영향이 갈 것은 당연지사.

하지만 발록은 그런 그녀의 경고를 신경조차 쓰지 않는지 태연하게 쇠사슬을 붙잡았다.

쿵!

거칠게 발을 구르며 쇠사슬을 당겼다.

"키에에에에엑!"

십여 미터는 될 법한 전갈의 거대한 몸이 발록에게 잡혀 질질 끌려왔다.

발록은 허리를 낮추며 주먹을 들어 올렸다.

철컥.

검은 건틀렛이 그의 주먹에 만들어졌다.

패왕갑(霸王甲)을 소환한 발록은 도끼를 내려찍듯 주먹을 내려찍었다.

콰드드드득!!

거대한 전갈의 머리가 일격에 박살 나 터져 나갔다.

녹갈색 체액이 사방에 흩뿌려졌다.

"괜찮나."

발록은 쇠사슬을 놓으며 차연주를 향해 고개를 돌렸다.

차연주는 입을 쩍 벌렸다. 어처구니없는 괴력이었다.

"키에에에엑!"

몇 마리의 마물이 더 달려들었다.

발록이 가볍게 발을 구르며 손을 저었다. 그 간단한 동작만으로, 휘둘러진 팔에 얻어맞은 마물들이 형편없이 짓뭉개져 뒤로 튕겨졌다.

"그…… 고대 마물인가? 걔들은 어떻게 하고 여기로 온 거야?"

차연주가 조심스럽게 물었다.

발록이 가볍게 혀를 차며 고개를 저었다.

"상황이 썩 좋지 않다."

"좋지 않다고?"

"김시훈과 가이아의 화신이 전투 불능이 됐다. 왕의 여인도 전장에서 이탈했지."

"뭐, 뭐라고?"

차연주는 동그랗게 눈을 떴다.

떨리는 목소리로 물었다.

"다…… 죽은, 거야?"

파르르, 입술이 떨렸다.

"아니, 그건 아니다."

발록이 고개를 저었다.

차연주의 표정에 안도의 빛이 서렸다.

발록의 말이 이어졌다.

"하지만 덕분에 상황이 꼬이게 됐다."

발록은 골치 아프다는 듯이 말했다.

가이아의 화신은 그렇다 치고 김시훈의 갑작스러운 부재가 너무 컸다. 고대 마물을 상대할 수 있는 강자는 한정적이었고, 마물은 과연 이게 숫자가 준 게 맞는지 의심스러울 정도로 지나치게 많았다. 그리고 결정적으로.

"……악몽의 성좌가 참전했다."

아무 전투 능력이 없어 보이던 멍한 눈빛의 소년. 그 소년이 전장에 끼어들자 완벽히 판도가 뒤집혀 버렸다.

악몽의 성좌는 마물들을 통솔하고, 조종하는 능력을 지니고 있었다. 거기에 더해 한설아처럼 강력한 버프를 마물에게 부여해 줄 수 있었다.

그런 상황에서 프로세르핀과의 전투 도중 상처를 입고 쓰러진 레이라와 황금 장막에 휘감겨 덩그러니 전장 중심에 내버려진 김시훈을 회수하기 위해 할키온과 에키드나가 빠지기까지 했다.

"천사가 아니었다면 전선이 붕괴해도 한참 전에 붕괴했을 것이다."

발록은 담담한 목소리로 말했지만, 내용은 결코 가볍지 않았다. 지금 그가 이곳에 있는 이유가 붕괴하는 전선을 어떻게든 유지시키기 위해 돌아다니고 있다는 말과 다르지 않았으니까.

"괘, 괜찮은 거야 이거?"

대략적인 상황을 전해 들은 차연주는 초조한 표정으로 물었다.

발록은 고개를 저었다.

"모른다."

한 가지 확실한 것은.

"왕이 돌아올 때까지, 전선이 붕괴하도록 둬서는 안 된다."

발록은 그렇게 말하며 발을 박찼다.

차연주가 다급히 그의 뒤를 따랐다.

"크아아아아아아!"

"아악!"

"사, 살려줘!"

비명이 높게 울려 퍼졌다. 쏟아져 나온 마물의 군세가 인간과 천사의 부대를 거칠게 휩쓸고 있었다.

퍼억! 콰드득!

"크허어어엉!"

무너지고 있는 전선에 발록이 도착했다.

발록은 양손에 패왕갑을 두른 채 폭주 기관차처럼 마물들을 쓸어버리며 전진했다. 그물처럼 넓게 펼쳐진 쇠사슬이 마물들의 퇴로를 차단했다.

그때.

-키에에에에에에엑!!

거대한 뱀이 몸을 일으켰다.

지축이 뒤흔들리며 갈라졌다.

20여 미터에 달하는 거대한 뱀, 우로보르스가 발록을 노려보며 기다란 혓바닥을 날름 내밀었다.

"뒤로 물러나라."

발록은 동요하지 않은 채 담담한 목소리로 차연주에게 말했다.

주먹을 들어 올렸다.

-크르르르르.

세로로 갈라진 파충류의 눈이 발록을 응시했다.

-혼자, 상대, 나를, 한다고?

더듬거리는 목소리. 어눌한 발음에 어순까지 꼬여 있다. 고대 마물이라 지성을 어느 정도 가지고 있다 해도 완전하지 않은 탓이리라.

-인간, 건방, 진, 이로군.

우로보로스는 거대한 몸을 비틀어 육중한 꼬리를 휘둘렀다.

쿠우웅!

발록이 그를 향해 휘둘러지는 꼬리를 막아냈다.

드르르륵.

대지에 기다란 줄이 그어지며 발록의 몸이 뒤로 밀렸다.

그것도 잠시, 발록은 우로보로스의 꼬리를 양팔로 붙잡았다.

피식 웃음을 흘렸다.

"하다 하다 마물 따위에게 그런 말을 들을 줄은 상상도 못했군."

콰드득!

발록의 손이 우로보로스의 꼬리의 살을 짓이기며 파고들었다.

-크아아아아!

"마물이면 마물답게……."

쿠웅!

거칠게 발을 굴렀다. 태산조차 뒤집어엎을 수 있는 거력이 우로보로스의 몸을 들어 올렸다.

"괴성이나 씨불이고 있어라!"

쿠구구구궁!!

20여 미터에 달하는 거대한 뱀이 괴력에 휘둘려 튕겨 나갔다.

-키에에에엑!

우로보로스가 몸을 비틀었다.

그때였다.

화르르륵!

-크아아아아!

쓰러진 우로보로스의 뒤에서 불에 휩싸인 거대한 마물이 뛰쳐나왔다.

볼카투스. 헬 하운드와 케르베로스의 최종형이라고 칭해지는 불의 마물. 거대한 몸집의 사자가 화염으로 이루어진 갈기를 휘날리며 발록을 노려보았다.

발록은 굳게 입을 다물었다.

두 마리의 고대 마물. 그것도 악몽의 성좌의 힘을 받아 평소보다 몇 배는 강해진 마물들이었다.

하나조차 상대하기 힘든데 둘이 되어버렸다.

'쉽지 않겠군.'

쉽지 않은 정도가 아니다. 애초에 이길 수 없는 싸움이다.

발록은 천천히 발걸음을 옮겼다.

"야, 야! 위, 위험해!"

차연주의 다급한 목소리가 들렸다.

발록은 담담히 앞으로 걸어갔다.

상대가 되지 않는 것은 안다. 이길 수 없다는 것 또한 안다.

'하지만.'

그럼에도, 그는 앞으로 나아가야 했다. 나아가야만 했다.

왕의 뒷모습이 보였다. 익숙한 뒷모습이었다.

고개를 돌렸다. 자신을 향해 위험하다 소리치는 차연주의 모습에서, 자신의 모습이 겹쳐 보였다.

과거의 자신이다. 아니, 지금의 자신이다.

'이런, 기분이셨습니까.'

이곳의 전선이 붕괴되면, 마물들은 단숨에 진형 안쪽으로 파고들 것이다.

그곳에는 쓰러진 가이아의 화신과 김시훈이 있었다. 아마 리리스도 거기에 있을 것이다.

"크흐흐."

발록은 낮게 웃었다. 실로, 낯선 감각이었다.

고개를 다시 돌렸다. 우로보로스와 볼카투스. 두 고대 마물이 사납게 그를 노려보고 있었다.

그들을 보는 것만으로 숨이 턱 막힌다. 긴장과 공포가 몸을 달군다.

하지만.

'왕이 그랬듯.'

앞으로. 앞으로.

발록은 그들을 향해 발걸음을 옮겼다.

철컥.

양손을 감싸고 있던 건틀렛이 천천히 몸을 키웠다. 톱니바퀴가 맞물리는 듯한 소리가 전신에 울려 퍼졌다.

손을 들어 목덜미의 펜던트를 만졌다. 인간의 탈이 벗겨지며, 그의 몸집이 거대해졌다. 나약한 인간의 육체를 대신해 터질 듯한 근육이 자리 잡았다. 산양의 뿔과 박쥐의 날개가 돋아났다.

"흐, 으."

악마의 모습이 드러난 것도 잠시. 검은 갑주가 발록의 몸을 덮기 시작했다. 가슴을, 어깨를, 배를, 허벅지를, 종아리를. 하나하나 검은 갑주가 뒤덮었다.

철컥, 철컥.

갑주의 틈에서 쇳소리가 울려 퍼졌다.

마치 기계로 이루어진 슈트를 입은 것처럼, 관절을 잇는 부위에 톱니바퀴가 가득했다.

그리고.

치이이이익!

톱니바퀴가 빠른 속도로 돌아가며 안개와 같은 새하얀 증기가 갑옷 사이로 빠져나왔다.

"나의 왕에게."

발록은 천천히 주먹을 쥐었다.

"승리를."

치이이이익!

갑옷의 틈으로 새하얀 증기가 폭발하듯 뿜어져 나왔다.

거칠게 주먹을 쥐었다. 몸 전체에서 터질 듯한 힘이 부풀어 올랐다.

허리를 낮게 숙이며, 다리를 뒤로 빼냈다.

튕기듯이 대지를 박찼다.

콰아아앙!!

발록의 거구가 포탄처럼 앞으로 쏘아졌다. 화염의 갈기를 지닌 사자, 볼카투스의 이마를 향해 날아갔다.

공중에서 몸을 비튼다. 오른 주먹을 한계까지 당기며, 탄력을 이용해 내질렀다.

뻐어어억!

-크르르르르!

정확하게 미간을 얻어맞은 볼카투스가 괴성을 내지르며 몸을 움츠렸다.

볼카투스가 고개를 흔들자 화염의 갈기에서 불꽃이 쏟아졌다. 발록의 몸을 감싸고 있는 패왕갑이 뜨겁게 달아올랐다.

"크읏."

발록은 침음을 삼키며 뒤로 물러섰다. 패왕갑 안의 피부가 뜨거운 열기에 녹아내리고 있었다.

인두로 지진 듯한 끔찍한 통증이 전신에 퍼졌다.

정신을 추스를 틈도 없이, 거대한 꼬리가 그에게 휘둘러졌다. 우로보로스의 꼬리였다.

"흡!"

콰드드득!

반사적으로 팔을 들어 꼬리를 막았다.

대지에 기다란 흔적을 남기며 밀려났다.

-인간, 너, 아니었구나.

-악마가 왜 인간의 편에 붙은 거지?

더듬거리는 우로보로스의 목소리와 비교적 또렷한 볼카투스의 목소리가 들렸다.

"왕의 명을 따를 뿐이다."

발록은 짧게 답하며 다시금 자세를 취했다.

-왕?

-누구, 왕?

볼카투스와 우로보로스가 고개를 갸웃거렸다.

발록은 대답하지 않고 오른팔을 뒤로 당겼다.

철컥.

톱니바퀴가 맞물리는 소리가 들렸다. 팔꿈치에서 새하얀 증기가 폭발하듯 뿜어졌다.

"하늘."

쿠웅!

거칠게 발을 굴렀다.

오른팔을 앞으로 내뻗었다.

"부수기."

터엉!

새하얀 증기가 둥그렇게 뭉쳐 포탄처럼 쏘아졌다.

볼카투스가 입을 쩍 벌렸다. 용이 브레스를 쏘아내듯, 거대한 화염의 숨결이 그의 입에서 뿜어져 나왔다.

증기의 포탄과 화염이 부딪쳤다.

치이이이익!

뜨거운 열기가 주변을 휩쓴다. 대지가 녹아내리며 증기와 뒤섞인 열 폭풍이 만들어졌다.

"아아악!"

"키르르륵!"

그렇게 만들어진 열 폭풍이 전장에 큰 구멍을 만들었다.

열 폭풍에 휩쓸린 천사와 인간, 마물들이 비명을 내지르며 도망쳤다.

"크윽."

발록 또한 뜨거운 열기를 참기 힘든지 몸을 웅크렸다.

-쌰아아아앗!

우로보로스가 거대한 입을 벌리며 발록을 노렸다. 날카로운 독니의 끝에는 보랏빛 액체가 맺혀 있었다.

"크읏!"

발록은 다급히 양팔을 움직여 그의 몸을 씹어 삼키려는 우로보로스의 이빨을 붙잡았다. 그리고 우로보로스가 입을 닫지 못하도록 발을 들어 강제로 입을 벌렸다.

치이이이익!

"크아, 윽."

우로보로스의 입을 잡은 손이 강력한 독에 녹아내리기 시작했다. 검은 갑주가 타들어 가며 그 안의 살이 드러났다.

발록은 손을 타고 전해지는 끔찍한 통증에 신음을 흘렸다.

"으, 아아아아아!"

패왕갑의 힘을 양손에 집중했다. 우로보로스의 독에 타들어 가던 패왕갑이 다시금 재생됐다.

뿌득! 뿌드득!

우로보로스의 이빨에 금이 가기 시작했다.

-내 이빨을, 어떻게.

우로보로스의 목소리에 당황이 서리는 것이 느껴졌다.

발록은 날카롭게 눈을 빛내며 포효를 터뜨렸다.

"흐아아아아아아!!"

뿌드득!

우로보로스의 이빨을 잡아 뽑았다. 보랏빛 독이 분수처럼 뿜어져 나왔다.

다급히 발을 박차며 몸을 굴렀다.

-키에에에에엑!!

우로보로스의 끔찍한 비명이 들려왔다.

"하아, 하아."

발록은 거친 숨을 내쉬며 몸을 일으켰다. 손에 묻은 독 때문에 패왕갑이 녹아내리고 재생되기를 반복했다.

"크으."

비틀.

발록의 발걸음이 꼬였다. 시야가 일그러지며 몸에 힘이 쭉 빠졌다.

그가 각성한 힘, 패왕갑을 이루는 것은 그의 피였다. 패왕갑이 손실되면 될수록 몸속의 피가 빠른 속도로 줄어들었다.

"후욱, 후욱."

발록은 거친 숨을 토해내며 떨리는 몸을 진정시켰다.

우로보로스의 이빨을 뽑았지만, 적은 혼자가 아니었다. 볼카투스가 사납게 으르렁거리며 이쪽을 노려보는 것이 보였다.

'이대로는 위험하군.'

고대 마물을 둘이나 상대하는 것은 불가능하다는 것을 알고 있었지만, 막상 싸워보니 더더욱 아득함이 밀려왔다. 둘을 동시에 상대하기 위해서는 정상적인 방법으로는 어림도 없었다.

'목숨을…… 걸어야 한다.'

왕이 그러했던 것처럼.

발록은 피식 웃음을 흘렸다.

자신의 목숨을 아무렇지도 않게 걸어버리는 왕에게 성을 냈던 것이 떠올랐다.

'……어쩔 수 없으셨던 거군요.'

죽기 위해 목숨을 거는 것이 아니었다. 목숨을 걸지 않으면 안 되기에, 목숨을 걸었던 것에 불과했을 뿐.

"……하."

헛웃음이 흘러나왔다.

몸이 떨렸다. 숨이 제대로 쉬어지지 않았다. 등골을 타고 흐른 공포에 정신이 잠식된다.

왕은 이제까지 이런 감각을 느끼며 쭉 싸워왔던 것인가.

'많이 알고 있다고 생각했는데.'

아무것도 이해하지 못하고 있었다. 왕이 짊어졌을 무게가 얼마나 되는지 가늠조차 할 수 없었다.

"크흐흐흐흐."

낮게 웃었다. 지금 느끼는 공포가, 살을 에는 두려움이 나쁘지 않게 느껴졌다.

왕에게 조금씩 다가가고 있는 것처럼 느껴졌다.

"후우."

깊게 숨을 들이쉬었다.

발록은 오른팔을 천천히 들어 입가에 가져다 댔다. 그리고.

콰득.

있는 힘껏 손목을 씹었다.

검은 피가 분수처럼 쏟아졌다.

"오라."

분수처럼 쏟아지는 검은 피가 검은 갑주를 타고 흘러내렸다.

"나의 육신을 살라 먹고, 더없이 거룩한 방패가 되어라."

철컥, 철컥, 철컥, 철컥.

시끄러운 쇳소리가 울려 퍼졌다.

패왕갑이 발록의 피를 흡수하며 몸집을 키웠다. 검은 갑주 위에 검은 갑주가 덧씌워졌다. 마치 거대한 로봇에 탑승하기라도 한 듯, 발록의 몸 전체가 거대한 갑주 속에 자리 잡았다.

패왕갑을 입은 발록의 몸집이 십여 미터에 가깝게 커졌다.

크그그그긍.

쿠웅.

한 걸음 앞으로 내딛자 묵직한 쇳소리가 울려 퍼졌다.

발록은 양팔을 넓게 벌리며 몸을 숙였다. 톱니바퀴가 맞물리며 빠른 속도로 회전하기 시작했다.

치이이이이익!!

무시무시한 양의 증기가 뿜어져 나왔다. 주변에 안개가 내리깔린 듯 새하얀 증기가 퍼졌다.

발록은 튕기듯 몸을 일으키며 거칠게 발을 굴렀다.

쿠우우우웅!

"흐아아아아아아!"

포효를 토해내며 돌진했다.

패왕갑을 입은 그의 몸집은 고대 마물과 비교해도 전혀 꿀리지 않는 크기가 되어 있었다.

-크르르르르!

-키샤아아앗!

볼카투스와 우로보로스가 사나운 괴성을 질렀다.

우로보로스가 거대한 꼬리를 채찍처럼 휘둘렀다.

터억.

-샤앗?

발록이 우로보로스의 꼬리를 잡았다.

몸을 뒤로 젖히며 꼬리를 잡은 팔을 당겼다. 우로보로스의 거체가 발록을 향해 튕기듯 끌려왔다.

"흐아아압!"

발록은 몸을 뒤틀며 스윙을 하듯 우로보로스를 휘둘렀다.

볼카투스가 다급히 몸을 피했다.

"크흐흐, 얼마 전까지만 해도 내 주 무기가 채찍이었더랬지."

발록은 낮게 웃으며 팔에 탄력을 주어 튕겼다. 우로보로스의 몸이 크게 출렁이며 채찍처럼 볼카투스를 후려쳤다.

뻐어어억!

-크허어어어엉!

우로보로스의 거체와 제대로 충돌한 볼카투스의 몸이 공중으로 떠올랐다. 그리고 형편없이 바닥을 구르며 비명을 토했다.

"흐랴아!"

발록은 우로보로스의 몸을 번쩍 들어 볼카투스를 향해 연달아 내리찍었다. 볼카투스와 우로보로스의 몸이 뒤엉키며 메케한 연기가 흘러나왔다.

-키에에에엑!!

볼카투스의 화염에 살점이 타들어 간 우로보로스가 끔찍한 비명을 토해냈다.

바닥에 내던져지는 충격과 살점을 태우는 화염까지. 고대부터 존재해 온 강대한 마물이라고 할지라도 견디기 힘든 통증이었다.

콰앙!

발록은 양손을 머리 위로 번쩍 들어 올려 우로보로스의 몸을 있는 힘껏 내팽개쳤다.

두 마물이 뒤엉키며 괴성을 토했다.

"후욱, 후욱, 후욱."

철컥, 철컥.

거친 숨이 목 끝까지 차올랐다.

시야가 흔들리며 어그러졌다.

온몸이 비명을 질렀다.

"하."

헛웃음을 터뜨렸다. 그래서 뭐 어쩌란 말인가.

-악마, 안 한다, 용서!

-크아아!

괴성을 지르는 두 고대 마물.

발록은 앞으로 달려 나갔다.

우로보로스의 목덜미를 거칠게 붙잡았다. 다른 팔로는 우로보르스와 뒤엉켜 있는 볼카투스의 꼬리를 붙잡고 들어 올렸다.

-무, 슨.

"짜릿한 경험을 시켜주지."

-자, 잠…….

쿠드득!

발록은 움켜쥔 우로보로스의 머리를 볼카투스의 엉덩이 사이로 밀어 넣었다.

-크아아아아아아!!

미칠 듯한 괴성이 울려 퍼졌다. 우로보로스의 머리가 볼카투스의 열기에 녹아내렸고, 볼카투스는 우로보로스의 독니가 빠진 자리로 쏟아지는 보랏빛 독에 중독됐다.

"크하하하하하!"

발록이 광소를 터뜨렸다.

비명을 지르며 뒤엉킨 두 마리의 고대 마물을 짓밟으며 포효를 터뜨렸다.

"크윽."

포효를 터뜨리던 발록은 침음을 삼키며 몸을 웅크렸다.

'한계인가.'

패왕갑의 힘을 최대로 끌어올리기 위해 너무도 많은 피를 소모해 버렸다.

고개를 내려 물어뜯었던 오른 손목을 바라보니 거의 피가 흐르지 않고 있었다. 그만큼 많은 피를 소모했다는 의미이리라.

고개를 들어 올렸다. 우로보로스와 볼카투스는 처리했지만 아직 마물들의 숫자는 헤아리기 어려울 정도로 많이 남아 있었다. 그리고 무엇보다, 악몽의 성좌가 남았다.

"크으, 으."

철컥, 철컥. 끼이익.

패왕갑에서 쇳소리가 흘러나왔다. 전원이 꺼진 기계처럼, 피라는 동력을 잃어버린 패왕갑이 빠른 속도로 줄어들고 있었다.

줄어드는 패왕갑을 다시 키우기 위해서는 심장을 손으로 잡아 뽑아 피를 쥐어 짜내는 방법 외에는 없으리라.

"크흐흐. 그것도 나쁘지 않군."

발록은 자신의 왼쪽 가슴 위에 손을 올렸다.

그의 심장을 뽑아 터뜨려 이 한순간 밝게 타오를 수 있다면. 불이 될 수 있다면. 그것도 나쁘지 않을 것 같았다.

저벅.

낮은 발소리가 울려 퍼졌다.

"뭐가 나쁘지 않아 멍청한 새끼야."

"……!"

그때, 발록의 귓가에 익숙한 목소리가 들렸다.

짜릿한 전율과 함께 환희가 차올랐다.

"마왕, 님."

발록은 떨리는 눈으로 강우를 바라보았다.

강우는 천천히 걸어와 바닥에 쓰러진 발록의 뒤통수를 가볍게 후려쳤다.

"누구 멋대로 뒤지려고 하는 거냐."

"크흐흐. 잠깐 왕을 따라 해봤습니다."

강우는 불쾌한 듯 눈살을 찌푸렸다.

"난 너처럼 무모하게 나댄 적 없어, 인마."

"크하하하! 이 발록의 두 눈으로 본 것만 해도 열 번이 넘습니다."

열 번은커녕. 수백, 수천 번에 달할 것이다.

"쯧."

강우는 가볍게 혀를 찼다.

'새끼 너무 화려하게 분탕 쳐버렸잖아.'

기껏 준비해 준 인간의 탈까지 벗어 던지고 너무 날뛰어 버렸다.

강우는 천천히 손을 뻗었다. 그의 손에서 뻗어 나온 황금빛이 발록의 몸을 휘감았다.

다른 사람들에게는 마치 지쳐 쓰러진 악마를 마무리 짓는 것처럼 보였으리라.

'이걸로는 부족하겠지.'

발록이 싸놓은 똥을 치우려면, 이 정도로는 어림도 없다. 사람들과 천사들의 시선을 한 번에 사로잡을, 발록에 대한 것은 생각도 못 할 정도로 이목을 집중시킬 무언가가 필요하다.

발걸음을 옮겼다. 발록을 지나쳐 전장의 중심으로 느긋이 걸어갔다.

강우는 깊게 가라앉은 눈빛으로 두 고대 마물의 시체를 바라보았다. 아니, 시체 너머 전장 전체를 바라봤다.

카앙! 캉!

"아아악!"

"사, 살려줘!"

"죽어라, 더러운 마물들아!!"

시끄러운 쇳소리. 귀를 울리는 고함. 째질듯한 비명.

질척한 피 냄새. 시체에서 흘러나온 똥오줌의 역한 냄새. 뒤엉켜 싸우고 있는 인간과 마물, 천사들의 모습.

김시훈 하나를 바라보며 전장에 뛰어든 친위대는 마물들에게 집어삼켜지고 찢어발겨져 공포에 잠식됐다.

복수 하나만을 위해 날아드는 천사들의 날개는 마물들의 핏물로 검게 젖어 있었다.

끔찍한 숫자의 마물들은 서로의 시체를 짓밟으며 끝없이 살육을 갈망했다.

광기와, 광기와, 광기가. 뒤엉키고, 요동치고, 끓어올랐다.

"쓰으."

깊게 숨을 들이쉬었다.

가볍게 발을 박차며 공중으로 천천히 떠올랐다.

'이제.'

전쟁을 끝낼 시간이다.

-키에에에에엑!

공중에 떠오른 강우를 향해 마물들이 달려들었다. 거대한 마물이 지축을 뒤흔들며 질주했다.

강우는 지그시 눈을 감았다.

우우우우웅!!

찬란한 황금빛이, 온 세상을 환하게 비출 것 같은 아름다운 황금빛이 피로 물든 전장 위에서 밝게 타올랐다.

"아……."

사람들은 싸우던 것도 멈춘 채 찬란히 타오르는 광휘(光輝)를 올려다보았다.

철컥. 손에서 떨어진 무기들이 바닥에 부딪혔다.

"이, 빛은……."

복수에 절어 목숨을 도외시하고 마물들을 향해 날아들던 천사들도 멍한 눈빛으로 고개를 돌렸다.

전장의 모든 시선이 강우를 향해 집중됐다.

강우는 천천히 손을 올렸다.

나지막이 고한다.

"악에 물든 자들에게."

들어 올린 손을 내렸다.

"빛의 심판을."

그가 손을 내리자. 강우를 향해 달려들던 마물의 몸이 거대한 불길에 휩싸였다.

비명을 지를 틈도 없이 수천, 수만의 마물들의 몸이 한 줌의 재로 변해 흩어졌다.

"아, 아아."

사람들의 입에서 짧은 탄성이 흘러나왔다.

에르노어 대륙 후대에 길이 남겨질, 광휘의 신이 강림하는 순간이었다.

악의 성좌와의 전쟁이 끝났다.

전쟁 이후 가장 유명세를 얻은 것은 물어볼 것도 없이 바로 강우였다.

절망으로 치닫던 전장에 나타난 영웅. 찬란한 광휘를 몸에 두르며, 압도적인 물량을 자랑하던 마물의 군세를 단숨에 쓸어버린 존재. 사람들은 강우를 광휘의 신이라 칭하며 열광했다.

특히 김시훈과 강우가 형제라는 사실이 알려지면서부터 강우와 김시훈의 명성은 하늘 높은 줄 모르고 치솟았다. 단적인 예로, 둘을 신처럼 숭배하는 교단이 대륙에 등장했을 정도였다.

"메시아시여."

"빛의 구원자시여."

사람들은 하루에 세 번씩 강우가 머물고 있는 아르난 제국 황성 방향으로 절을 했다.

강우는 황성 주변에 모여 기도를 올리고 있는 신도를 바라보며 한숨을 내쉬었다.

"……젠장."

끄응, 침음을 흘리며 눈살을 찌푸렸다.

'이럴 계획이 아니었는데.'

원래 계획대로라면 신처럼 칭송받아야 할 존재는 자신이 아닌 김시훈이 되어야 했다. 하지만 지난 전투로 인해 오히려 자신이 더 유명세를 타버리고 말았다.

"하아."

강우는 한숨을 내쉬었다.

발록에게 집중된 이목을 자신에게 돌려야 한다는 압박도 있었지만 그것이 변명은 되지 않았다. 실수했다, 라는 표현이 맞을 것이다.

'너무 흥분했어.'

발록이 죽기 직전 상황까지 몰려 쓰러져 있던 것에 자기도 모르게 너무 흥분하고 말았다. 필요 이상으로 힘을 써서 마물들을 쓸어버렸다. 굳이 그러지 않을 수 있음에도.

"상황이 좀 꼬였네."

의자 등받이에 몸을 기댄 채 중얼거렸다.

애초에 자신 대신 김시훈을 구원자로 내세웠던 이유는 하이엘프의 눈을 속이기 위해서였다. 그들은 마(魔)를 감지하는 능력에 있어서 타의 추종을 불허한다.

하지만.

'지금이라면 들키지 않을 것 같긴 한데.'

이번에 그가 광휘의 신으로 각성하며 얻은 능력들을 생각하면 설사 하이엘프가 온다고 해도 그의 정체를 파악하지 못할 것 같다는 생각이 들었다.

'그래도.'

최대한 위험 요소는 배제하는 것이 좋다. 하이엘프가 그의 정체를 꿰뚫어 본다면, 상황은 단순하게 꼬이는 거로는 끝나지 않을 테니까.

강우는 의자에서 몸을 일으켰다.

테이블 위에 놓인 거울을 향해 시선을 옮겼다. 날카로운 눈매에 사나운 인상. 익숙한 자신의 얼굴이 거울에 비쳤다.
강우는 굳게 입을 다물었다.
지그시 눈을 감았다.
'언제까지…….'
인간의 모습으로 남아 있을 수 있을까.
강우는 쓸쓸하게 웃으며 왼쪽 가슴 위에 손을 올렸다. 그의 심장에 자리 잡은 검은 바다를 느낀다.
'이번에 개문의 후유증이 없었어.'
만마전의 문을 닫을 때 아무런 일도 일어나지 않았다. 영혼을 찢어발기는 듯한 고통도, 몸이 짓이겨지는 듯한 압박도 없었다.
"제길."
후유증이 없다는 것이 마냥 좋은 소식만은 아니었다. 망치로 손가락을 내려찍어 짓이겼는데 아무런 통증이 느껴지지 않는 것과 같다. 개문의 후유증이 없다는 것은, 그의 중요한 무언가가 '망가졌다'는 말이나 다름없다.
"끄응."
이마를 짚었다.
개문을 사용한 후 후유증이 있는 것은 몸 안을 잠식하는 마해의 힘을 강제로 밀어냈기 때문이다. 하지만 이번에는 그 후유증이 없었다.
'마해에 잠식되고 있는 거야.'

어쩌면 마해와 하나가 되어가는 것일 수도 있다. 아니, 마해 그 자체가 되어가는 것일 수도 있다.

"사용을 좀 자중해야겠네."

어찌 됐든 그가 예상치 못한 방향으로 신체가 변하고 있다는 것은 사실이다. 어쩔 수 없는 상황이라면 몰라도, 함부로 개문을 사용하는 것은 자중하는 것이 옳다.

'뭐, 이젠 개문을 사용하지 않아도.'

어지간한 놈은 상대할 수 있지만.

강우는 가볍게 손가락을 튕겼다.

화르륵.

황금빛과 검은빛이 섞인 화염이 손가락 끝에서 타올랐다.

탐식의 불. 개문을 사용했을 때처럼 신체를 불로 바꿀 정도의 힘은 아니었지만 그냥 사용하는 것만으로도 충분히 위력적이었다. 그 전까지 즐겨 사용하던 불길의 권능과는 비교를 하는 것이 민망할 정도.

그나마 비빈다면 혼돈 계열 기술이 있을 텐데, 이건 혼돈 계열 기술처럼 리스크가 큰 것도 아니었다.

'욕망이 끓어오른다는 것 정도인가.'

그 정도 리스크라면 얼마든지 참을 수 있었다. 욕망을 제어하는 것은 자신 있었으니까.

똑똑.

문을 두드리는 소리가 들렸다.

"들어와."

끼익.

문이 열리며 한설아가 들어왔다.

그녀는 조심스럽게 다가와 강우를 안았다. 그리고 가볍게 입술을 맞췄다.

"시훈이랑 레이라 씨는?"

"아직 일어나지 못하고 계세요."

"발록도?"

"발록 씨는 조금 전에 일어나셨어요."

강우는 고개를 끄덕였다.

이번에 전쟁으로 인해 가장 큰 상처를 입은 것은 김시훈과 레이라였다. 둘 다 재생의 권능으로 치료를 해주긴 했지만, 외상이 아닌 내상이 문제였기 때문에 쉽게 의식을 되찾지는 못했다.

"그나저나 프로세르핀은 어떻게 된 거야? 설아 네가 마지막에 쫓아갔다고 들었는데."

색욕의 성좌는 레이라에게 부상을 입히고 도망쳤다고 한다. 악몽의 성좌 또한 강우가 나타나자마자 도망쳤으니 성좌가 둘이나 살아남은 것.

물론 그들의 수장인 태무극이 죽은 이상 별다른 행동을 하지 못할 게 분명하지만 그래도 불안 요소를 남겨놨다는 것 자체가 마음에 들지 않았다.

"아……."

한설아는 짧은 탄성을 흘리며 어두운 표정으로 고개를 숙였다.

"죄송해요, 강우 씨. 빨리 뒤따라가긴 했는데 그만 놓쳐 버렸어요."

"그래?"

강우는 쯧, 혀를 찼다.

아쉽긴 했지만 성좌를 상대로 오히려 도망치게 했다는 것 자체가 고무적인 일이었다.

"저…… 강우 씨."

한설아가 그의 팔을 끌어안아 몸을 밀착시켰다.

"응?"

"물어볼 게 있는데요."

"뭔데."

"혹시 프로세르핀이랑 전에 따로 만나신 건 아니죠?"

강우는 고개를 갸웃거렸다. 갑자기 그녀가 왜 이런 질문을 하는지 잘 이해가 가지 않았다.

"아니, 그때 황성에서 만난 이후로는 만난 적 없는데?"

"헤헤."

강우의 대답에 한설아가 밝게 웃음을 터뜨렸다.

그녀는 강우의 어깨에 머리를 기댔다.

"다행이네요."

"응, 뭐가?"

"아뇨. 아무것도 아니에요."

한설아는 그렇게 말하며 강우에게서 떨어졌다.

"그럼 저는 다시 레이라 씨랑 시훈 씨에게 가볼게요."

"응. 아 참, 아이리스는 어때?"

"아이리스 씨도 아직 의식을 차리지 못하고 계세요."

"쯧, 알았어."

아이리스가 쓰러진 지도 슬슬 한 달 가까이가 되어 가는데 아직 의식을 차릴 기미를 보이지 않았다.

'하이엘프가 현신하긴 하는 거겠지?'

살짝 불안한 기분이 들긴 했으나 지금 당장은 기다리는 것 외에 따로 할 수 있는 것이 없었다.

"그럼 강우 씨, 이따 저녁에 봐요."

한설아가 양팔로 목을 끌어안으며 입을 맞췄다. 살짝 벌어진 입술 사이로 혀가 들어오는 것이 느껴졌다.

"후응."

한설아의 콧소리가 들렸다.

강우는 꿀꺽 침을 삼켰다. 왠지 모르게 한설아가 평소보다 야릇하게 보였다.

"헤헤. 사랑해요, 강우 씨."

"나도."

한설아는 살짝 상기된 표정으로 몸을 돌렸다.

강우는 그녀를 배웅한 후 다시 방 안으로 들어왔다.

'그나저나.'

강우는 오른손을 들어 손가락을 펼쳤다. 중지에 낀 검은 반지가 보였다.

"이건 왜 이러는 거야 또."

마신의 유산이 마해의 열쇠에 흡수된 이후, 마해의 열쇠의 모든 힘이 개방됐다는 메시지창을 보았다. 그리고 그의 주인으로 자신을 선택했다는 내용도.

'그런데 왜.'

아무 변화가 없단 말인가.

'성능이 약화된 건 아닌 것 같은데.'

오히려 성능 자체만 놓고 보면 확실히 더 좋아지긴 했다. 모든 힘을 개방했다는 거창한 메시지가 뜰 정도는 절대 아니었지만.

강우는 잠깐 마해의 열쇠를 내려다보다가 이내 다시 고개를 들었다.

왜 더 좋아지지 않는지 가만히 따지고 있기에는 해야 할 일이 남아 있었다.

"슬슬 소화시켜야지."

강우는 왼쪽 가슴을 가볍게 두드리며 중얼거렸다. 전쟁이 끝난 후 워낙 정신이 없어서 태무극을 소화시킬 시간조차 없었다.

강우는 몸을 숙여 바닥에 손을 대었다. 손에서 빠져나온 황금빛이 방 안을 찬란하게 밝혔다.

"좋아."

결계를 친 강우는 방 중앙에 서서 눈을 감았다.

마해에 잠긴 태무극의 기운이 느껴졌다.

정신을 집중해 마기를 제어했다.

[띠링.]

[최상급 신격을 획득했습니다.]
[레벨 제한이 상승합니다.]
[레벨 제한이 93에서 100으로 상승하였습니다.]
[11차 각성에 도달했습니다. 새로운 특성을 획득했습니다.]

"그렇지."
눈앞에 떠오르는 메시지창을 바라보며 강우는 씩 웃었다.
'조금 더 오르길 바라긴 했지만.'
최상급 신격이면 12차 각성까지 한 번에 도달할지도 모른다는 생각을 했지만 아쉽게도 그런 건 아니었다.
'그래도 특성 하나를 얻은 게 어디야.'
다른 건 몰라도 특성 하나만큼은 굉장한 효과를 보여주곤 했다.
강우는 기대감에 찬 표정으로 메시지창을 확인했다.

[새로운 특성 '혼돈 지배'를 획득했습니다.]
[혼돈 계열 스킬의 제어력이 상승합니다.]

"흐음."
강우는 턱을 쓰다듬으며 고개를 기울였다.
9차 각성 때 얻은 '혼돈 제어'의 강화판 같은 특성이었다.

"좋긴 좋은데……."

애매했다. 탐식의 불을 얻은 지금 혼돈 계열 스킬은 그다지 매력적인 선택지가 아니었다. 한 방의 위력은 좋지만 지나치게 리스크가 크다.

"뭐, 그래도 한번 시험은 해봐야지."

강우는 마기와 성력을 동시에 일으켰다. 상반되는 두 힘을 강제로 충동시켰다.

쿠구구궁!

두 기운이 섞이는 것만으로 무지막지한 위력이 주변을 뒤흔들었다.

혼돈을 만들고 있던 강우의 눈이 반짝였다.

'반발력이 줄었어.'

서로 미친 듯이 충돌하던 두 기운이 얌전하게 그의 제어를 따르고 있었다.

강우는 짙게 웃으며 눈앞에 뭉치는 회색 기운을 바라보았다.

그때였다.

화르르륵!

"뭐야."

갑작스럽게 탐식의 불이 일어나 회색 기운을 집어삼키기 시작했다. 마치 먹음직스러운 먹잇감을 발견한 맹수처럼 탐욕스러운 불이 혼돈의 기운을 집어삼켰다.

'왜 이래, 이거.'

강우는 눈살을 찌푸리며 탐식의 불을 제어했다. 하지만 어쩐 일인지 그의 제어가 듣지 않았다.

탐식의 불이 혼돈의 기운을 모조리 집어삼키자.

화르르르륵!!!

"크윽!"

맹렬한 불꽃이 타올랐다.

강우 자신조차 견디기 힘들 정도로 거대한 불꽃.

반사적으로 손을 뻗었다.

쿠르르릉!!

마해의 힘으로 만들어낸 결계 전체가 뒤흔들렸다.

혼돈을 먹어치운 탐식의 불이 마치 살아 있는 생명처럼 강우의 몸 주변을 떠돌았다.

[혼돈 계열 중(中)급 스킬, '혼돈-염(炎)'을 획득했습니다.]

눈앞에 푸른 메시지창이 떠올랐다. 그리고.

['마신의 되는 길'의 모든 조건이 충족되었습니다.]

"허."

강우는 헛웃음을 흘렸다. 드디어, 라는 생각보다는 이렇게? 라는 생각이 앞섰다.

그의 주위를 떠돌던 탐식의 불이 꺄르르 웃고 있는 것처럼 몸을 떨었다.

"……뭐, 어쨌든."

강우는 활짝 웃었다.

'드디어.'

마신의 되는 길을 모두 완료했다.

'더럽게 오래 걸렸네.'

물론 중간중간 얻은 것이 많긴 했지만 조건을 모두 달성하기 위해 엄청난 시간이 걸린 것은 사실이었다. 소설로 치면 무려 300화가 넘을 정도로.

"크으, 그래도 끝나긴 끝나네."

강우는 씩 웃으며 이어질 보상을 기다렸다.

조금 기다리자 다시금 메시지창이 떠올랐다.

['마신이 되는 길'을 완료했지만, 이미 플레이어 오강우는 '탐식(貪食)'의 신격을 지니고 있기에 마신의 신격을 획득할 수 없습니다.]

"뭐요, 씨발?"

그토록 오래 걸렸는데. 조건 하나하나 충족시키기 위해 그렇게 개고생을 했는데. 이제 와서 이미 신격을 얻었으니 보상이 없다고?

"이런 개……."

뒷목을 잡았다. 격렬한 분노가 치밀어 올랐다.

"개 쓰레기 같은 시스템이! 야, 야야. 딱 기다려라. 너 전에 감정 표현했지. 자아 가지고 있는 거지?"

그렇다면.
“내가 너 찾아낸다. 어? 듣고 있지 새끼야? 찾아낼 거라고.”
우주의 섭리인지 시스템인지 뭔지 모르겠지만.
“우선 대가리부터 물음표 모양으로 접어주마, 이 새끼야.”
예전에 했던 맹세를 다시금 입에 담는다.
“이런 개, 쓸모없는 버러지 같은, 빌어먹을 시스…….”

['마신이 되는 길'의 보상이 제대로 이뤄지지 않아, 다른 보상으로 대체됩니다.]

“템이지만, 그래도 솔직히 이제까지 받은 게 많잖아?”
특성도 레벨도 이 시스템이라는 것이 아니었다면 얻지 못했을 것이다.
“항상…… 고맙다. 네 덕분에 여기까지 올 수 있었어.”
강우는 푸른 메시지창을 바라보며, 따스한 미소를 입가에 지었다.

[…….]

할 말을 잃었다는 듯, 점자가 찍힌 메시지창이 떠올랐다.
강우는 메시지창을 바라보며 흠, 침음을 삼켰다.
문뜩 의문이 머릿속을 스쳤다.
'이 시스템이라는 게 뭘까.'

가이아를 비롯한 신들을 이 시스템을 일컬어 '섭리'라고 불렀다. 그리고 처음 지구에 도착했을 당시, 자신의 힘을 봉인했던 가이아 시스템은 저 '섭리' 중 지구의 수호자격 신인 가이아가 할당받은 일부였다.

'즉.'

섭리의 일부만으로, 그가 품고 있던 마해를 봉인할 수 있었다는 의미.

'물론 그때랑 지금이랑 차이가 있긴 하지만.'

사실 있는 정도가 아니다.

지구로 돌아온 이후 그는 폭발적일 정도로 빠르게 성장했고. 마해 자체도 끝을 모르고 팽창하고 있었다. 이미 지옥에서의 자신은 비교할 수 있는 대상조차 아니었다.

'하지만 그렇다고 해도.'

역시 고작 일부에 만으로 마해를 봉인했다는 것은 쉽게 생각할 만한 일이 아니었다.

[대체되는 보상을 확인 중입니다.]

'그냥 이렇게 보면 기계 장치 같은 느낌인데.'

강우는 게임의 로딩 화면처럼 그래프가 채워지고 있는 메시지창을 바라보았다.

지금에야 감정을 드러내지 않고 있지만.

'자아가 있어.'

사고하고, 판단할 수 있는 능력이 존재한다.

물론 그것은 인격이라기보다는 인공 지능에 가까운 것이었지만.

'뭘까.'

고민을 이어갔다. 가이아는 '가이아 시스템'의 보호 덕분에 외계의 존재가 지구에 함부로 간섭하지 못한다고 말했다.

'그것만이 아니지.'

별을 수호하는 것은 섭리가 지닌 기능의 일부에 불과했다. 섭리는 플레이어를 만들고, 힘을 부여한다. 신들의 행동을 제약해 신격을 지닌 존재들이 물질계에 함부로 간섭하지 못하게 만든다.

그 힘은 지구, 에르노어를 넘어 이 우주 자체를 통치하고, 통솔하고 있다.

'마치.'

율법(律法)처럼. 누군가 의도적으로 만들어낸 규칙처럼.

['티탄의 율법'에 대한 지나친 간섭이 확인되었습니다.]

[추가적인 간섭이 확인될 시, 신격(神格)이 격하됩니다.]

익숙한 방울 소리와 함께 메시지창이 떠올랐다.

이제까지와는 다른, 붉은색 메시지창이었다.

"호오."

강우는 피식 웃음을 흘렸다.

'더 이상 알아보려고 하지 말라, 이건가.'

재밌는 반응이었다.

강우는 흥미롭다는 눈빛으로 붉은색 경고창을 바라보았다. 굳이 신격의 격하를 감수하며 정보를 얻을 이유는 없었다.

'방금 메시지로 대충 윤곽은 잡혔으니까.'

티탄의 율법. 강우는 그 단어를 유심히 바라보았다.

티탄은 신들의 창조주이자, 이 우주를 만든 존재였다.

'지금 신이라고 부르는 존재보다 티탄이 더 신에 가깝지.'

가이아와 티리온 등, 신격을 지닌 존재는 흔히 생각하는 '신'과는 다른 존재였다. 그들은 전능(全能)하지도 전지(全知)하지도 않다. 인격을 지닌 초인에 가깝다.

'무협지로 비유하면 신선(神仙)과 같다고 할까.'

강우처럼 스스로의 경지과 수행을 통해 신격을 획득하는 경우는 극히 드무니 정확한 비유라고 하기는 어렵다. 대부분의 신들은 태어난 그 순간부터 신격을 지니고 태어나니까.

'그리스 로마 신화의 신과 더 비슷하지.'

공교롭게도 지구를 수호하는 최고위격 신의 이름은 그리스 로마 신화에 등장하는 '가이아'였다.

"……단순한 우연일 리가 없지."

아마 신화와 가이아 사이에 무슨 연관이 있다고 보는 것이 옳다.

'어쨌든.'

중요한 것은 '티탄의 율법'이라는 단어 자체. 그것만으로 이 시스템이 누구의 손에 만들어졌는지 추론하는 것은 어렵지 않았다.

'바울리와 같은 거인들이 만들어낸 건가.'

그렇다면 일부의 힘만으로도 마해를 봉인한 이유도 납득할 수 있었다.

"……티탄이라."

강우는 나지막이 그 존재들을 입에 담으며 고개를 들었다. 허공을 응시하는 그의 눈빛이 광기로 번들거렸다.

섬뜩한 미소가 입가에 지어졌다. 혀를 길게 내밀어 입술을 핥았다.

티탄. 신들을 창조하고, 우주를 만들어낸 존재.

'어떤 맛일까.'

꿀꺽. 침을 삼킨다.

쿵쿵. 심장이 미친 듯이 두근거린다.

혈액이 빠른 속도로 몸을 돌며 뜨겁게 달아오른다. 강렬한 갈증이, 배를 쥐어뜯는 듯한 허기가 그를 잠식한다.

"아니, 이럴 때가 아니지."

강우는 고개를 저었다. 깊게 숨을 들이쉬어 내면에서 끓어오르는 욕망을 제어했다. 지금 어차피 욕심을 부려봤자 티탄이 어디 있는지, 실제 존재는 하는지 확인할 수 있는 방법은 없었다.

'그리고.'

심연에 갇힌 채 광포한 포효를 내지르는 거인의 모습이 떠올랐다.

마신 바울리. 그의 앞에서 여유로운 척 건방을 떨었지만.

'실제 싸우면 아무것도 못 하겠지.'

그가 자신을 죽이지 않은 이유는 어디까지나 자신의 육체를 빼앗기 위해서였다. 실제 바울리와 싸운다면, 패배할 확률이 높다.

'내가 아니면, 너는! 아무것도 아니다!'

바울리의 외침이 머릿속을 스친다.

그것이 허세에 찬 말이 아님을 강우 자신도 잘 알고 있다.

'바울리가 없다면.'

마해는 유지될 수 없다. 마해의 핵심은 자신이 아닌 바울리기에.

"……이것도 각오해 둬야겠군."

언젠가 바울리와의 전면전을 염두에 둬야 한다.

강우는 쓰게 웃으며 혀를 찼다.

[띠링.]

그때, 기다리던 방울 소리가 들렸다.

['마신이 되는 길'의 보상이 '우러러보는 자' 특성으로 대체되었습니다.]

['오강우'에 대한 신앙을 신성으로 변환하여 흡수할 수 있습니다. 일정치 이상의 신성이 쌓일 경우, 신격이 격상(格上)합니다.]

눈앞에 떠오른 푸른색 메시지창.

강우의 눈이 반짝였다.

"신앙, 이라."

고개를 돌렸다. 황성의 아래. 무릎을 꿇은 채 기도를 올리고 있는 대륙인들의 모습이 보였다.

지난 전쟁 이후 그들은 자신과 김시훈을 신처럼 따르고 있었다. 대륙인들이 자신해서 만든 교단의 이름은 '광명(光明)교'. 광휘의 신인 강우에게 딱 들어맞는 이름이었다.

강우는 광명교의 신도들을 내려다보며 입술을 핥았다.

"……괜찮은데?"

아니, 괜찮은 정도가 아니다. 엄청난 능력이다.

마기나 성력, 마력과는 달리 신성이라는 것은 자체적으로 수급할 수 있는 방법이 없다. 오로지 신격을 지닌 존재를 포식의 권능으로 먹어야지만 수급이 가능했다.

'신앙을 신성으로 바꿀 수 있다면.'

자체적으로 신성을 수급할 수 있다는 의미. 사냥으로만 식량을 구할 수 있던 원시인이 농작을 배운 것과 다름없는 일이다.

'당연히 고기가 맛있긴 하지만.'

언제 다른 식량을 구할 수 있을지 모르는 상황에서 안정적인 공급처가 생겼다는 것은 반길 만한 일이었다.

'그런데 어떻게 바꾸는 거지?'

강우는 고개를 갸웃거렸다.

보통 특성을 배우면 그 특성을 사용하는 기초적인 방법이 머릿속에 자동으로 흘러들어 온다. 하지만 이번에는 달랐다. 아무리 시간이 지나도 신앙을 신성으로 바꿀 수 있는 방법이 머릿속에 흘러들어 오지 않았다.

그의 의문에 답하듯 다시금 메시지창이 떠올랐다.

[신앙을 흡수하여 신성으로 변환하는 것은 '마해의 열쇠'를 통해 변환할 수 있습니다.]

"마해의 열쇠로?"

강우는 고개를 갸웃거리며 오른손을 들어 올렸다. 왜 갑자기 뜬금없이 마해의 열쇠에 그런 기능이 생긴단 말인가.

"뭐야 이건."

검은 반지에서 무언가 솟아올랐다.

마신의 유산, 이라고 불리던 검은 덩어리였다. 마해에서 빠져나온 후 한 번도 나오지 않았던 검은 덩어리가 질척이는 몸으로 강우의 팔을 타고 올라왔다.

그의 어깨 위에 올라온 검은 덩어리가 강우의 뺨에 몸을 비볐다. 움직일 때마다 들리는 질척이는 소리와 달리 탱탱볼처럼 굉장히 부드러운 촉감이 전해졌다.

찌걱, 찌걱, 찌걱!

검은 덩어리가 기쁜 듯 몸을 떨었다.

이내 노란색 점 두 개가 떠올랐다.

'눈까지 있었어?'

강우는 당황스럽다는 듯 검은 덩어리를 바라보았다. 이게 마해의 열쇠의 본모습이라고 생각하니 뒤통수를 망치로 한 대 후려 맞는 듯한 감각이었다.

멍하니 입을 벌리고 있는 강우를 바라보며 검은 덩어리가 고개를 갸웃거렸다.

"꾸륵?"

꾸륵?

"……너 울음소리도 내는 거냐."

검은 덩어리가 그의 어깨 위에서 폴짝폴짝 뛰어올랐다.

강우는 혼란스럽다는 듯 이마를 짚었다.

고개를 돌렸다. 크기는 축구공보다 살짝 작은 정도. 반들거리는 피부에 출렁출렁 몸을 움직이는 모습이 어딜 어떻게 봐도 슬라임이었다.

"꾸륵! 꾸륵!"

"……하."

강우는 어처구니없다는 듯 헛웃음을 흘렸다.

'뭐야 이…….'

아, 다른 판타지 소설들 보면 귀여운 펫 하나씩 있던데, 이번 기회에 하나 넣어볼까?

'라는 식으로 대충 만들어진 것 같은 놈은.'

만들 거면 성의 있게라도 만들지. 검은 슬라임이 대체 뭐란 말인가.

강우는 굳게 입을 다문 채 검은 덩어리를 노려보았다.

검은 덩어리가 흠칫 몸을 떨며 고개를 숙였다. 마치 주인에게 혼나는 강아지와 같은 반응.

'뭐야 이거.'

뭔데 귀여운 거야.

"꾸르륵……."

검은 덩어리의 노란 눈동자가 흔들렸다.

천천히 손을 뻗어 검은 덩어리를 만졌다.

찔꺽.

과히 듣기 좋지 않은 소리가 들렸지만, 촉감 자체는 전혀 질척이지 않았다. 탱글탱글하고 통통하니 뭔가 만지는 감각이 좋다. 물 풍선을 만지는 기분이라고 해야 할까.

"꾸륵, 꾸륵."

강우가 손을 대자 검은 덩어리가 기쁜 듯 가늘게 눈을 뜨며 그의 손에 몸을 비볐다.

"……아."

이제는, 인정할 수밖에 없다.

강우는 분하다는 듯 주먹을 쥐었다.

"이 자식……."

귀엽잖아.

"슬라임 주제에 왜 이렇게 귀여운 거야."

강우는 눈으로 받아들이는 정보와 머릿속 상식 사이의 괴리에 표정을 구겼다.

'아니, 귀여운 게 중요한 게 아니지.'

검은 덩어리의 역할을 다른 곳에 있었다.

"저기 있는 사람들의 신앙을 흡수해 봐."

"꾸륵!"

검은 덩어리는 맡겨만 달라는 듯 크게 고개를 끄덕였다.

강우는 검은 덩어리를 바라보며 생각에 잠겼다.

'그러고 보니 마신의 유산은 공포의 감정을 흡수할 수 있었지.'

악의 성좌들이 강우를 찾아 나선 것도 그들을 향해야 할 공포가 엉뚱하게 루시퍼를 향했기 때문이었다.

'공포와, 신앙이라.'

둘은 다르면서도 비슷한 면이 있다. 신이라는 것은 믿음의 대상임과 동시에, 공포와 경외의 존재기도 했으니까.

'아, 그래서 신앙을 흡수할 수 있던 거군.'

강우는 이제야 알았다는 듯 고개를 끄덕였다.

애초에 마신의 유산에는 감정을 흡수해 신성으로 변환할 수 있는 기능이 있었던 것이다. 그리고 그것이 시스템의 힘으로 작동하기 시작한 거고.

"흠."

강우는 고개를 끄덕이며 검은 덩어리를 바라보았다. 과연 어떻게 신앙이라는 비물질적인 힘을 신성으로 변환하는지 확인할 기회였다.

검은 덩어리는 강우의 어깨에서 내려와 통통 튀어 창가로 향했다. 그리고.

쩌억.

검은 덩어리의 입이 벌어졌다.

날카로운 짐승의 이빨이 돋아난 흉악한 입이 보였다. 벌어진 입은 점점 더 크기를 키웠다.

이내 사람 하나는 가볍게 씹어 삼킬 수 있을 정도로 커진 입이 사납게 허공을 물어뜯었다.

우득, 우드득!

섬뜩한 소리가 들렸다.

보이지 않는 무언가를 씹어 삼키듯, 검은 덩어리는 열심히 입을 움직여 무언가를 뜯어 먹었다.

강우는 다시 한번 어처구니없다는 듯 입을 쩍 벌렸다.

방금까지만 해도 귀엽게 보이던 검은 덩어리가, 이제는 유래를 찾아볼 수 없을 정도로 끔찍한 괴물로 변해 있었다.

['마해의 열쇠'를 통해 흡수된 신앙이 신성으로 변환됩니다.]

"꾸륵!"

신앙을 먹어치운 검은 덩어리가 다시 폴짝폴짝 튀어와 손 위에 안착했다.

반지 위에 꿀렁거리며 몸을 비비자 마해의 열쇠를 통해 몸 안으로 신성이 들어오는 것이 느껴졌다.

"흐음."

당연히, 그 양은 많지 않았다.

'황성까지 와서 기도를 올리는 사람들이라고 해봤자 삼백이 좀 넘을까 할 정도니까.'

그리고 무엇보다 '신앙'이라는 비물질적인 힘을 실제 물리력을 지닌 에너지로 변환하는데 그게 많을 리가 없었다.

"뭐, 어쨌든."

강우는 만족스럽다는 듯 씩 웃었다.

"광명교라."

광휘의 신인 자신과 더없이 잘 어울리는 이름이다.

'아주 좋은 식량…… 아니, 신도들을 얻었구만.'

씨앗은 이미 뿌려졌다. 자신이 할 일은 적절한 비료와 물을 줘서 농작물이 잘 자라나도록 만드는 것뿐.

"흐흐."

여러 계획을 머릿속에서 떠올리며 실없는 웃음을 흘렸다.

강우는 검은 덩어리를 향해 고개를 돌렸다. 검은 덩어리는 칭찬을 바라는 듯 초롱초롱한 눈으로 그를 올려다보고 있었다.

"그러고 보니 이름을 하나 붙여줘야겠네."

계속 검은 덩어리라 부를 순 없지 않은가.

"흠……."

잠시 고민을 이어가던 강우는 좋은 이름이 생각났다는 듯 손가락을 튕겼다.

"그래."

손을 뻗어 검은 덩어리를 들어 올렸다.

"앞으로 네 이름은 질펀이다."

"꾸륵!"

찔꺽찔꺽.

질퍽이는 기분 좋다는 듯 통통 몸을 튕겼다.

To Be Continued